KB061115

무중력증후군

무중력증후군

차례

무중력증후군 7

1

외로움은 최고의 비아그라다.

내 머리 위에는 긴 촉수가 솟아 있다. 송신탑과 같은 기능을 하는 안테나다. 도시에서는 촉수를 곤두세워 더듬어야 할 일이 끊이지 않고 제공된다. 그것이 내가 도시를 떠나지 못하는 이유이기도 하다. 종종 예기치 않은 파업이 일어나며, 자연사할 확률이 시골보다 낮다. 그러나 나를 도시적 인간으로 증명할 만한 사실은 한 가지뿐이다. 끊임없이 무언가를 소비하고 있다는 것, 심지어 대량생산되는 뉴스까지도.

한 달 전에는 지하철 파업이 있었다. 지하철은 예고 없이 오지 않거나 기대하지 않았을 때 나타났다. 간혹 지하철이 미끄러지

7

듯 들어오기라도 하면 그 바람을 타고 상반된 문구의 포스터들이 나풀거렸다. 만원 지하철의 일원이 되는 것은 유쾌하지 않았지만 나는 그 순간을 즐겼다. 오히려 내가 불쾌해진 것은 파업이 끝나고 모든 것이 제자리로 돌아간 그때부터였다. 지하철은 다시 시계추에 맞춰 움직였고 세상이 끝날 것처럼 부르짖던 사람들은 침묵했다. 이제 더 이상 긴장할 화제가 없다는 것이 이상한 기분을 불러일으켰다. 나중에야 나는 그 감정이 소외감 비슷한 것임을 깨닫고 우울해졌다.

새로운 뉴스가 등장해 나를 발기시켜주기를, 출근할 때마다 소망했다. 아침마다 넥타이를 좌우로 흔들며 뛰어나가도, 나를 기다리는 것은 열 량짜리 고철 덩어리뿐이었다. 지하철 플랫폼에서 대형 지네나 악어가 굵은 몸통을 밀며 나오는 일은 일어나지 않았다. 노란색 안전선 안에서 줄을 맞춰 기다려도 내가 정말 기다리는 것들은 오지 않았다.

7시 23분, 관 안에 몸을 욱여넣었다. 길고 차가운 의자가 단두대 같다. 그 위로 삼각형의 손잡이가 오랏줄처럼 드리워져 있다. 내 눈은 어느새 그 앞에 앉아 있는 사람들의 머리를 오랏줄에 걸고 있다. 모두 넥타이로 목을 조르거나, 주머니에 사표를 권총처럼 숨긴 사람들이다. 표정이 똑같은 사람들을 한 명씩 오랏줄에 건다. 똑같은 표정은 끝이 없는데 오랏줄이 부족하다. 사람이 너무 많다.

지하철은 매 순간 목적지를 향해 흘러간다. 그 식상한 리듬에 맞춰 사람들은 흔들린다. 어쩌면 우리 모두 같은 꿈을 꾸는지도 모른다. 이 세상을 잠재울 만한 거대한 파업이 일어나주기를. 대공황이라든가 전쟁이라든가 동시다발적인 정전이라든가 식품 파동 같은 것들, 귀 기울이지 않는 사람은 소외당할 만큼 중요한 뉴스들.

강남역은 지하철이 교차하는 환승역도 아니지만 늘 붐볐다. 계단 앞에 서 있기만 하면 저절로 인파에 밀려 움직였다. 사람들의 물결에 휩쓸리다 보면 자연히 회사 건물까지 흘러갔다. 중간중간 토스트를 파는 노점들이 있었고, 몇 사람은 간신히 그 앞으로 들어가 허기를 달랬다. 배가 고파서인가, 지상의 모든 직육면체 건물이 식빵 덩어리처럼 보였다. 사람들은 애벌레처럼 꾸역꾸역 식빵 속으로 들어갔다.

22층의 건물은 식빵이라고 하기엔 너무 새하얘서 오히려 두부에 가까웠다. 나는 매일 아침 두부 안으로 들어가면서 짧은 회개를 했다. 나뿐만이 아니었다. 이 건물의 많은 사람이 두부 속에서 숨구멍을 뚫은 채 밖을 바라보았다. 강남 한복판에 자리한, 이 비싼 두부는 온갖 종류의 학원과 온갖 종류의 병원, 온갖 종류의 회사를 품고 있다. 네 대의 엘리베이터가 22층의 두부를 쉬지 않고 오르내렸다. 엘리베이터 속은 늘 만원이었다. 내가 겨우 올라타자, 엘리베이터가 공동묘지의 내부를 순회하듯 천천히 한 층씩 올라갔다.

11층, 엘리베이터 문이 열리고 제일 먼저 보이는 것은 사장이 붙여놓은 명언이다.

'입춘대박.'

내가 다니는 부동산 회사는 모든 신입 사원이 과장부터 시작하는 활기찬 직장이다. 우리 팀은 한 명의 부장과 열 명의 과장으로 구성되어 있다. 아니, 과장의 수는 정확하지 않았다. 금방금방 일을 그만두었기 때문이다. 5개월이 넘도록 땅을 한 평도 팔지 못하면 은근히 퇴사 압박이 들어왔다. 과장들에게는 한 대의 컴퓨터와 한 대의 전화기가 주어졌다.

이곳은 내 여덟 번째 회사다. 대학을 졸업하고 1년 동안 다닌 회사 중에 네 곳이 입사한 지 한 달도 되지 않아 망해버렸고, 두 곳은 월급을 주지 않았다. 내 능력의 한계를 깨닫고 제 발로 걸어 나온 회사는 한 곳뿐이었다. 온라인 게임을 만드는 회사였는데, 내가 구상하는 게임은 모두 지구상에 있었다. 아이디어가 없어서 회사를 그만뒀다. 그리고 이틀 만에 다시 구한 직장이 이곳이었다. 일주일이 지난 후 이 회사가 망하지 않으리라는 것을 알았다. 한 주가 더 지난 후 지구상에 없는 것들을 찾으려 애쓸 필요가 없다는 것을 깨달았다. 이곳에서는 지구상에 있는 것들만 취급했기 때문이다. 한 달이 지난 지금 부동산업은 절대 망하지 않을 거라는 결론을 내렸다.

재개발되는 땅만 있다면, 신도시만 있다면 우리는 무궁무진하게 땅을 팔 수 있을 것이다. 재개발이란 용어는 몇 년이 지나도 낡지 않으니까. 어느 세기에 가서도 재활용이 가능한 단어다. 개발된 땅들을 한 바퀴 돌아 유행에 맞춰 다시 재단하고 갈아엎고, 지구는 둥그니까 한 바퀴를 돌고 나면 10년쯤 지난다. 또 재개발에 들어가야 한다. 아마 의식하지 못할 뿐, 지구의 피부는 점점 얇아지고 있을 것이다.

'고객의 거절은 비즈니스의 시작이다. 대화를 주도하라.'

내 책상 앞에는 이런 표어가 붙어 있다. 사장은 월초마다 과장들을 불러놓고, 명언을 뽑는 행사를 벌였다. 내가 뽑은 명언은 이거였다. 고객의 거절은 시작을 의미하므로 대화를 주도하라. 슬쩍 옆을 보면 책상마다 하나씩 명언이 붙어 있었다. 이 과장의 책상에 붙어 있는 말은 다음과 같았다.

'고객의 말은 80퍼센트가 거짓이다. 그 말을 믿는 순간 고객을 잃는다.'

요컨대 고객의 말을 믿지 않으면서 통화를 시작해야 성공률이 높다는 얘기였다. 내 책상에도 몇 줄의 문장이 붙어 있다. 내가 잊어버리지 않으려고 적어둔 것이다.

'땅 부자가 된다는 것은 삼대가 덕을 쌓아야 가능하다는 말이 있지만, 요즘은 그렇지도 않습니다. 30분 방문으로도 충분합니다.'

전화번호부를 펼쳤다. 어제 '구'까지 했으니 이제는 '국' 차례다. 국가영, 국가원, 국가진, 국가희, 국나리, 국나민, 국나성……. 이 세상의 모든 국씨에게 땅을 팔 차례다. 옆에서 이 과장이 열심히 일하는 소리가 들렸다.

"사모님 친정이 어느 지역이시라고요? 아, 인천. 그럼 연수 지구, 계산 지구 쪽 잘 아시지 않습니까? 검단 지구도 그렇고요. 개발되기 전에는 신도시 개발 이야기가 다 헛소리란 소문이 돌지 않습니까? 그래서 실제로 개발이 되었을 때 몇천 원, 몇만 원짜리 땅들이 몇백 만원, 몇천 만원으로 뛰어서 인생 뒤집히는 사람들 생기고 그랬지요? 그거 다 옛날이야깁니다. 그때야 얼떨결에 졸부도 되고 했지만요. 이제 어디 정보 없이 그런 횡재를 할 수가 있나요? 그 말은 곧, 빠르고 정확한 정보만 먼저 들으신다면 행운을 잡을 수도 있다는 겁니다."

'국가영'에게 전화를 걸었다. 서울의 모든 국가영이 바쁜 가운데, 유일하게 안 바쁜 국가영은 서울시 강동구 상일동에 살았다. 안 바쁜 국가영이 말한다.

"믿을 수가 없어요."

나는 말한다. "저희 회사가 직원 수 70명이 넘는 전문 부동산 회사인데요, 강남역에서 5분 거리이니 한번 나오시면 유령 회사가 아닌 거 확인하실 수 있을 겁니다."

국가영은 여전히 나를 믿지 못한다. 믿지 못했다가, 지금 집에서 나가봐야 한댔다가, 자기는 이 집에 권한이 없다고 했다가, 그리고 끊었다.

50분 동안 전화로 고객을 만나면 10분은 휴식 시간이 주어졌다. 그 10분 때문에 나는 50분 동안 일을 했다. 휴식 시간이 되면 흡연실로 나가는 대신, 인터넷 속으로 파고들었다. 모든 뉴스를 머릿속에 집어넣지 않으면 내가 아무것도 아닌 느낌이 들었기 때문이다.

"노 과장, 누드 멋있네."

이 과장이 내 파티션에 붙은 엑스레이 사진들을 보고 말했다. 내 책상 앞에는 여러 부위의 엑스레이 사진이 붙어 있었다. 곤충 다리처럼 보이는 손, 새하얀 발, 동그란 무릎, 그리고 오늘 붙인 몸통까지. 엑스레이만으로 엮은 누드는 매력적이었다. 뇌 사진을 찍을 기회만 있다면 그럭저럭 한 인간을 창조하는 셈이다. 보통 병원에서 검사를 받은 후, 수납 창구에 보증금 3만 원을 걸어두면 엑스레이 사진을 받을 수 있었다. 최근에 찍은 가슴 사진은 특히 마음에 들었다. 차가운 카메라 앞에서 일순간 숨을 멈춘 그 정지의 미학!

엑스레이 사진에는 보이지 않지만 나는 늘 가슴에 사표를 넣고 다녔다. 이왕이면 왼쪽 가슴에. 회사의 미로 속을 헤매다 보면 복도 한구석에서 따가운 총탄이 날아올 것 같기 때문이다. 사표를 양복 안주머니 속에 부적처럼 지니고 다니는 사람이 나뿐만은 아니다. 이 사무실 안의 모든 사람이 왼쪽 가슴 속에 흰 봉투를 숨기고 있다. 비수처럼, 혹은 부고처럼.

"미세먼지 농도(한 시간 평균)가 $1000\mu g/m^3$를 넘어 황사 경보가 발령되었습니다."

뉴스에서는 춘삼월을 미세먼지 주의 기간이라고 불렀다. 지하철에서도 마스크를 팔던 날, 회사 뒷골목의 포장마차는 유독 붐볐다. 공기 중의 오염물을 흡수한 사람들에게 삼겹살은 별미였다. 황색 바람이 불 때마다 포장마차의 붉은 비닐이 바바리맨의 옷자락처럼 헤프게 날렸다. 포장마차 안에서는 바람이 불지 않았지만 사람들은 저마다의 무게로 흔들렸다. 소주를 몇 잔 걸친 나는 파란색의 플라스틱 테이블에 무게를 실었다. 한쪽 팔을 올려놓았을 뿐인데 가벼운 테이블은 풍랑이라도 만난 듯이 휘청거렸다. 그 바람에 홍 과장의 오렌지색 블라우스에 어묵 국물이 튀었다. 나는 깜짝 놀라서 냅킨을 집어 들었다. 홍 과장은 괜찮다며 손을 내저었다.
"아니에요, 아니야. 이게 불량인데 뭐."
홍 과장이 파란색 테이블을 덜겅덜겅 흔들었다. 테이블은 똑바로 서 있지를 못했다. 중심 없이 흔들렸다. 이 과장이 대꾸했다.
"불량은 무슨! 왜 불쌍한 테이블 탓을 하고 그래? 이게 아니라 여기 밑바닥이 불량이야, 밑바닥이."

이 과장은 다 닳아서 징 소리가 나는 구두 굽으로 땅바닥을 탕 탕 쳤다.

"세상 참 이상하지. 땅이 평평하지 않을 수도 있는데, 만날 가 구 다리를 자르고 이어대고 그런다니까? 아니, 공장에서 기계로 재서 만든 이 테이블이 뭐가 문제라고? 이 땅바닥이 이상한 거라 니까."

"아, 그래요. 그렇다고 쳐요."

홍 과장이 이 과장의 잔을 빼앗았다. 죄 없는 테이블은 이 과 장의 한 팔에 실린 무게를 지탱하느라 또 한 번 흔들렸다. 이 과 장은 한 팔을 테이블에 올리고, 다른 팔을 양복 안주머니로 넣어 흰색 봉투를 꺼냈다. 닳을 대로 닳은 사직서가 초라해 보였다.

"아까 봤지? 조 부장이 내 가슴을 확 밀면서 '너 뇌를 놓고 다 니냐?' 이랬던 거. 그때 나도 모르게 손이 왼쪽 가슴으로 싹 들어 가데. 이걸 확 뽑아버려? 뽑아버려? 욱하는 기분에 몸에서 전율 이 오더라니까."

"그래서 뽑은 게 기껏 담배였어요? 주섬주섬 담뱃갑 꺼내서 '부장님도 한 대 피우세요' 할 때 어찌나 비굴해 보이던지, 안쓰러 웠다니까요."

이 과장의 말에 홍 과장이 빈정댔다. 이 과장은 괜히 술만 한 잔 더 들이켰다. 연배가 가장 위인 과장 한 명이 이 과장의 말을 거들었다.

"홍 과장, 그게 말처럼 쉬운 건 줄 알아? 사표 쓰기는 쉽지. 그런데 그걸 내밀 때는 또 별별 생각이 다 드는 거야. 토끼 같은 자식들이며 마누라, 그리고 갚아야 할 융자금이랑 애들 학자금, 당장 다음 달 카드값, 생각할 게 좀 많은 줄 알아? 원래 사표는 쓰라고 있는 법이지. 아니, 뭐. 홍 과장은 여자니까 잘 모르겠지."

마지막 말에 홍 과장이 테이블까지 두드리면서 과장되게 웃었는데 말하던 사람은 그 반응의 의미를 제대로 감지하지 못했다. 홍 과장이 한 집안의 큰누나로 멧돼지 같은 오빠와 코뿔소 같은 동생들을 거의 키우다시피 한 걸 나는 알고 있었지만, 그 이야기는 너무 어마어마해서 차마 건드릴 수 없었다. 언급하면 회식은 한없이 길어질 테니까. 그 이야기를 나보다 더 잘 알고 있을 이 과장이 다시 자신의 가슴을 쾅쾅 치면서 말했다.

"가슴에 들어 있는 이게 꼭 시한폭탄 같아. 조 부장은 사람이 왜 그래? 말로 해도 될 것을 꼭 사람을 툭툭 치면서 얘기한다니까. 그럴 때마다 손이 자동적으로 이걸 꺼내? 꺼내? 싶은데 클라이맥스는 아껴둬야지. 아직은 연재를 계속한다!"

이 과장의 넋두리에 모두 공감하는 표정이었다. 나라고 안전할 것은 없었다. 한 달의 수습 기간은 끝나가고 있었고, 두세 달 안에 실적을 내지 못하면 나 역시 이 과장처럼 표적이 될지도 모른다. 조 부장의 공격을 묵묵히 참느냐, 아니면 회사를 그만두고 비

16

슷한 계열의 회사로 메뚜기처럼 전전하느냐, 두 가지의 갈림길이 나를 기다릴지도 모른다. 만 평씩 팔아대는 다른 팀의 실적과 비교당할 때마다 조 부장은 우리 팀원을 한 명씩 쪼아댔고, 지금은 이 과장이 단골 표적이었다.

"그냥 이걸 확 꽂아버려? 조 부장 목에?"

이 과장이 닭 날개 하나를 집어 들고 말했다. 튀긴 날개가 그의 손끝에서 번쩍, 부메랑처럼 빛났다. 홍 과장이 손바닥을 모아 박수를 쳤다.

"그래요, 찔러버려요! 제일 짜증나는 건 만날 말을 바꾸는 거라고요. 저번 VIP 서류 만들 때도 그래! 분명히 그건 자기가 하겠다고 해놓고서 나중에 가서 나한테 성질을 내더라고요! 자기는 분명히 나한테 맡겼대요, 글쎄. 말 한마디 한마디를 녹음해댈 수도 없고. 얼토당토않은 이유로 트집 잡는 것도 정말 싫어! 지난번에는 회식 3차로 우리가 찜질방 간 걸로 뭐라 그러더라고요?"

"그건 홍 과장이 실수한 거야."

누군가의 말에 홍 과장이 발끈했다.

"아니, 왜요?"

"몰라?"

이 과장이 홍 과장의 귀에 대고 뭐라고 소곤거렸다. 홍 과장의 얼굴에 고소하다는 표정이 드러났다. 파란색 플라스틱 테이블이 또 한 번 우르르 흔들렸다. 이 과장은 땅을 평평하게 만들겠다고 신발 뒤축으로 쾅쾅 두드린 후 무릎이 시린 듯 살살 쓰다듬었다. 그는 혀 꼬부라지는 소리로 말했다.

"인공위성에서 찍은 사진 같은 걸 보면 말이야. 지구는 여전히 둥글단 말이지. 그런데 내가 발 딛고 있는 땅은 이렇게 평평하단 말이야. 대체 구부러진 곡선이 어디 있는 거냐고."

"그래서 술을 마시는 거잖아요. 여기, 한 병 더요. 한 병 더 마시면 지구의 휘어진 부분을 밟을 수 있을 거라고요. 사실 사람들은 술을 좀 마셔줘야 해. 안 그래요? 술을 안 마시면 지구가 둥글다는 걸 어떻게 느끼나요. 건배!"

홍 과장의 말에 이 과장은 흥이 나서 한 병을 더 시켰다. 주거니 받거니 하는 사이에, 홍 과장의 말처럼 땅이 솟아올랐다. 울룩불룩 엠보싱처럼 융기하더니 땅바닥이 둥글게 휘어졌다. 이 과장이 아이처럼 웃었다.

"어? 어? 진짜 땅이 솟네. 아무튼 말이야. 내가 알기로는 우리가 원래 살았던 지구는, 아니 우리 조상이 살았던 지구는 1918년에 멸망해버렸다고. 그럼 우리가 지금 살고 있는 이 땅은 뭐냔 말이야. 이건 지구가 아니다, 이 말이지."

또 시작되었다. 이 과장의 종말론. 종말이 올 것을 예고하는 게 아니라, 이미 우리는 종말 후의 지구를 살고 있다는 이론이다. 이 과거형 종말론에 따르면 1918년에 치명적인 독감이 이미 지구를 몇 조각으로 갈라놓았다. 1919년에는 변종 바이러스가, 1920년에

18

는 강대국들의 야망이, 그런 식으로 지구는 현재까지 계속 종말에 종말을 거듭하고 있는 것이다.

"물론 종말에도 안식년이 있었지. 2002년에는 균열이 일어나지 않았다고. 왜긴 왜야? 월드컵 때문이지. 그것도 한일 월드컵이었잖아."

이 과장의 종말론은 2002년을 쉬고, 2003년부터 지금까지 계속 진행 중이었다. 이 과장은 너무 취했는지 술잔 속으로 젓가락을 집어넣기도 했다. 그래도 목소리만은 우렁찼다.

"우리는 말이다. 플랑크톤들이 자살하는 시대에 살고 있다, 그 말이야. 멸종과 멸종 사이, 그러니까 플랑크톤조차 살 가치가 없다고 생각하는 시대 말이야. 진짜가 아니라 리허설 같은 시대! 게다가 우린 다 엑스트라지. 지구인들은 모두 엑스트라!"

이 과장의 웅변에 홍 과장이 대꾸했다.

"난 주인공인데!"

"물론 홍 과장은 주인공이지! 그러나 모두가 주인공이라고 우기니 결국은 다 엑스트라다, 그 말이야. 우린 다 엑스트라에 별 볼 일 없는 지구인들이다, 그 말이지. 플랑크톤조차 자살하는 말세에 살아가는 지구인들!"

"괜히 지구 탓하지 말아요. 지구가 문제인 게 아니라, 당신 간이 문제라니까! 그만, 좀, 퍼마셔."

홍 과장이 이 과장을 나무랐다. 이 과장은 단지 양복 재킷을 어깨에 걸쳤을 뿐인데 하늘을 두 어깨로 메는 벌을 받은 아틀라스처럼 버거워했다. 그가 외쳤다.

"지구는 코딱지 같아. 여기서 땅을 팔아봤자 얼마나 남겠어! 지구인들의 편협한 시각으로 말이야. 입춘대박은 무슨!"

우리는 다 거기서 거기인 지구인들이 되어서 웃었다. 홍 과장이 화장실에 간 사이, 이 과장은 진짜 문제가 뭔지 말했다.

"중력이 문제야, 중력이."

이 과장은 악수할 때처럼 손을 내밀고 손가락 사이를 쫙 벌렸다.

"엄지가 십대, 검지가 이십대, 중지가 삼십대, 약지가 사십대, 새끼가 오십대. 이게 뭔지 알아? 발기되는 각도라고. 왜 이십대가 사십대보다 더 위로 서 있을까? 응?"

"글쎄요."

"당연한 거 아니야? 중력을 20년이나 덜 받았는데. 사십대는 이십대보다 20년이나 중력을 더 받았으니까, 밑에서 하도 당겨대니까 처지는 거지."

이 과장이 또 한 잔을 들이켰다. 그는 주위를 두리번거린 후에 다시 입을 열었지만, 목소리는 결코 작지 않았다.

"홍미영은 삼십대고 나는 사십대야. 무슨 말인지 이해해? 나는 홍미영보다 12년이나 중력을 더 받았다고. 그런데 홍미영은 그걸 이해 못 해. 걔는 이해 못 하더라고. 아, 나 정말 홍미영이가 그럴 줄 몰랐다. 정말 홍미영이 걔는 이해할 줄 알았어. 불행인 거는, 홍미영 주변에 나보다 중력을 덜 받은 놈들이 있다는 거야. 득시글해요, 아주. 어이, 이 과장. 말 좀 해봐. 나 어떻게 하지?"

"전 노 과장이죠. 이 과장은 제 앞에 있는 과장님이 이 과장이고요. 전 노시보잖아요, 이 과장님."

"다 똑같은 과장이면서 뭐가 문젠데. 나도 과장, 너도 과장, 응? 안 그래? 노 과장도 싱글이야? 응?"

"전 싱글이 아니라, 그냥 기다리고 있는 중이에요."

"뭘 기다려, 뭘? 중력은 기다리지 마. 오지 않는다고. 아아, 취한다."

화장실에 가려고 몸을 일으키던 이 과장은 중력의 무게를 느낀 것처럼 와장창 무너졌다. 택시가 구급차처럼 달려왔다. 택시에 태우는 순간까지도 이 과장은 자신의 바지 중심을 잡고 기어 변속기처럼 위로 올리는 시늉을 했다. 집 방향이 정반대인 이 과장과 홍 과장이 함께 택시를 타는 것에 대해 의문을 제기하는 사람은 아무도 없었다. 택시가 출발했다. 무거운 짐 덩어리 하나를 가까스로 떠나보낸 기분이었다.

이 과장과 홍 과장이 함께 택시를 타고 사라진 후, 남은 과장들은 소심한 지구인들이 되어 하나둘 줄을 섰다. 누군가는 대리운전을 불렀고, 누군가는 튀긴 부메랑을 허공에 빙글빙글 돌리면서 로데오하듯 택시를 불렀다. 그리고 택시가 오자 부메랑을 바닥에 버리고 올라탔다. 부메랑 위로 타이어 자국이 남았다. 그리고 또 하나의 타이어 자국을 그으면서, 빈 택시가 왔다. 나도 택시를 잡아탔다. 이 시간에 집까지 굴러갈 바퀴가 있다는 것이 너무도 아늑하게 느껴졌다.

"삼전동!"

택시는 땅이 없는 것처럼 달렸다. 순식간에 삼전사거리에 닿았다. 익숙한 거리에 내리고 나니 술이 확 깼다. 옛 애인의 동네였다. 마지막으로 미라와 통화한 것이 떠올랐다. 그날, 나는 회사에 지각할까 봐 너무 뛰는 바람에 미라의 말을 건성으로 들을 수밖에 없었다. 나중에 생각을 해보니, 미라가 밤을 새워 고민한 후 아침에 전화를 걸었겠다는 생각이 들었다. 그날, 나는 회사에서 잘리지는 않았고, 애인에게서는 잘렸다.

얼른 다시 택시를 잡아타고 이 거리를 뜨고 싶었다. 그러나 내가 탈 수 있는 택시는 어디에도 없었다. 도로 위를 쌩쌩 달리는 택시들이 모두 김유신의 말처럼 보였기 때문이다. 아무리 벗어나도 다시 미라의 집 앞에 나를 떨어트려 놓을 말들. 다림질이라도 한 것처럼 어느새 평평해진 지구 위를 천천히 걸어서 집에 도착했다. 거리에 널린 공중전화 부스에 현혹되지 않으려 노력하면서. 집에 돌아온 시각은 새벽 4시가 가까워서였다.

2

이튿날 아침, 나를 흔들어 깨운 것은 뉴스 앵커의 목소리였다.

"1986년의 크뤼트네와 2002년의 JOO2E2를 기억하십니까? 어제 저녁, 제2의 달로 추정되는 물체가 발견되었습니다."

달은 그것이 오직 하나라는 사실이 견고해질 때쯤 한 번씩 파문을 일으켰다. 문제의 달이 또 한 번 발작을 일으켰다. 달은 플라나리아처럼 두 개체로 분리되었다. 어느 날 갑자기, 누구도 예상치 못한 발작이었다. 달은 또 하나의 달을 복제해놓고도 아무 일 없다는 듯 천연덕스럽게 떠 있었다.

아침도 거르고 컴퓨터를 켰다. 7시 23분 열차를 타려면 어서 준비를 해야 하지만, 내가 지각할 수밖에 없는 이유는 충분했다. 이 아침, 화면에 있는 것들은 보여주기에 바빴고 지면에 있는 것들은 나열해주기에 바빴다. 두 개의 달은 그렇게 이 아침을 점령했다.

뉴스에 의하면, 두 번째 달을 가장 먼저 발견한 것은 동물들이었다. 황사로 뒤덮인 동물원은 모든 것이 멈춰 있었다. 곰은 차가운 바닥에 등을 대고 누워 있었고, 물개는 수면 위로 몸을 올리지 않았다. 원숭이는 더 이상 나무를 타지 않았고, 낙타는 무표정한 얼굴로 정해진 코스를 돌았다. 습관적으로 날개를 펼치는 공작, 동조하지 않는 새 떼. 그 속에서 한 무리의 코끼리가 우주의 기운을 감지했는지도 몰랐다. 방금 떠오른 새 달 말이다. 코끼리들은 달을 낚아채기라도 할 것처럼 코를 치켜들었다. 코끼리들의 울음소리에 놀란 비둘기 떼가 사방으로 흩어졌다. 마침 커다란 총성이 울렸고, 그 소리는 마치 흩어지는 비둘기들을 파편처럼 보이게 했다. 불안해진 코끼리들은 달리기 시작했다. 동물원의 우리를 박차고, 거리로 뛰쳐나갔다.

그날, 사람들은 코끼리가 도로를 질주했다는 데 집중하느라 달이 뜬 것을 알아채지 못했다. 하늘에 두 개의 달이 박혀 있다는 것은 실제로 사건이 벌어진 후 반나절이 지나서야 아마추어 천문가들의 자동 우주 탐색망에 걸려들었다. 새로운 물질은 크기가 작았지만, 관찰 결과로는 달과 무척 닮아 있었다. 구성 성분까지 같다면, 그것은 제2의 달이라고 볼 수 있었다.

이 물체의 정체를 둘러싸고 세계 천문학계는 다양한 해석을 했다. 달의 인력에 의해 다른 물체가 끌려 들어왔다는 포획설도 있었고, 코끼리가 식당을 들이받은 것처럼 다른 행성이 달을 들이받아 생겨났다는 충돌설도 있었다. 충돌에 의해 생긴 파편이 제2의 달이 되었다는 이론이었다. 이 충돌설은 여러 부분에서 설득력 있는 주장으로 통했는데, 그 이유는 과학계의 원로 학자들이 그쪽으로 의견을 모으고 있기 때문이었다. 그러나 일부 학자는 제2의 달이 지구 중력에 의해 붙잡힌 유성체거나 지구 둘레를 도는 우주 쓰레기일 것이라고 추정하기도 했다.

"두 번째 달은 현재 육안으로는 확인할 수 없을 만큼 작은 크기입니다. 과학계에서도 지금으로서는 이것이 일시적인 현상일지 영구적인 변화일지 쉽게 결론을 내리지 못하고 있습니다."

달이 늘어난 자리는 창공에만 있는 것이 아니었다. 사람들은 어디를 가나 달에 대해 떠들었다. 나는 기사를 하나라도 놓치면 이 도시에서 영원히 추방되기라도 할 것처럼 읽고 또 읽었다. 신문은 1면부터 16면까지 오로지 하나의 주제였다. 어디를 펼쳐도 달 이야기뿐이었다. 달은 지면 귀퉁이를 차지하던 조각 기사들을 통쾌하게 날려버렸다. 매일같이 일어나는 살인이나 사기 따위는 특별한 이슈가 되지 못했다. 그것들은 가치를 이미 상실해버렸기 때문이다. 범죄에도 내성이 생겨서, 이제는 웬만한 충격이 아니고서야 공포감을 느끼기 힘들어졌다. 기자들은 모두 같은 크기만큼 입을 벌리고, 같은 강도만큼 성대를 울렸다. 모두 같은 이야기인 줄 알면서도, 나는 모든 언론의 목소리에 촉수를 곤두세웠다.

왜인지는 모르겠지만, 달이 늘어났다는 이유로 출근을 하지 않은 사람도 더러 있었다. 출근을 하지 않으면서도 어디로 바삐 가는지 지하철은 여느 때와 다름없이 만원이었다. 지하철이 땅 위로 달릴 때, 사람들의 시선은 일제히 차창 밖을 향했다. 흐린 날씨 탓에 달은커녕 해도 보이지 않았다. 그러나 오후부터 천체망원경이 불티나게 팔리기 시작했고, 지붕마다 옥상마다 하늘을 겨누는 사람들이 늘어났다. 텔레비전 화면에서는 끊임없이 이 신종 물체, 제2의 달에 대한 영상을 내보냈다. 제2의 달은 기존의 달 바로 옆에, 작은 점처럼 박혀 있었다. 크기는 작았지만 음흉함으로 똘똘 뭉친 얼룩처럼 보이기도 했다. 이 이상한 불안감을 치유할 수 있는 방법은 한 가지뿐이었다. 새 달에 집중하는 것.

달이 번식한 후 무중력자들이 거리로 나왔다. 그들은 본심을 숨기고 지구에 동화된 척하고 살아왔노라 고백했다. 그들의 본심이란 물론 중력을 거부하는 것이었다. 그들은 호시탐탐 무중력의 세계로―지구궤도 밖으로―나가기를 고대하고 있었다. 지구보다는 중력이 훨씬 적은 달이 그들에게는 신대륙이나 마찬가지였다. 달이 늘어났다는 것은 무중력자들의 입지가 더 커졌음을 의미했다. 그들은 우주에 곧 횡단보도가 생기고 신호등이 생겨서 달로 가는 길이 열릴 거라고 믿었다. 언제든 지구를 떠날 준비가 되어 있었다. 지구 입장에서는 지독한 반골들인 셈인데, 그 수가 적지 않았다.

'지구 연약권까지 침투해 중력을 끊어놓겠다.'

어느 무중력자는 아파트 16층에서 투신하기 전에 이 한 줄을 적어두었다. 남은 가족들은 자신의 아내 혹은 엄마가 평소에 쓰던 말이 전혀 아니라고 말했다. 지구 연약권, 침투, 중력 모두 그녀의 언어가 아니었다. 이 사건을 보도하던 아나운서의 표정에서는 어떤 동요도 찾아볼 수 없었지만, 며칠 후 그 역시 무중력자임을 고백했다. 유명한 영화배우와 축구 선수가 잇따라 무중력자라는 사실을 밝히면서 그들의 쇼킹한 고백에 가속이 붙었다.

중력의 법칙 아래서 중력을 초월하는 영웅들. 이것이 무중력자에 대한 최초의 정의였다. 사무실 안에도 두 명의 무중력자가 있었다. 늘 지구를 무시했던, 아니 지구가 자신들을 무시한다고 말했던 이 과장과 홍 과장이었다. 이 과장은 내 바로 옆자리에 앉아 있었기 때문에, 그가 중얼거리는 소리를 분명히 들을 수 있었다.

"무중력상태에서는 체열이 자연적으로 대류가 되지 않아서, 덥고 축축한 섹스를 할 수밖에 없다고 하지. 땀을 비롯한 온갖 체액

이 공중에 붕붕 떠다니고 말이야. 그렇지만 오히려 장점도 있어. 일단 성기가 최소 1.2배 이상은 커질 수 있고, 별별 자세를 다할 수 있다는 거지. 땅에서 끌어당기는 힘을 전혀 느낄 수 없고 몸이 위로 떠오르니까 진정한 우주의 흐름에 몸을 맡기는 거랄까."

그러고도 몇 마디를 더 툴툴거렸는데, 그 말은 외계어처럼 허공에서만 맴돌았다. 그 말을 이해하는 것은 한 블록 너머에 있던 홍 과장뿐이었다. 이 과장과 홍 과장도 그날부터 자신들이 무중력자라고 선포했다. 그들은 더 이상 서로의 몸무게를 지탱해야 하는 비효율적인 섹스는 하지 않기로 했다.

달이 뜬 후, 화장실은 왠지 낭만적인 공간이 되었다. 우리 사무실이 위치한 층에는 모두 네 개의 좌변기를 가진 남자 화장실이 있었는데, 그중 왼쪽에서 세 번째 칸의 문 안쪽에 이런 문장이 적혀 있었다.

'원본이 하나뿐인 것은 불안하므로, 어떤 것이 진짜 달인지도 잊기로 했다.'

나는 늘 같은 시간에 그 칸에 들어가 볼일을 봤기 때문에 다음 날 다른 낙서가 추가되었다는 걸 알아챌 수 있었다.

'당신이 진짜를 잊어도 달은 당신을 알아볼 겁니다.'

글씨체가 달랐다. 오후에는 두 줄이나 더 추가되어 있었다.

'지금 세상에 진짜가 확고한 의미를 갖는다고 보시는지? 진짜 같은 가짜가 매력적이라면 그걸로도 충분하지 않나?'

'어쨌든 달이 두 개면 세상이 더 밝아지지 않을까요?'

통화와 통화로 점철된 하루를 마무리하고 퇴근 전, 일부러 그 칸을 다시 열어봤을 때 화장실의 낙서들은 그새 더 놀라운 번식력을 자랑하고 있었다. 누가 누구인지는 모르겠지만 그 대화의 끝은 이랬다.

'일이나 해.'

그래서 나는 그냥 돌아왔다.

두 번째 달은 불청객이었다. 적어도 부동산 회사에 있어서는 그랬다. 두 번째 달이 뜬 이후로, 재개발이니 뉴타운이니 하는 단어들은 철 지난 유행어 취급을 받고 있었다. 고객과의 통화는 크게 1차부터 6차까지로 단계를 나눌 수 있는데, 그중 2차 통화 시에는 서로 알 만한 뉴스거리가 있으면 통화하기가 수월했다. 그러나 통화하기가 수월하다고 해서 땅이 잘 팔린 것은 아니었다. 수습 기간이 끝나고 실적을 올려야 하는 정직원이 되었지만, 무언가를 판다는 것은 어렵기만 했다.

파리만 날리는 회사 건물로 들어갈 때마다, 이 두부 같은 건물이 묘비처럼 보이기도 했다. 엘리베이터를 타고 11층까지 올라가다 보면 눈앞에 내 묘비명이 자막처럼 흘러갔다.

'25세 노시보, 땅 팔다 죽다.'

아침 조회 시간에 사장이 제발 좀 창조적인 사고를 하라고 독촉했는데, 그 시간이 끝나면 그나마 있던 창조적인 생각들도 어디론가 추락해버린 것만 같았다. 클래식 음악을 들으며 시작된 조회는 간단한 체조를 하는 것으로 마무리되었다. 어깨 돌리기 동작을 할 때 내 어깨에서 마치 닭 다리를 몸통에서 분리시킬 때 나는 소리가 났다. 우두둑, 그 소리는 내 옆에 있던 다른 과장에게도 들릴 만큼 컸다.

다행인지 불행인지 아침마다 만원이던 엘리베이터가 조금씩 한산해졌다. 사표를 내거나 자살을 시도한 사람들이 늘어났기 때문이다. 얼마 전에도 누군가가 옥상에서 뛰어내렸다. 소문이 삽시간에 퍼졌지만, 워낙 많은 업체와 사람이 입주해 있는 탓에 정작 소문의 대상이 누구인지는 알지 못했다. 자살 소동에 조금 무뎌진 것도 사실이었다.

두 번째 달이 뜬 후, 투신자살은 너무 흔하다는 이유로 주목받지 못했다. 22층 옥상에서 뛰어내린 사람이 땅과 처음으로 부딪친 장소에 현장 보존선이 남았다.

지는 해가 사무실로 침투하기 전에 두부 같은 건물을 빠져나왔다. 그런데 지하철역으로 들어가기 전, 누군가가 나를 노려보는 느낌에 뒤를 돌아봤다. 아무도 나를 보지 않았다. 하늘을 올려다보았다. 뉴스 속에서 본 새로운 달을 생각하니, 갑자기 두 개의 달이 지구를 감시하는 눈알처럼 느껴졌다.

매일 아침 사람들은 38만 킬로미터 떨어진 곳에서 벌어지는 일에 주목했다. 하늘은 아무 일도 없이 그대로였지만, 그 뒤에서 뭔가가 벌어지는 게 분명했다. 쉬지 않고 일어나는 천재지변처럼 말이다. 두 개의 달 때문에 밀물과 썰물의 주기가 엉망이 되었다. 밤이 흘러갈 때마다 조수 간만의 차가 점점 벌어졌다. 언젠가 거대한 만조가 육지를 덮칠 것이다. 항구를 덮고, 기차를 수장시키고, 산을 굴복시키고, 모든 전산망을 마비시키고 쓸어버릴 것이다.

높은 빌딩에서는 무중력자들의 낙하 실험이 끊이지 않고 일어났다. 그들은 몸이 중력을 거스를 수는 없어도 영혼은 비상이 가능하다고 믿었다. 그들이 버린 몸은 도로 한복판에 떨어져 교통을 마비시키고 행인들의 구토와 두통을 야기하고 길 곳곳에 하얀 테두리를 가진 그림자를 남겨놓았다. 그것은 정말 그들이 어딘가로 증발했다는 인상을 주기에 충분했다. 그들은 유령처럼 자신의 공백을 만들어가고 있었다.

달의 번식 이후로 '종말'은 인터넷 검색어 1위를 차지했다. 그러나 사실 사람들이 기대하는 것처럼 종말이 다가온 것이 아니라 종말을 설명할 또 하나의 이유를 찾은 것뿐이었다. 국경을 넘어 지구 전체를 마감할 거대한 이유를.

종일 쏟아지는 뉴스에 귀를 기울이고 있으면 벌써 100년 후의 세계를 살고 있는 듯한 기분이 들었다. 사건이 벌어진 지 이틀밖에 지나지 않았다는 사실에 새삼 놀라면서도 100년을 예측하는 데 걸리는 시간이 단 이틀뿐이라는 경제성에 또 한 번 감탄했다.

발 빠른 사람들은 벌써 종말을 상품처럼 팔고 있기도 했다. 커다란 백화점에는 급히 현수막이 걸렸다.

'지구 종말 80퍼센트 세일!'

발 빠른 사람들은 백화점에만 있는 것이 아니었다. 퇴근하기 직전, 이 부동산 회사에도 새로운 공지가 떴다. 고객들을 대할 때 사용할 수 있는 최근의 이슈 중 달과 관련한 뉴스들을 활용하라는 것이었다. 신문을 읽지 않는 몇몇 과장을 위해 급히 스크랩한 기사들이 주어졌다. 사무실 벽에는 다음과 같은 구호가 붙었다. '달은 대화의 좋은 안주, 무난한 화젯거리.'

무중력자는 사회에만 있는 것이 아니었다. 집 안에도 무중력자가 있었다. 엄마였다.

퇴근 후 바로 집으로 왔지만, 집에는 아무도 없었다. 엄마가 저녁마다 물구나무를 서던 거실 벽에 포스트잇 한 장이 붙어 있었다. 식탁 위도 아니고 냉장고 문짝도 아니고, 왜 거기에? 하마터면 아무도 그 메모를 보지 못할 뻔했다. 포스트잇은 누가 현관문을 조금만 세게 닫고 들어왔다면 떨어져 날아갈 수도 있었을 법한 위치에 겨우 붙어 있었다.

'엄마 달구경 간다. 한 달 안에 올게.'

안방에는 엄마의 구불거리는 머리카락 몇 올이 남아 있었다. 검은색도 아니고 흰색도 아닌, 묘한 색깔의 머리카락이었다. 엄마가 달구경을 간다는 얘기를 했던가? 한 달이라니.

마치 기다렸다는 듯이 뉴스마다 800명가량의 무중력자가 모인 '중력을 거부하는 사람들'의 집회 소식을 내보냈다. 수많은 무중력자가 중력을 거부한다면서 한자리에 모였다. 단상 위에 선 몇 사람이 리본테이프를 커팅했다. 가위로 싹둑, 그들은 탯줄을 끊듯 경쾌하게 중력과 작별했다.

"지구가 중력을 거부한다는 증거는 곳곳에서 발견되고 있습니다. 2004년 12월에 발생한 인도네시아의 해일만 보더라도 그렇습니다. 땅속에서 중력을 거부하는 움직임이 들끓고 있지 않습니까? 그 해일로 인해 지구의 자전축이 2.5센티미터나 더 기울었다고 합니다. 이게 지금 제대로 된 상황이라고 생각하십니까? 지구의 자전주기가 약 3마이크로초나 짧아졌단 말씀입니다."

단상에 서 있던, 제일 키 큰 사람이 말했다. 곧 중력이 우리에게 미치는 부정적인 영향에 대한 성명서가 낭독되었다. 나는 다시 엄마의 포스트잇 메모를 들여다보았다. 짧은 글귀가 해독 불가한 암호 같았다. 엄마는 엄마일 뿐, 이름이 없었다. 그냥 엄마거나 아니면 대보(형의 이름이다) 엄마로 불렸다. 엄마가 달구경을 가다니, 저들 속으로 들어간 걸까? 아버지는 엄마의 증발에 대해 나보다 먼저 안 듯했다. 그런데 아무런 반응이 없어서 이상했다. 엄마가 자정이 되도록 돌아오지 않자, 나는 고시원에 살고 있는 형에게 전화를 걸어서 엄마의 증발을 알렸다.

"밥은?"

엄마의 가출에 대해 이야기했을 때, 형의 입에서 제일 먼저 나온 단어는 밥이었다.

"너무하다. 걱정도 안 돼? 어떻게 밥 얘기부터 하냐?"

"쪽지 남기셨다며. 겨우 하루가 지난 건데 뭘 그래? 한 달 안에 오신다잖아. 지금 그런 사람들이 엄청 많다더라. 어떤 기사의 제목은 '위기의 주부들'이던데?"

"그러니까 더 걱정스러운 거지."

"괜찮아. 위기의 주부들만 있는 게 아니더라고. 위기의 청소년들하고, 위기의 아이들도 있던데. 내일 자 기사 제목은 '위기의 노년층'이라고 예고까지 했어. 결국 모두 위기인 거야. 모두 위기면 아무도 위기가 아니란 얘기지."

형은 정말 위기가 아닌 것 같은 말을 계속했다.

"엄마가 애니? 우리보다 배는 더 사신 분이야. 그건 그렇고 밥은 누가 하는 거야? 아버지 식사는 하셔?"

"응, 밥은 밥솥이 하고 국은 아직 남아 있더라. 그거 먹었어. 반찬은 냉장고가 보존해주던데."

엄마는 그다음 날에도 돌아오지 않았다. 정말 한 달을 기다려야 하는 건가? 형은 그렇다 치고 아버지가 너무 담담한 것이 이상했다. 내가 실종 신고를 하려고 했을 때 아버지는 그럴 필요가 없다고 말했다. 나는 국이 떨어진 아침상 앞에 앉아 아버지에게 물

34

었다.

"싸우셨어요, 혹시?"

아버지는 대답하지 않았다. 한 숟가락 분량의 밥알을 그저 반복해서 꾹꾹 씹을 뿐이었다. 저렇게 눌러 씹기 위해 그토록 꼬들꼬들한 밥을 즐겨 드시는 걸까. 아버지의 모습이 꼭 되새김질하는 소 같았다.

"엄마가 왜 아직 안 오시죠? 벌써 이틀이 지났는데."

"이틀이 아니라 사흘이다."

"네?"

"네 엄만 그끄제께 저녁부터 없었어."

생각해보니 그저께 아침에도 엄마를 본 기억이 없었다. 서둘러 출근하느라 미처 몰랐던 사실이었다.

"어디 가셨을까요? 짐작 가세요?"

"네 엄마 속을 내가 어찌 알겠냐."

그래, 하나 마나 한 질문이었다. 아버지와 엄마 사이는 '아버지'와 '엄마'라는 두 단어의 미묘한 차이만큼이나 멀었다. 아버지와 어머니, 아빠와 엄마였던 적은 한 번도 없었다. 아주 어렸을 때부터 아버지는 아버지였고 엄마는 엄마였다. 두 분은 서로에게 대보 아빠, 대보 엄마로 불렸지만 그조차도 들은 기억이 희미했다. 두 분은 서로의 호칭을 부른 적이 거의 없었다. 호칭 없는 문장으로도 대화는 얼마든지 가능했으니까.

우리 가족은 모두 네 명이다. 퇴직 후 멸종 중인 기원(碁院)을 찾아다니는 아버지, 며칠 전까지 평범한 가정주부였던 엄마, 그리고 고시원에 사는 형, 마지막으로 나.

엄마가 있거나 없거나 달이 뜨거나 말거나 아버지의 시계는 똑같았다. 아버지가 기원으로 간 후, 형이 집으로 왔다. 양손 가득 음식 재료를 사 든 채로.

"아버진 나가셨지?"

형은 짐을 들고 부엌으로 갔다.

"고시생이 요리할 시간이 어디 있어? 아버지가 알면 큰일 나려고."

"7시 반 전에는 절대 안 오셔. 밥은 네가 했다고 해라."

형은 벌써 칼을 집어 들고 있었다.

"요리는 할 줄 알아?"

나는 대답 대신 소리를 들었다. 형의 칼이 도마 위에서 탭댄스를 추듯 능숙하게 움직였다. 반짝반짝 빛나는 칼끝에서는 당근과 피망과 양파가 무지개처럼 뻗어 나오고 있었다. 경쾌했다.

엄마는 나흘이 지나도 돌아오지 않았다. 뉴스에서는 무중력자들이 활개를 치고 다닌다는 표현을 썼다. 그런 뉴스를 볼 때마다 혹시 엄마가 저 안에 섞여 있지는 않을까 조마조마했다. 특히 밥을 먹을 때마다 한숨이 나왔다. 그 바람에 식도로 내려가고 있던 밥알들이 걸리적거렸다. 쓰라렸다.

형은 이렇게 말했다.

"너무 신경 쓰지 마."

"그래도 아예 연락이 두절된 건데? 무슨 일이 났는지도 모르고. 아버지도 너무 담담한 게 이해가 잘 안 가. 아무래도 아버진 뭔가를 알고 있는 것 같아. 신고를 할 필요가 없다고 하더라고. 아무래도 크게 싸우신 것 같아."

"그럴 수도 있고."

형은 솥뚜껑을 열었다. 갓 지은 밥내가 모락모락 피어올랐다.

"이거 우리 가정의 위기야?"

"추론 가능한 얘기지. 황혼 이혼도 유행이고."

"30년 넘게 같이 산 부부가 왜 이제 와서 헤어진다는 건지 난 정말 이해가 안 가. 3년도 아니고 30년인데."

"지치신 거지. 봐, 지금 이 밥은 약간 꼬들꼬들한 편이야. 나랑 넌 모두 고두밥을 좋아하니까 문제될 게 없지. 알다시피 아버지도 고두밥을 좋아해. 좀 심하다 싶을 정도로 꼬들꼬들한 밥 말이야. 그런가 하면 엄마는……."

"진밥을 좋아하시지."

"그래서 문제야. 부부라는 건 각자의 솥을 갖고 있는 게 아니거든. 한 이불, 한 솥을 이고 지고 살아가는 거야. 이 솥 하나로 진밥과 고두밥을 동시에 해낼 수는 없어. 한쪽이 양보하든가 아니면 반씩 양보해서 중간 정도로 먹든가."

"그런데 엄마는 매일 고두밥을 드셨지."

"그래, 돌처럼 단단한 밥. 엄마는 단지 깨달으셨을 뿐이야. 진밥과 고두밥은 한 솥에서 지을 수 없다는 것을 말이야."

형은 밥솥 안에 아버지와 엄마의 관계를 압축해놓고, 저녁 7시 반이 되기 전에 고시원으로 돌아갔다.

집 안에 또 한 명의 무중력자가 있었다. 수족관의 멸치가 사라진 것이다. 수족관에 멸치를 기르게 된 사연을 설명하자면 좀 오래 전으로 거슬러 올라가야 한다. 어쨌거나 멸치의 사회적 표현은 금붕어다. '멸치'라고 하는 것은 내가 일방적으로 붙인 호칭이었다.

금붕어는 집에서 허용된 유일한 반려동물이었다. 어렸을 때부터 우리 집은 동물 반입 금지 구역이었는데, 형과 나는 딱 한 번 그 불문율을 어긴 적이 있었다. 길 잃은 강아지를 방 아랫목에 재웠던 것이다. 강아지는 내 품 안에서 잠들었는데, 아침이 되니 아버지의 발밑에서 발견되었다. 아버지는 노발대발 화를 낸 후 이런 결론을 내렸다.

"털은 안 돼."

"고양이도요?"

내가 물었다. 아버지의 대답은 강경했다.

"고양이는 더더욱. 밤마다 기분 나쁘게 운다고. 옆집에 소리가 들리도록 우는 건 안 돼."

"그럼 새는요?"

이번에는 형이 물었다.

"깃털도 털이야."

"장수풍뎅이도 안 될까요? 장수풍뎅이는 크게 짖거나 울지도 않고, 털도 없어요."

형의 물음에 아버지는 금방 추가 조항을 달았다.

"다리 많은 것들도 안 돼."

"동물 키우고 싶어요. 아주 작은 거라도 좋아요. 아버지가 난초에 물 주시는 것처럼요. 우리도 할 수 있어요."

형의 거듭되는 부탁에 아버지가 사 들고 온 것은 금붕어였다. 다리가 많지 않은 게 아니라 아예 없었고, 털은커녕 깃털도 없었으며, 짖거나 울지도 않는, 립싱크의 대명사, 금붕어. 그것은 아버지의 조건에 완전히 부합하는 동물이었다.

아버지가 사 온 금붕어는 모두 다섯 마리였다. 금붕어는 사소한 이유로 자주 죽곤 했는데, 그것은 아무리 여러 번 사도 늘 증발해버리는 물건과 같았다. 그런 점에서 금붕어는 라이터와 비슷했다. 그들의 은빛 배가 수면 위로 노출될 때면 우리는 능숙하게 국자로 죽은 금붕어를 건져냈다. 그리고 형과 나는 아이스바를 먹으면 남는 나무 막대기 두 개를 이용해 십자가를 만들었다. 화단에 금붕어를 묻고 그 위에 나무 막대기로 만든 십자가를 꽂으면 그럴듯했다. 금붕어, 그러니까 멸치의 장례식은 그 앞에서 형과 내가 잠시 묵념을 하는 것으로 끝났다. 기억에 의하면 화단에 네다섯 개의 십자가가 일렬로 늘어선 적도 있었다. 정말 공동묘지처럼 변해버렸다. 큰 비가 와서 그 모든 십자가를 쓸어 가기 전까지는.

수족관의 결원은 그리 오래가지 않았다. 국자로 금붕어를 건져낸 다음 날이면 아버지는 꼭 사라진 금붕어의 수만큼 새로운 금붕어를 사 왔다. 이것은 마치 '독수리 5형제'처럼 요원 하나가 전사하면 곧 새 요원을 충원하는 것과 같은 식이었다. 그래서 우리 집의 금붕어는 늘 다섯 마리였다. 어렸을 때부터 지금까지. 그런데, 지금 금붕어는 네 마리다. 국자로 건져낼 사체도 없이, 한 마리는 어디로 간 것일까.

금붕어가 멸치로 불리게 된 것은 중학교 때였다. 고등학교에 입학한 형은 수족관을 졸업했다. 형의 관심사는 이제 금붕어가 아니라 더 큰 것들로 퍼져나갔다. 플라스틱 모델이라든가 영화관, 갓 유행하기 시작한 노래방이나 대학교 같은 것들. 활발했던 형에 비해 내성적이고 엉뚱했던 나는 수족관 안으로 침잠했다. 수족관의 금붕어들을 관리하는 것은 내 몫이었다(죽은 요원을 교체하는 것만 빼고). 금붕어들과 나는 종종 대화를 하기도 했다. 내게는 금붕어가 너무 작아서 멸치처럼 보였고, 그래서 그들을 그렇게 불렀다. 나만의 호칭이었다. 그땐 뭐든 나만의 것을 찾는 데 열을 올렸으니까.

"멸치야, 밥 먹어라."

"넌 이게 멸치로 보이냐!"

버럭 하는 소리에 뒤돌아본 나는 깜짝 놀랐다. 아버지가 이해할 수 없다는 표정으로 서 있었다.

"아뇨, 그런 게 아니라…… 그냥 작아 보여서."

"금붕어도 몰라보냐, 이놈의 자식! 하긴 제 아비 어미도 몰라보는 놈이 생선은 알아보겠어!"

"이게 왜 생선이에요, 아버지!"

"그럼 이게 멸치냐?"

우리의 대화는 늘 그런 식이었다. 아버지는 형만큼 똑똑하거나 대차지 못한 나를 좀 덜 떨어지는 녀석으로 여겼다. 게다가 중학생이 된 이후 나와 아버지의 공통분모는 점점 줄어들었다. 나는 아버지가 나를 무시한다고 생각했고, 아버지는 내가 자신을 무시한다고 생각했다. 어떻게 쌍방으로 이런 오해가 이루어질 수 있었는지 의문스럽지만, 여하튼 그랬다.

아버지에 대한 반항심 때문이었는지, 금붕어에 대한 내 주관이었는지는 모르겠지만 그날 이후 나는 세상의 모든 관상용 물고기를 멸치라고 불렀다. 어렸을 때 키웠던 멸치들은 물론 지금까지 생존해 있지 않다. 수족관을 채우느라 교체됐던 멸치들이 총 몇 마리인지도 기억할 수 없다. 멸치들이 사라졌던 이유는 너무도 사소하고 다양해서 그 역시 기억할 수 없다.

지금 수족관은 멸치 한 마리를 비워낸 채로 공허하게 있다. 하루가 지나고 이틀이 지나도 아버지는 멸치를 채워 넣지 않았다. 네 마리의 멸치는 한 마리 요원을 잃은 채로 조금 더 넓어진 공간을 헤엄치고 있었다.

사람들은 달을 자신의 일상과 결부시켜 이야기하는 법을 배웠다. 달이 늘어남으로 인해 직접적, 간접적으로 달라진 점이 무엇인지 이야기했던 것이다. 개인사에 대해 언급하기 꺼리는 사람들도 달을 화두로 삼기 시작하면, 결국 자신의 방 안에서 일어나는 일들을 아주 사소한 취향처럼 말하게 되었다.

덕분에 고객들과의 2차 통화도 훨씬 수월해졌다. 특별히 할 말이 없으면 달을 화두로 꺼내는 것이 자연스러웠다. 달로 인해 빚어지는 사태를 이야기하면 고객들은 마음을 열었다. 왜인지는 모르겠으나, 아마도 지구인이라는 동질감 때문인 것 같다는 생각이 들었다. 사람들은 자신의 변화에 대해 이야기하길 원했다. 소화불량이 낫게 된 사람도 있었고, 무중력자들의 집회에 참가하려고 한다는 사람도 있었다. 어떤 해괴한 변화와 일탈도 달이 늘어났다는 공통분모를 깔면 무난한 것이 되었다.

달은 많은 사람의 공통적인 화제를 이끌어냈을 뿐 아니라, 개개인의 지나친 강박관념을 해소하는 역할도 했다. 늘 판매 실적

만을 강조하던 조 부장도 달이 늘어난 후 조금 느슨해졌다. 판매 실적에 대한 독촉 같은 것은 평화로울 때나 하는 짓이다. 이렇게 이상한 천재지변이 일어난 상황에 무슨 판매 실적! 회의는 30분 만에 끝났고, 서류철을 덮으면 금세 달 이야기가 시작되었다. 점심시간에도 달 이야기는 끊이지 않았다. 이번 달에 누가 땅을 얼마나 많이 팔았고 누구의 책상이 사라지게 될 것인지에 대한 예민한 촉각도 조금은 느슨해졌다. 달에 대한 정보에 둔감한 것은 좋지 않았다. 달에 대한 뉴스는 모두 챙겨보는 것이 대인 관계에 좋았다.

달 소동이 일어나면서 내 잠은 완전히 달아났다. 며칠 간격으로 미라 꿈을 꿨다. 꿈속의 미라는 러시아로 간다고 했다. 그녀가 시베리아 횡단 열차를 타고 이르쿠츠크를 향해 달리고 있었는데, 어느 순간 그 열차가 롤러코스터로 변해버렸다. 미라는 다람쥐 쳇바퀴 돌 듯 빙글빙글 회전하고 있었다. 360도로 돌아가는 열차 안에서 미라의 머리카락이 허공을 몇 번이나 할퀴었다.

꿈에서 깨어난 후에도 미라를 태운 롤러코스터는 내 심장 속에서 운행을 계속했다. 롤러코스터는 실타래처럼 돌아가면서 내 낡은 연애 장면들을 풀어냈다. 롤러코스터를 타듯 급변하는 감정 때문에 나는 쉽게 잠들지 못했다. 모두 잠든 밤이 되면 나는 극도로 우울하거나 극도로 즐겁거나 극도로 쓸쓸하거나 극도로 초조한 상태가 되었다.

밤의 감정들은 내가 자리에 누워 바라보는 방의 모서리만큼이나 각이 져 있었다. 그 뾰족한 감정이 가시처럼 나를 더 찌르기 전에 롤러코스터의 발작이 잠잠해지기를 바랐다. 내일 아침까지만이라도, 아침이 되면, 말간 해가 떠오를 테니까, 간밤의 모든 고열을 잠재울 만큼, 강력한 알약처럼.

늘어난 달의 개수만큼 밤하늘이 밝아진 것 같았다. 두꺼운 커튼을 달고 안대까지 동원했지만, 달아나는 잠을 막을 도리는 없었다. 잠은 달빛을 따라 우주 밖으로 증발했다.

수면 장애의 종류는 모두 여든네 가지다. 그중에서 내가 앓고 있는 것은 '생체리듬 수면 장애'다. 뇌 속의 수면 리듬과 일상생활의 리듬이 일치하지 않는 것이다. 이것은 또 두 갈래로 나뉜다. 자는 시간이 남들보다 두 시간 이상 늦은 '지연형 수면 장애'가 있고, 반대로 지나치게 이른 시간에 잠드는 '전진형 수면 장애'가 있다. 지나치게 이른 시간의 기준은 저녁 8시 정도를 말한다. 나는 지연형 수면 장애다. 자정에 잠자리에 들어도 새벽 2시를 넘겨야만 깜박 잠이 찾아왔고, 완전히 잠드는 것은 3시를 넘겨야 가능했다.

지연형 수면 장애를 앓고 있는 사람들은 아주 흔하기 때문에, 종종 사람들은 수면 장애의 심각성을 잊는다. 그러나 이것은 분명 사회생활에 큰 지장을 주는 질병이다. 출근을 위해 내가 일어나야 할 마지노선 시각은 오전 7시다. 그때는 일어나야 8시 반까지 역삼동에 있는 회사로 출근하는 것이 가능하다. 새벽 3시를 넘겨 잠들었다가 7시에 일어나는 것은 쉬운 일이 아니다. 인터넷을 뒤적여서 찾은 정보에 따르면, 지연형 수면 장애의 치료 방법은 아침에 5000럭스의 광선을 30분 정도 쬐는 것이라고 한다. 30분으로도 효과가 없다면 한 시간은 쬐어야 한다. 이렇게 2주 정도 매일 5000럭스의 빛을 흡수하면, 눈치 빠른 생체리듬이 이 패턴을 기억하게 된다.

나는 늘 아프다. 아무래도 어떤 바이러스가 신체 부위별로 혹은 장기별로 떠돌면서 증상을 보이는 것 같은데, 원인이 확실하지 않다. 생각해보면 나만 아픈 것은 아니다. 사무실은 병균 덩어리였다. 본인들도 인식하지 못하고 있지만, 사장은 '추함'을 앓고 있고, 조 부장은 '무모증'과 '외로움'을, 이 과장은 '외로움'과 '숙취'를 앓았다. 앙숙인 조 부장과 이 과장이 같은 병을 앓는다는 사실은 참 흥미롭다. 그런가 하면 홍 과장은 '엉덩이 처짐'과 '교통 체증으로 인한 짜증'이란 병을 앓고 있다. 젊은 피를 자랑하는 김 과장 역시 '노동'이란 병에서 벗어날 수는 없다. 유 과장은 '눈밑 주름 강박증'을, 송 과장은 '신경질적 무릎 관절염'을 앓았다. 내가 지금 나열한 것들은 모두 과거에는 없었으나 현대에 와서 생긴 비질병성 사례 상위 20위 안에 드는 것이다.

"출처가 있어야 믿지, 출처는 있어?"

'숙취'와 투병 중인 이 과장이 물었다.

"출처는…… BMJ."

"BMJ가 뭐냐?"

"〈브리티시메디컬저널〉이요."

"그럼 노 과장이 앓고 있는 건 뭔데?"

그건…… 너무 많아서 나열할 수가 없었다.

사실은 어젯밤부터 턱이 아팠다. 숟가락을 입에 집어넣지 못할 정도로 말이다. 오늘 새벽에 잠들기 전까지 인터넷을 뒤적거린 바에 따르면 나는…… 턱에서 딱딱 소리가 나고, 입을 벌렸다가 다무는 행동이 어색하며, 숟가락을 입에 넣기 힘들 정도로 턱이 당기고, 말은 할 수도 없는 상태였다. 출근해서도 내내 턱을 살폈는데 점점 악화되는 것 같았다. 가만히 있어도 턱이 거추장스럽게 느껴졌다. 내 증상이 턱관절 장애의 초기 증상이라는 것은 거의 확실한 사실이었다. 의사의 확인만 받으면 되었다.

12시, 점심시간이 되었다. 어차피 음식을 씹을 수도 없었기에 나는 우유 한 팩을 끼니로 삼고 엘리베이터를 탔다. 병원으로 가득한 건물에 머문다는 것은 참 행운이다. 나는 점심시간이나 휴식 시간을 이용해서 병원에 갈 수 있다. 이 두부를 닮은 건물에는 열일곱 종류의 병원이 있다. 2~5세 아동을 대상으로 한 천재 수업 학원이 우후죽순 들어선 이후, 소아정신과도 무더기로 생겼다. 웬만해서는 이 건물 안에서 모든 용무를 해결할 수 있었다. 건물 밖으로 나가지 않고도 나는 서류 결재를 받으러 가는 사람처럼, 다른 부서에 심부름을 가는 것처럼 치과에 갈 수 있었다. 내가 들어가자 로비에서 뉴스를 보고 있던 의사가 냉큼 일어나 진료실로 들어갔다. 누가 오기를 간절히 기다렸던 것처럼 보이기도 했고, 아예 내려놓은 듯 보이기도 했다. 병원이 너무 많아서인지 병원마다 환자가 귀했다.

"턱이 아프시다고요? 잘 안 벌어지나요?"

나는 아주 조그맣게 입을 벌리며 대답했다.

"예, 이상한 소리도 나고 음식을 씹기도 힘들고, 그래서 사흘 동안 죽만 먹었죠."

"어디 봅시다. 입을 아, 하고 벌려보세요."

"아."

"조금 더 벌려보세요."

"아."

의사는 저쪽으로 걸어가서 도구를 들고 왔다. 그 도구란 다름 아닌 30센티미터 자였다.

"사이즈 좀 재봅시다."

도구가 마음에 들지 않았다. 겨우 저런 것으로 턱관절 장애를 논하다니, 성의 없는 진찰이란 생각이 들기도 하고, 그러나 어쨌거나, 아!

"4.5센티미터, 정상인데요."

"정상이라고요? 이렇게 벌리고 있으니 아픈데요."

"보통의 입 크기가 세로로 4.5센티미터에서 4.8센티미터 정도 됩니다. 지금 최대한 벌리신 건 아니니까, 아무런 문제가 없어요."

"그래요?"

기뻐할 일인데, 이건 분명…….

"네, 아마 말을 많이 하시는 직업인가 보죠?"

"그렇다고 볼 수 있는데요. 정말 턱관절 장애가 아닙니까?"

"네, 아무 이상 없으니까 노시보 씨는 그냥 돌아가시면 됩니다."

나는 일어나려다가 다시 입을 벌렸다. 겨우 30센티미터 자로 입 크기를 재기 위해 황금 같은 시간에 여기 내려온 게 아니다, 어떻게 의사라는 사람이 문구로 '나이롱' 진단을 할 수 있느냐, 이러고서 기본 진료비는 받을 것 아니냐, 라고 말하고 싶었지만 턱이 아파서 한마디도 내뱉지 못했다. 의사는 아쉬운 듯 서 있는 내게 과자를 내밀었다. 동그란 다이제스티브 비스킷이었다.

"자, 봐요. 이걸 입에 넣어봐요. 자, 이렇게 한입에."

의사의 입속으로 다이제스티브가 쏙 들어갔다.

"이렇게 되면 정상 중에서도 입이 큰 겁니다."

의사가 내민 과자 하나를 나도 입에 넣었다. 과자의 테두리를 부스러뜨리지 않기 위해 입을 한껏 벌렸더니 다이제스티브가 내 혀 위로 동그랗게 겹쳐졌다.

"거봐요. 입이 크신 편이라니까요. 턱은 아무 문제도 없어요. 다음 단계로 해봐요? 이번엔 이렇게, 세워서 넣어봐요. 세워서,

이건 아무나 못 한다니까요. 이게 되면 입이 정말 큰 거예요. 턱 관절도 튼튼하고. 자, 이렇게."

의사는 다이제스티브를 세워서 자신의 입에 넣었다. 아니, 넣으려다가 멈칫했다.

"아, 오우, 안 되겠어요. 전 입이 그렇게 큰 편은 아니라서."

의사가 내민 비스킷을 들고 병원을 나왔다. 앞으로 턱관절이 의심될 때는 이 과자를 사 먹으면 되겠군.

다시 사무실로 돌아왔다. 턱에서 분명 이상한 소리가 났었는데, 아무리 들어보려 해도 이제 턱에서는 소리가 나지 않았다. 아, 에, 이, 오, 우, 아, 에……. 입을 이리저리 비틀어도 턱에서는 소리가 나지 않았다.

다이제스티브는 진단뿐 아니라 치료에도 효과적이었다. 단지 비스킷을 가로로 집어넣었을 뿐인데, 더 이상 턱이 아프지 않았다. 오후가 되자 턱관절의 불협화음이 정말 씻은 듯이 나았다.

3

"도회의 소설가는 모름지기 도회의 항구와 친하여야 한다."

이렇게 말했던 1930년대의 구보가 21세기에 태어났다면 항구
로 갔을까. 글쎄, 더 이상 항구는 인간사를 낚을 수 있는 곳이 아
니다. 현대판 항구는 보이지 않는 망 속에 존재한다. 이제 무언가
를 낚기 위해서는 초고속 인터넷을 깔고 모니터 속으로 몰입해야
한다. 그곳에는 뉴스가 넘쳐난다. 넘쳐나기 때문에 진력이 날 만
큼 이슈가 가득하다.

"올래?"

퇴근 무렵 구보의 전화가 걸려왔다. 21세기의 구보는 PC방에
존재한다. 나는 구보의 전화를 받고 동묘앞역으로 나갔다.

소설가 구보는 유명하다. 1930년대 박태원에 의해서 처음 만들어진 후, 1970년대 최인훈에 의해서, 1990년대 주인석에 의해서 두 번이나 더 부활했던 작품 《소설가 구보 씨의 일일》은 이제 세 번째 환생을 앞두고 있다.

구보는 많다. 이미 상품이 되었기 때문이다. 영화평론집에도 들어가고, 시에도 등장한다. 환경 생태 안내서 속에서 녹색 시민의 자격을 부여받기도 한다. 아이들의 동화에는 조금 더 친절한 조언자로 등장하고, 결혼 정보 회사에서는 하나의 인간형을 대표하기도 한다. 물론 그 인간형은 여자들이 기피하는 대상 1호다. 구보가 넘쳐나는 사회지만, 역시 네 번째 구보는 내 친구의 손에서 탄생할 것이다. 구보는 지금 《소설가 구보 씨의 일일》을 쓰고 있다. 원고지 2000매 분량의 장편소설인데, 구보가 완성한 분량은 딱 반이다. 구보가 걱정하는 것이 있다면 자신이 그것을 완성하기 전에 다른 네 번째 구보가 대중 앞에 나타나는 것이었다.

"30년마다 소설가 구보가 등장했으니까 주기적으로 보자면, 한 2020년쯤은 되어야 네 번째 구보가 나올 법한데 말이야. 조금 앞서가는 게 그렇긴 하지만, 딴 놈들이 먼저 써먹기 전에 해야지. 어쩌겠어?"

구보는 내 오랜 벗이다. 대학 1학년 때 처음 만났으니, 벌써 구보를 알게 된 지도 5년째다. '구보'라는 이름은 본명이 아니고 소설을 읽은 후 그가 스스로에게 하사한 필명이다. 그는 구보라는 이름을 좋아했다. 작품 속 소설가 구보의 성격도 좋아했다. 구보가 가장 좋아한 것은 첫 번째 구보, 그러니까 1930년대에 남대문부터 경성역까지 어슬렁거리던 그 구보의 모습이었다. 대학 때부터 누구나 그를 구보라고 불렀다. 부르는 사람도 불리는 사람도 만족하는 호칭이었다.

대학을 졸업한 후 구보는 PC방에서 살았다. 여덟 시간의 PC방 아르바이트가 끝나면 어슬렁거리며 저녁 산책을 시작했다.

"올래?"

이것은 구보의 고독한 산책이 종종 뿜어내는 발작이었다. 구보의 산책은 늘 당당했지만, 고독의 무게로부터 완전히 자유로울 수 없었다. 구보는 대학 졸업 후에 더욱 1930년대의 구보스럽게 변해서, 늘 사람들의 동태와 표정을 살피는가 하면, 상점의 누군가가 물건을 홍보하거나 권유하는 소리만 들어도 불쾌감을 느낄 지경이 되었다.

구보의 산책 코스는 동묘앞역에서 시작해 종로 일대까지 이어진다. 그는 늘 '에어'가 빵빵하게 주입된 운동화를 샀고, 그 운동화 속 공기가 바닥날 때까지 걸었다. 하루도 거르지 않고 이어지는 산책인 만큼, 신발의 사용 기한도 보통 사람보다 훨씬 짧았다.

걷는 동안 동대문을 지나고 종로3가까지 왔다. 우리 산책의 종착역이다. 구보는 종로3가 만복상회 앞 좌판에서 국적 불명의 담배를 하나 샀다. 한 블록을 더 건너가니 약장수들이 가득했다. 구보의 단골 거리다. 구보는 아프지도 않으면서 약을 수집한다. 정말 수집용, 그러니까 관상용이다. 소설의 자료로 삼기 위해서다. 그런 면에서 나는 구보의 마루타가 되기도 했다. 구보는 늘 여기저기가 아픈 내게서 여러 병에 관한 지식을 얻었다.

"21세기의 구보는 우선 아파야 해. 병적 징후랄까, 그게 구보의 존재를 알리는 핵심어가 될 거야."

구보가 자주 수집하는 약은 '나환자촌 약'이다. 구보의 관상용 약상자 안에서 유일하게 사용되는 약이다.

"무좀에도 효과가 직방이라니까. 습진이나 가려움, 따가움, 상처나 흉터, 타박상, 안 되는 게 없어. 너도 하나 써봐. 내가 네 주치의잖아."

그렇게 말하면서 구보는 나환자촌 약을 하나 집어 들었다. 약값은 3000원이었다. 계산은 내가 했으나 구보는 여전히 선심 쓴다는 표정을 지우지 않았다. 나환자촌 약을 들고 이리저리 돌려보던 내게 구보는 또 거만한 표정으로 말했다.

"아무리 찾아봐라. 그건 유통기한 없다."

"언제 만든 건데?"

"과거에 만들었으나 미래까지 유효한 약이다."

오늘따라 낙조가 유난히도 컸다. 우리는 시뻘건 해가 쿵 하고 내려앉는 도심 속으로 서서히 걸었다.

"걱정 있어? 안색이 별로다."

"엄마가 집을 나갔어."

"왜?"

"몰라. 그냥 달구경 간다고. 벌써 며칠 됐어. 소식이 없어."

"개나 소나 다 달구경이네."

"뭐?"

"아니, 그만큼 달구경이 흔하단 얘기야. 너희 어머니께서 동참하셨을 정도면 얼마나 대유행이 된 거겠냐?"

"월드컵도 아닌데, 축제도 아닌데, 이상하게 사회가 붕 떠 있어."

"실종 신고해도 한참 걸릴 거야."

"아버지가 좀 기다려보라고 하는 걸 보면, 뭔가 알고 계신 것 같기도 해. 나는 전혀 감이 안 오지만."

구보는 내 말에 고개를 끄덕였다. 구보와 나는 종로3가의 좌판을 둘러보았다. 구보가 편안한 표정으로 말했다.

"여길 걸으면 꼭 노아의 방주 갑판에 올라온 것 같아. 암수 한 쌍씩, 없는 게 없어."

구보의 말처럼, 종로 좌판에는 없는 것이 없다. 갓 뜯어 온 풋풋한 나물부터 직접 담근 된장과 고추장, 특효약이라는 굼벵이까지 있다. 고무줄로 온몸을 칭칭 두른 고무줄 아저씨와 요란한 치장을 한 타월 아주머니가 지나가고, 달마도를 파는 스님도 등장한다. 보도블록 끝에서는 알람 시계가 커다랗게 악을 쓴다. 크기도 모양도 다양한 알람 시계가 돗자리 위에 바글바글하다. 그 앞을 지나가는 사람들이 두 손으로 귀를 막지만, 시계 장수는 이 도시의 알람을 끌 생각이 없다. 길은 거기서 끝났다. 알람 시계가 세상에 대한 마지막 경고를 하듯 바락바락 악을 쓰고 있었다.

"이제 종로는 학원들의 나와바리가 되고 말았어."

구보가 혀를 끌끌 찼다. 구보가 좋아하던 극장 하나가 문을 닫더니, 그 자리에 커다란 규모의 외국어 학원이 등장했다. 구보는 외국어 학원의 창문이 와르르 무너질 것 같다고 몸을 사렸다.

출출해진 우리는 낙원상가 뒤쪽에 밀집해 있는 국밥집 거리로 걸어갔다. 이 거리의 저렴한 국밥집은 대학 때 한 선배가 알려준 이후로 우리의 단골집이 되었다. 낙원상가까지 걸어가는 중에도 무수한 전단지가 우리 손에 들어왔다. 외국어 강좌 시간표들이다. 구보는 질겅질겅 씹던 껌을 인기 강좌 시간표에 뱉었다.

"여기, 국밥 둘이요."

따뜻한 시래깃국이 나왔다. 먹기 좋게 빨간 깍두기를 올려 한 숟가락 입에 넣었다. 언제 먹어도 똑같은 맛이다.

"이 팍팍한 황사 철에 꼭 이걸 먹어야 되나?"

내가 무어라고 말을 했지만, 구보는 꿈쩍도 하지 않았다. 더운 날씨만큼이나 뜨거운 그릇을 부여잡고 우리는 한참 말없이 국밥을 먹었다. 국밥집에서 먹지 않고 말을 하는 것은 텔레비전 속 앵커뿐이었는데, 늘어난 달 이야기로 정신이 없었다. 두 번째 달을 설명하기 위해 많은 자료 화면이 동원됐다. 러시아의 우주정거장

미르, 미국에서 쏘아 올린 인공위성, 인간 게놈 지도 완성, 2015년
에 완공될 달나라 기지까지.

"세상이 이렇게 시끄러운데, 뉴스는 봤어?"

"엄청 떠들어대던데."

"겁나지 않아?"

구보는 거의 다 비운 국밥 그릇을 양손으로 들고 국물을 후루
룩 마셨다. 그리고 통 소리가 나도록 식탁에 내려놓고는 오돌토돌
한 냅킨으로 입가를 스윽 닦았다.

"비정상적인 일이지."

구보에게서 동요된 모습을 보기 위해 나는 몇 마디 더 찔러보
았다.

"넌 별로 동요되지 않는 것 같다? 세상이 떠들썩한데."

"요즘 비정상 아닌 게 어디 있냐."

구보와 나는 그릇을 완벽하게 비워내고, 다시 낙원상가 골목
밖으로 나왔다. 인사동의 차 없는 거리로 이어지는 길가에는 불
상의 잘린 머리들이 놓여 있었다. 쿠킹 포일 같은 돗자리 위의 두
상들이 꼭 요리처럼 보이기도 했다. 구보는 그 앞을 걸어가다가
주섬주섬 카메라를 꺼냈다. 찰칵, 구보의 카메라에 쿠킹 포일 두
상 요리가 찍혔다.

"저번에 네 형수님이 소개해줬다던 여자는 만나봤어?"

내 물음에 구보는 잠시 생각하는 듯했다. 그리고 되물었다.

"너 같으면 여동생한테 나를 소개해주겠어? 이성으로?"

"제정신이라면 절대 그런 짓 안 하지."

"나 같아도 여동생한테 나 같은 놈을 엮어주지는 않을 거다. 백수에, 자존심 세고, 고집 세고, 그렇다고 인물이 나은 것도 아니고, 형제 많은 집안의 둘째고. 그런데 형수가 난데없이 소개팅을 주선하니까, 내가 더 당황스럽더라고."

"난 네가 그 자리에 나갔다는 게 더 신기하다."

"여자가 등장하는 소설을 쓰려면, 나도 사람을 좀 만나봐야 되지 않겠냐. 그래서 만났는데, 좀 까칠하더라."

"성격이?"

"응, 감정의 과잉. 병이야. 자기 스스로 감정 기복이 심해서 벅차다나?"

순간, 미라가 떠올랐다.

"심각해 보이더라고. 그래서 내가 물었지. 혹시 가끔 전혀 예상치 못한 자기 모습이 튀어나와서 곤혹스럽지 않느냐고. 하고 나서 바로 후회할 말이나 행동을 저지른 적도 있지 않느냐고. 그랬더니 그 여자가 박수까지 치면서 그렇다고 하더라."

"그래서 뭐라 그랬는데?"

"다중 인격 장애라고."

맙소사!

"그랬더니 그 여자 표정이 순간 확 변하는 거야. 뭐라더라? 자기가 우습냐고 그러기에 내가 '우습다기보다는 좀 심각해 보이네요, 증세가' 했더니 그 자리에서 뒤도 안 보고 나가버리더라고. 아니, 내가 밥 샀는데 찻값은 내고 가야 되는 거 아니냐? 표정 확 바뀔 때 보니까 확실한 다중 인격 장애였어."

구보의 말만으로는 그 여자에 대한 판단을 할 수가 없었다. 구보는 늘 자신의 이상형에 대해 순두부처럼 하얗고 착한 스타일이라고 말했는데, 그래서 지금까지도 이상형을 만나지 못했다. 구보는 늘 본인의 입으로 이렇게 말했다.

"순두부는 멸종됐다. 1960년대 이후로."

앞에 지하철역이 보였다. 우리의 산책을 마칠 시간이었다. 구보의 배웅을 받으며 나는 집으로 향하는 지하철에 올랐다. 지하철이 느릿느릿 출발하기 시작했다. 땅속 한 구간을 미끄러지듯 운행하는 지하철의 속도가, 왔던 길을 되돌아갈 구보의 걸음걸이보다 어쩐지 더 느리게 느껴졌다.

그새 엄마가 증발한 사실이 집 밖으로 퍼져나간 모양이었다. 마주치는 이웃마다 엄마의 안부를 물었다. 우리를 아는 이웃이 이렇게 많은 줄 전혀 모르고 있었다. 집 전화에도 불이 났다. 모두 엄마를 찾는 전화였다. 동네 봉사 모임부터 절, 교회, 성당, 요가와 줌바 댄스 모임까지, 엄마가 소속되었던 거의 모든 집단에서 엄마가 돌아오면 이 말을 꼭 전해달라며 메시지를 남겼다. '지혜

네로 바로 연락할 것' 혹은 '6월 모임 일자 변경 가능성 있음' '찰현미 한 포대'와 같은, 메모하면서도 내가 짐작할 수 없는 세계의 운석들 같았다. 나는 엄마가 돌아오면 이 모든 말을 다 전달할 수 있을 것처럼 최대한 담담하게 메모했지만, 사실 엄마와 여전히 연락이 되지 않는다는 게 불안했다. 그러다 이모가 "엄마 아직도 안 왔나?" 하면서 조금 놀랍다는 듯이 재차 연락을 해왔을 때 정신이 번쩍 들었다. 우리가 당장 실종 신고를 하지 않은 게 제정신이었나 싶을 정도였다. 실종 신고 절차를 알아봤는데, 지금 신청해도 대기 번호를 받고 차례를 기다려야 했다.

이 이야기를 하자 아버지는 마치 바위가 된 것처럼 아무 반응도 보이지 않았는데, 여러 정황상 그가 화나 있다는 것을 알 수 있었다. 내가 실종 신고를 해서 화가 난 게 아닐 것이다. 실종 신고를 안 하는 것은 자신의 의지라고 생각했는데, 했는데도 바로 접수가 되지 않고 대기 번호를 받아야 하는 처지라는 게 아버지를 불안하게 만든 것이다.

또 벨이 울렸다. 이번엔 형이었다. 형은 한 시간 전까지 이 부엌을 점령했으면서 마치 조금 전에야 엄마의 증발 사실을 안 사람처럼 전화했다. 멋진 연극이었다. 아버지는 냉큼 뛰어가서 형의 전화를 받았다. 그리고 상황과 전혀 다른 말을 했다.

"별거 아니다. 곧 온댔어. 신경 쓰지 말고 공부해라."

수화기를 내려놓은 후 아버지는 다시 밥상 앞으로 와서 묵묵한 숟가락질을 이어갔다.

"왜 쓸데없는 소리를 해서, 너는."

"그동안 엄마는 왜 그렇게 여러 신을 믿으셨을까요?"

"심심했던 거지, 뭐."

"우리 집에서 제일 바쁜 사람이 엄마 아니었어요?"

"그게 다 심심해서 그런 거라고. 그러니 집에 있질 못하지."

그 후 어색한 침묵. 주고받을 말이 없다는 것이 이렇게 불편한 일일 줄이야. 뉴스가 우리 침묵 사이를 파고들었다. 우리의 대화는 마치 뉴스와 뉴스 사이를 메우는 30초짜리 광고 같았다. 아버지는 김치찌개 국물을 후루룩 빨아들이고는 어색함을 무마하려는 듯이 말했다.

"네 솜씨가 엄마보다 낫구나."

정확히 말하면 내가 아니라 형의 솜씨였다. 오늘 형이 해놓고 간 메뉴는 김치찌개와 삼치구이였다. 다시 우리의 심심한 식사가 계속되었다. 뉴스는 달의 증식 이후 투신자살을 시도하는 사람들이 늘어났다고 말하고 있었다.

"정말 그렇더라고요. 회사에서도 시체들이 낙엽처럼 떨어져요."

이번에는 내가 입을 열었다. 왜 우리 부자는 대화를 어려워하면서도, 계속 독백 같은 대화를 시도할까.

"이제 4월이 시작인데 낙엽이라니."

아버지가 받아친다고 뱉은 대사는 우스꽝스러웠다. 농담도 되지 못하고 진담도 되지 못하는, 어딘가 잘못 놓인 말 같았다. 우리는 '속보'니 '특집'이니 그런 자막을 대문짝만하게 내건 요란한 뉴스와 뉴스 사이에서 대화 같은 것을 이어갔다.

"회사라는 데가 사람을 갑갑하게 만드는 게 있지. 시보 너도 회사가 갑갑하던?"

사실은 갑갑해요, 아버지! 아버지만 아니었다면 아마 저는 회사를 잠시 쉬었을 겁니다.

"아뇨, 전 뭐……."

"기원 가는 길에 세탁소에 들렀는데, 네 양복 안주머니에서 이게 나오기에 하는 말이다. 사직서 아니냐."

부적 빼는 걸 잊었군.

"많이 힘드냐?"

"괜찮아요."

"네가 일한 지 몇 년째지?"

아버지가 '몇 년'이냐고 물었기 때문에 나는 갑자기 송구스러워졌다. 2년제 대학을 나오고, 2년 군대를 다녀오고, 그리고 나서 일을 했기 때문에 내 사회생활은 1년이 전부였다.

"1년이요."

"허, 참. 그렇게 많이 이직을 했는데 겨우 1년이었다고?"

"제 의지랑 상관없이, 그만둔 회사도 많았어요."

회사가 망해서. 그러나 그 말은 하지 않았다. 아버지는 내 회사 생활에 대해 늘 관심을 갖고 있는 것 같았지만, 실상은 그렇지 않았다. 굉장히 띄엄띄엄 알고 있었다고나 할까. 아버지가 알고 있는 이직 숫자에 2를 곱해야 내 실상이 드러났다.

"요즘은 사람들이 약아져서 평생직장 그런 개념은 없다고들 한다만, 그래도 사람이 말이다. 한 곳에 들어갔으면 어느 정도는 그곳에 대해 책임을 갖고 일해야 하는 거지."

아, 회사가 망했다니까요! 그러나 나는 잠자코 삼치구이만 젓가락으로 헤집고 있었다.

"지금 다니는 회사는 어떠냐. 뭘 판다고 했지?"

"땅이요."

사실, 아직 한 평도 팔아본 적은 없었다.

"최선을 다해, 알겠냐. 최선을 다하면 다 보상이 오는 게다."

"네."

"걸핏하면 옮기고 사표 쓰고 그러지 말고 말이다. 네 양복 안 주머니 사표 말이다."

"네."

잠자코 밥을 먹으려다, 입을 열었다.

"그냥 한번 써본 거죠, 뭐. 회사 선배 말이 사표는 쓰는 데 의의가 있는 거래요. 누구나 한 장씩은 품고 다닌다고."

대화가 끊겼다. 뉴스는 굉장히 중요한 기능을 했다. 때마침 흘러나온 뉴스가 없었다면, 밥이 식도에 얹혀 체했을 게 분명했다.

뉴스는 아버지와 내게 워, 워, 하면서 흥분과 고집을 가라앉히는 역할을 했다. 뉴스 한 토막이 끝나자 아버지가 말했다.

"정 힘들면……."

잠시 쉬어라 혹은 그만두어도 좋다. 그런 말을 기대했던 내가 잘못이었다.

"이 애비를 생각해봐라. 나는 열일곱부터 45년을 한 직장에서 일했다. 누구나 사표를 쓰고 싶은 순간이 있는 법이지. 충동은 잠시란다."

아버지는 마지막 되새김질을 하면서 이렇게 강조했다.

"하지만 후회는 영원하지."

가끔은 아버지가 원망스러웠다. 비교 대상이 없었다면 좀 덜했을지도 모른다. 형이 있었다. 대학 졸업 후 지금까지 생활비를 한 푼도 벌어본 적 없는 형이. 내가 여덟 개의 직장을 전전하는 동안에도 책상 앞에서 공부만 얌전히 했던 형이. 그럼에도 불구하고 우리 집의 대들보 대우를 받는 형이.

내 나이는 스물다섯이었지만, 형의 스물다섯과 나의 스물다섯은 달랐다. 아무리 경제 상황이 더 안 좋아졌다고 해도, 그 정도로 설명될 수 있는 차이가 아니었다. 나는 형의 청춘에 비해 폭삭 늙어 있었다. 물론 그것은 아버지의 탓도 형의 탓도 아니었고, 내 탓이라는 것을 알고 있다. 형처럼 공부를 잘했다면, 아버지가 이름을 알 만한 대학에 들어갔더라면, 하다못해 다른 특기라도 있었다면 내 인생은 달랐을지 모른다. 그러나 나는 아무런 특기도 없었고 꿈도 없었다. 다만 장사는 체질에 맞지 않다고 생각했기 때문에 나중에 결혼하면 아이의 가정환경 평가서에 '회사원'이라고 쓸 수 있는 아버지가 되고 싶긴 했다. 그게 내 유일한 목표였다. 그 꿈에 아버지의 '소속주의'가 결합되어 나는 대학을 졸업하자마자 취직을 했던 것이다.

대학 졸업식은 어떤 의미에서 낙인과 같았다. 다시 무소속이 될 수 없다는 낙인. 나는 여러 회사에 입사 지원서를 넣어놓았지만, 연락은 오지 않았고 그런 모호한 상태로 졸업식을 맞았다. 졸업식 전날, 아버지는 일장 연설을 늘어놓았다.

"사람은 소속이 중요하다. 어디 가면 명함부터 주고받는 게 세상살이다."

"네."

"그래, 이제 졸업을 했으니 네 생활 정도는 꾸려갈 수 있을 거라 믿는다."

"네."

"이게 마지막 용돈이다. 취업난이라고 세상이 들썩이긴 하다만 자리가 사람 만드는 거다. 네가 네 생활을 꾸려나가야 할 나이라는 건, 잊지 않았겠지?"

"안 잊었어요."

잊을 리가 있는가. 아버지는 10년 넘게 그 말을 반복했다. 오래

전에는 이런 일도 있었다.

"대학 졸업 때까지는 내가 너를 키워주마."

당시 중학교 입학을 앞두고 있었던 나는 깜짝 놀라서 되물었다.

"제 친아버지가 아니셨어요?"

곧바로 호통이 날아왔다.

"그게 무슨 소리냐?"

"아뇨, 그냥. 말씀하시는 게 꼭……."

"꼭, 뭐? 네 할아버지는 딱 내가 국민학교를 졸업할 때까지만 날 키우셨다. 그러고 나서는 새엄마들을 키우셨지."

"알아요."

"나는 대학 때까지 너를 키우기로 했다. 그렇지만 대학 졸업 후에는 스스로 커야 해. 나도 동시에 졸업하는 거니까."

"그땐 더 클 것도 없을걸요?"

그럴 줄 알았다. 대학까지 졸업한 나이에서 뭘 더 클 것이 있을까. 그러나 달랐다. 아이의 모습 그대로 늙어버린 것 같았다. 아마 고등학교를 졸업하고 대학에 들어가던 해에, 벌써 이런 예감을 해버렸는지도 모른다. 대학교 입학식 전날에도 아버지는 나를 불렀다.

"자냐?"

"아뇨."

"대학생이 되는 것 축하한다."

"네."

"내가 세상을 살면서 후회하지 않은 게 딱 두 가지 있다. 담배를 하지 않은 거하고, 일찍부터 사회에 뛰어들었다는 거다."

"네."

"너도 절대 담배는 시작하지 말거라."

아버지는 내가 이미 중학교 때 담배를 피우다가 관뒀다는 사실을 몰랐다.

"네, 근데 아버지."

"오냐."

"형은요?"

"형이 왜?"

"그냥 궁금해서 묻는 건데요. 형에게도 이런 말씀을 하셨어요?"

아버지는 잠시 나를 뚫어져라 보더니 대답했다.

"그 녀석은 말 안 해도 알아. 그런 게 바로 맏이라는 거야."

"아, 네."

정말 알까요? 라고 묻고 싶었지만, 그냥 관두었다. 형은 아버지가 말한 두 가지 교훈을 모두 배반했다. 형은 대학에 들어간 후에 때늦은 담배를 피우기 시작했고, 대학을 졸업한 후에는 그 흔한 사법 고시생이 됨으로써 경제적 독립을 이룩하지 못했다. 그러나 이 모든 것은 묵인되었다. 형이기 때문이었다. 아버지가 내게 말한 체계적인 제도들은―이를테면 학자금 대출 같은―형에게 우주 건너편의 이야기였다.

　형은 언제나 예외의 삶을 살았다. 형은 초등학교에 다닐 때 반장을 놓친 적이 없었다. 6학년 때인가는 조회 시간마다 교단에 서서 지휘를 했다. 중학교 때는 시 교육청에서 따로 꾸린 과학고 지원반에 다녔다. 아깝게 과학고에서 탈락한 형은 나와 같은 고등학교로 갔는데, 거기서도 일반 학생들과는 다른 삶을 살았다. 전교에서 여섯 명으로 구성된 '법의대반' 소속이었던 것이다. 법의대반은 말 그대로 법대와 의대를 지원하려는 학생들의 반이었다. 설명을 덧붙이자면, 당시 우리 학교 교사들 사이에서는 법의대반 학생들만 진짜 '학생'이었다. 나머지는 모두 '애들'일 뿐이었다. 학교에서 배운 것 중 사회에서 쓸모 있게 쓰이는 것은 이분법밖에 없었다. 형은 수능을 보기 전날, 혹시나 고등학교 입시 시험 때와 같은 결과가 나올까 봐 두려워했지만, 무난하게 원하던 대학에 합격했다. 원하던 대학이었으나, 과는 아니었다. 법학과가 아니라 경영학과였다. 형은 경영학과 내에서 구성되어 있던 '고시팀'에 들어감으로써 아버지를 안심시켰다.

　"졸업하고 나면 다 똑같이 신림동에서 만날 텐데요, 뭘."

　형의 말은 이러했고, 아버지는 안심했다. 안심이 아니라 좀 더 과장된 믿음을 갖기도 했다.

　"경영학과라니까. 법대는 한물간 거야. 경영학과가 훨씬 높다는데? 낙타가 바늘구멍에는 들어가도 경영학과에는 발도 못 들이

민다고 하잖아."

아버지는 이렇게 말하곤 했다. 형은 경영학과를 수석과 간발의 성적 차이로 졸업하고, 신림동 고시촌에 들어갔다.

형은 싹부터 남달랐다. 세 살 때 책을 팔러 온 사람이 형의 글 읽는 솜씨를 보고 깜짝 놀랐다는 식의 전설은 흔하다. 학교에 들어가서는 예술적 감각이 남달라서 엄마를 고민하게 했다.

"아주 창의적이고 남달라요."

미술 학원 원장의 말이었다. 엄마는 전문가의 조언을 흘릴 수가 없어서 가슴에 담았는데, 곧 피아노 치는 솜씨가 수준급이라는 조언도 가슴에 담아야 했다. 물론 그것은 피아노 학원 원장의 얘기였다. 엄마의 가슴은 형에 관한 조언들로 넘쳐났다. 형의 신화는 그렇게 화려한 결말을 향해 나아가고 있다, 지금도.

형의 고시원 옆방에는 형의 법대 입학을 막았을 과거의 경쟁자들이 나란히 들어가 있었다. 이제 다 같아진 것이다. 누가 가장 빨리 고시촌을 떠나느냐 하는 속도의 문제만이 남아 있었다. 그속도의 문제가 마무리될 때까지, 아버지는 형을 책임지기로 했다. 아마 형에게 따로 말씀하지는 않으셨을 것이다. 아무 말 없이도 형은 알고 있었을 것이다.

어찌 보면 인생은 졸업과 졸업의 연속이다. 나는 지극히 평범했다. 초등학교를 졸업하니까 중학교가 기다렸고, 중학교를 졸업하니까 고등학교가 기다렸다. 대학교까지 졸업하니 사회가 블랙홀처럼 나를 덮쳤다. 아버지는 늘 '사람은 소속이 중요하다'라고 강조했고, 나는 그 말에 떠밀리듯 아무 구멍이나 찾아 들어갔다. 그 결과 직장을 일곱 번이나 옮겼다. 그럼에도 불구하고, 나는 졸업 이후 나를 설명할 만한 소속을 잃어버린 느낌이 든다. 가장 심각한 것은 영혼의 영양실조였다. 바삭바삭 말라가는 영혼의 결핍을 채우기 위해, 나는 여러모로 노력해야 했다. 쉰 개가 넘는 온라인 동호회에 가입한 것도 그러한 노력의 일부였다. 온라인 사이트에서는 나를 막지 않았다. 동호회가 많아지다 보니 오히려 역효과가 났다. 소속된 모임의 수에 비례해서 그만큼 더 지구 밖으로 내팽개쳐지는 것 같은 느낌이 들었다. 그랬다. 내가 가장 두려워하는 바로 그것! 소외감이었다.

고등학교를 졸업하던 날에는 처음으로 아버지가 함께했다. 형과 나는 3년 터울이었고, 우리의 졸업식은 공교롭게도 늘 같았다. 아버지는 매번 형의 졸업식을 선택했다. 그 전날에는 이에 대한 의례적인 언급이 있었다.

"너희 형제는 참 의가 좋은가, 왜 졸업식도 꼭 같은 날 맞춰서 하는 건지 모르겠다."

"이번에는 시보 졸업식 가세요. 전 괜찮아요."

형은 이렇게 선수를 쳤지만, 아버지는 이미 다 결정해놓은 고민을 하는 척했다.

"그래도 고등학교 졸업식인데, 부모가 없는 것도 아닌데 어쩌겠냐. 가야지. 시보는 중학교지만, 너는 고등학교 아니냐."

바로 저 논리! 거의 3년마다 반복된 저 논리 때문에 나는 초등학교, 중학교 졸업식을 홀로 보내야 했다.

"그럼 시보 졸업식엔 내가 갈 테니, 당신은 대보 졸업식에 가요."

어머니가 이렇게 제안했지만, 다음 날은 여지없이 두 분이 함께 행동하셨다. 부모 한쪽만 가면 모양새가 좋지 않다는 아버지의 논리 때문이었다. 결과적으로 나는 또 혼자 졸업식을 보내야 했다. 두 번이나 그랬기 때문에, 고등학교 졸업식 때 부모님과 함께 찍은 사진은 내게 어색한 추억으로 남아 있다.

"자식의 고등학교 졸업식이니까, 꼭 가야지."

아버지는 이렇게 말씀하셨지만, 사실 그것은 형의 졸업식이 없었기 때문에 가능한 일이었다. 어쨌거나 내 고등학교 졸업식만은 풍족했다. 자랑스러운 졸업생이었던 형의 참석만으로도 영광스러운 졸업식이었다. 게다가 아버지도 등장했고, 어머니도 함께했다. 졸업식이 끝나고 우리는 고깃집에 가서 소갈비를 9인분이나 먹었는데, 한창 나이였어도 배가 꺼지지 않아 저녁 내내 끅끅거렸다. 기분 좋은 포만감이었다. 배만 부른 것이 아니라 마음속까지 든든했다. 그날 하루는 온전히 이 집안의 주인공이었던 것이다. 그러나 그 갈비가 채 소화되기도 전에, 나는 이상한 예감에 사로잡혔다. 교복을 벗는다는 사실이 부담스러웠다. 몸도 그것을 알았는지, 밤새 식도의 길이가 두 배로 늘어나버린 것 같았다. 덜 소화된 갈비 몇 그램이 식도 중간에 걸렸는지 밤새 식은땀을 흘렸다. 어머니는 굵은 실로 내 엄지손가락을 칭칭 감고, 바늘로 찔렀다. 까만 피가 솟아났다. 어디에 이런 피가 모여 있었는지 신기할 만큼 까만 피였다.

설거지를 하고 방으로 돌아왔다. 정말 사표는 쓰는 데 의의가 있는 것인가. 구겨진 사표를 버리고 빳빳한 새 봉투에 '사직서'라고 적었다. 그리고 권총에 탄환을 장전하듯 양복 안주머니에 넣어두었다.

달력 숫자 위의 파란 동그라미가 블루문처럼 보였다. 블루문은 서양에서 말하는 불길한 달이다. 물론 실제로 존재하는 블루문은 전설처럼 사악한 기운 때문에 만들어진 것이 아니다. 화산재 구름의 입자가 달빛의 붉은 기를 산란하기 때문에 파랗게 보일 뿐이다. 그 블루문이 지금 내 달력 위에 떠 있다. 아니, 아니다. 저 날짜는 블루문이 아니라 두 번째 달이 뜬 날이다. 두 번째 달의 기운은 어떤 구름에도 산란되지 않았고, 그대로 지구에 도달했다. 달빛을 받은 사람들은 증발했다. 엄마도 그들 중 하나였다.

역술인들은 올해가 1994년 이래 최악의 해라고 떠들었다. 불길한 예언은 이미 대한민국을 폐허처럼 만들었다. 오히려 재앙이 오지 않으면 더 불안해질 것처럼 이 사회가 흔들리고 있었다. 그리고 이것은 우리만의 문제가 아니었다. 지구인 모두의 문제였다. 1994년의 불길한 계보를 잇는 올해는, 사람들의 입방아 속에서 벌써 침몰하고 있었다. 바닥에 수상한 구멍이 뚫린 배처럼.

4

"달이 인간의 질병에도 적지 않은 영향을 미치는 것으로 나타났습니다. 보름 때 일반인의 진찰 건수는 3.6퍼센트가량 증가했는데, 그중에 가장 많은 것은 소화기 계통의 질병이라고 합니다. 보름 때는 식사량이 그믐 때에 비해 8퍼센트가량 증가합니다. 갑작스러운 과식이나 폭식으로 위장이 부담을 느끼기 때문입니다."

출근 전, 내 발목을 붙잡는 것은 뉴스들이다. 제때 출근하려면, 텔레비전에서 흘러나오는 뉴스를 과감히 뿌리치고 지하철역으로 뛰어가야 했다. 그러나 내가 뉴스를 외면한다고 해서, 뉴스가 나를 쫓아오지 못하는 것은 아니다. 지하철역까지 걸어가는 몇 분 동안 간추려진 뉴스 메시지들이 내 휴대전화 속으로 침투한다. 지하철 안에는 나와 같은 사람들이 수두룩하다. 서 있는 방향과 옷차림과 눈빛과 입냄새가 제각각인 사람들이 뉴스로 얼굴을 가리고 있다.

뉴스는 사무실 안에서도 흘러나왔다. 소화불량을 불러일으킬 법한 요인들은 도처에 널려 있었다. 나는 해가 떠 있는 내내 불친절한 고객들에게 시달렸다. 집에 없거나, 있어도 바쁘거나, 바쁘지 않아도 내 통화에 관심 없는 사람들. 어떤 사람은 한 번만 더 전화를 걸면 나를 고발해버리겠다고 말했다. 처음 보는 이름이었는데 그녀는 내게 알은척을 했다.

"지난 토요일에도 전화해서 내 생활을 망쳤잖아요. 바빠 죽겠는데."

지금 처음 전화를 드리는 거라고 누차 강조해도 여자는 내 말을 듣지 않았다.

"피부 관리 따위, 설문지 작성 따위 다 모르는 일이라고요."

"고객님, 저희는 피부 관리실이 아닙니다. 저는 좋은 부동산 정보를 드리……."

"됐어요, 다 똑같다고요. 내가 그렇게 전화하지 말라고 말했는데, 왜요. 내가 그렇게 피부 관리를 꼭 받아야 할 만큼 피부가 더러워 보인다는 거야, 뭐야. 나도 2년 전까지는 잡티 하나 없었다고, 알기나 알아? 당신들이?"

어쩔 수 없었다. 나는 이 세상의 모든 텔레마케팅 업체를 대표하는 기분으로 사과를 하고 전화를 끊었다. 헤드셋을 벗자 목덜미가 뻐근했다. 피부로 인해 시달린 여자는 내게 스트레스를 전가하는 데 성공한 셈이었다. 목을 한 바퀴 돌리자 우두두둑, 녹슨 지구본이 돌아가는 소리가 났다.

사무실의 인터넷은 느렸다. 잘되지도 않았다. 그래도 걱정할 것은 없었다. 내게는 휴대전화 실시간 뉴스 알림 메시지가 있으니까. 나를 외롭지 않게 해주는 것은 뉴스뿐이다. 휴대전화가 부르르 몸을 떨었다. 휴대전화 뉴스 메시지들은 잦은 소변과 위장 장애에 대한 좀 더 확실한 물증들을 제공했다.

뉴스를 보았기 때문인지, 원래 그럴 가능성이 있었던 것인지는 몰라도 오전 내내 화장실을 몇 번이나 들락거렸다. 소변을 보고 오면 또 소변이 마려웠다. 시간이 지나자 배가 살살 아프기 시작했다. 정확히 말하면 배가 아니라 위였다. 점심시간에 죽을 사 먹었는데도 위장이 더부룩하고 답답한 증상은 가라앉지 않았다.

엄마에게 전화를 걸어보았지만, 역시 휴대전화는 꺼져 있었다. 수도권의 모든 '국가혜' 씨에게 말을 걸어보았지만 아무도 귀를 기울이지 않았다. 리스트를 하나둘 줄여가다 보니 오후가 금방 지나가버렸다. 나는 빨리 퇴근 시간이 오기를 기다렸다.

"이게 다 중력 때문이라니까. 노 과장, 노 과장도 이참에 내가 나가는 모임에 들어오지 그래?"

옆에서 나를 지켜보던 이 과장이 말했다.

"무슨 모임이요?"

사실 물어볼 필요도 없었다. 이 과장이 말하는 모임이 무중력자들의 모임인 건 당연한 이야기였다. 이 과장은 무중력자들의 모임에 나간 후로 변비가 나았다고 말했다.

"진짜라니까, 내 얼굴빛 달라진 거 같지 않아?"

그러고 보니 그런 것 같기도 했다. 이 과장의 얼굴에는 늘 뾰루지가 몇 개 있었는데, 지금은 흔적도 찾아볼 수 없었다.

"요즘은 무중력 운동도 하거든. 그거 유산소운동보다 더 좋은 거야. 홍 과장도 엄청 만족한다고. 노 과장, 전에 턱 아프다 그러지 않았어? 그게 다 중력 때문이라니까. 노 과장 두개골이 중력을 받아서 그런 거라고. 턱관절이 버틸 힘이 있나. 턱 때문에 음식을 잘 못 먹으니까 위도 봐, 늘 그렇게 소화력이 떨어지잖아."

위는 원래부터 내 취약 부분이었다. 턱 따위와 비교할 것이 아니다. 빨리 퇴근을 해서 건물 3층에 있는 한의원에 가야 한다. 퇴근 시간 1분 전, 30초 전, 5초 전, 그리고 땡!

땡! 엘리베이터가 3층에 나를 떨어트렸다. 1층을 향해 가는 수많은 무리 중에서 나 혼자만 톡 튕겨 나왔다. 꼭 옷감에서 떨어져 나온 실밥처럼, 혼자만 톡.

한의원에는 사람이 많았다. 찻집을 겸하고 있기 때문이었다. 한의사가 직접 달인 한방차는 텔레비전의 맛집 프로그램에도 나올 만큼 유명했다. 내 차례가 될 때까지 대기실에서 30분을 기다려야 했지만, 지루하지는 않았다. 고객 대기실의 한쪽 벽 가득, 질병의 종류와 그에 좋은 음식들이 적혀 있었기 때문이다. 옆을 보니, 나 말고도 다른 남자가 마치 음식점의 메뉴판을 보듯, 질병 리스트를 보고 있었다. 자칫하면 벌린 입에서 침이 뚝뚝 떨어질 것처럼 몰입한 채.

"노시보 씨, 들어오세요."

나는 능숙한 환자였다. 옥돌로 만들어진 환자용 침대 위에 올라가서 재빨리 양말을 벗고, 와이셔츠의 손목 부분 단추도 풀었다. 소매와 바짓단을 걷어 올리고, 넥타이도 느슨하게 만들었다. 누워서 배까지 느슨하게 만들자, 뭐든 할 수 있을 것 같은 완벽한 준비 상태가 되었다.

"오랜만에 오셨네요?"

한 달 전에도 오지 않았나? 오랜만이라고 할 수가 있나? 내 표정을 봤는지 한의사가 얼른 덧붙였다.

"전에는 거의 이틀에 한 번씩 오셨잖아요. 좀 편안해지셨나요?"

"업무가 많아서 못 왔어요. 사실은 소화가 잘 안 돼요. 요즘 술자리도 좀 많이 있어서."

"변은 제때 잘 보세요?"

그게 제일 심각한 문제였다. 나는 화장실에 갈 시간도 부족했다. 내 생체리듬은 좀 이상하게 맞춰져 있어서 내 생활 스케줄과

엇박자로 움직였다. 항상 만원 지하철 한가운데서 배가 꾸르륵거렸다. 그것을 겨우 참고 회사 건물에 당도하면, 그때는 배가 잠잠했다. 화장실이 보일 때는 아무런 신호가 오지 않았고, 고객과 통화 중일 때는 신호가 쏟아졌다. 갑자기 내 병명에 추가할 것이 떠올라서 입을 열었다.

"과민성 대장 증후군, 저 그거 같은데요."

"한번 눌러볼게요. 이렇게 누르면 아프세요?"

한의사의 손이 누르는 곳마다 저릿한 통증이 느껴졌다.

"위가 딱딱하게 굳었네요. 장까지 옮겨졌어요."

순간, 위가 돌처럼 딱딱해졌다.

"많이 부어올랐고요."

냉큼, 위가 풍선처럼 부풀어 올랐다.

"위하수예요. 위하수."

기다렸다는 듯, 위가 밑으로 축 늘어졌다.

한의사는 돌처럼 딱딱하고 풍선처럼 부풀어 오르고 밑으로 축 늘어진 위에 가느다란 침을 몇 개 찔렀다. 발가락 끝에도 침을 두 방 놓았다. 침이 워낙 가느다랗고, 순식간에 일어난 일이라 사실 나는 침이 몸속으로 들어오는지 어떤지도 느끼지 못했다. 한의사의 손이 잠시 씨 뿌리는 듯한 자세를 취했을 뿐인데, 침이 내 몸의 곳곳에 안착했다. 간호사는 배에 꽂힌 침에 전선 같은 것을 연결하고 스위치를 켰다. 탁 하는 소리와 함께 모든 것이 시작되었다.

저 알 수 없는 기계로부터 몇 볼트인지도 확인 불가능한 전류들이 흘러나와 내 배 속으로 파고들었다. 짜릿짜릿한 느낌은 아프다기보다 기분 좋을 정도였지만, 이것이 전류라고 생각하니 겁이 더럭 났다. 종종 뉴스를 장식하곤 하는 감전사나 의료사고가 떠올랐다. 스파를 즐기던 부부가 감전사한 사실이 이슈화된 지 이틀도 지나지 않았다. 아마 내 위가 전기를 지나치게 흡수하거나 장애를 일으켜 심장이 멈춘다면, 사회에는 전기 침 주의 바람이 불 것이다. 그러나 아무리 이슈를 좋아한다고 해도 전기 구이가 된 내 모습을 신문에 내걸고 싶은 생각은 없었다. 이런 생각을 하는 중에도 전선은 가늠할 수 없는 전류들을 내 몸으로 투입시키고 있었다.

겨우 15분 동안 전기 침을 맞았을 뿐인데, 등에 식은땀이 나 축축했다. 축 늘어진 채로 병원을 나섰다. 건물 밖 회전문은 왜 그리도 육중한지, 하마터면 다시 건물 안으로 되돌아갈 뻔했다.

달과 관련된 모든 것은 여전히 인기 검색어였다. 많은 사람이 같은 것을 궁금해한다는 사실이 이상하게 위안이 되었다. 각자 다른 생각들을 품고 있다는 것만큼 소외감을 느끼는 일도 없다. 그것이 내가 자주 인터넷 검색 순위를 살펴보는 이유이기도 했다. 순위에 내가 아는 것이 올라오면 안심이 되었고, 모르는 검색어가 등장하면 부리나케 정보를 찾아보았다.

검색어 중에는 아폴로 11호, 13호처럼 실제로 벌어진 일들도 있었고 막연한 상상력으로 꿈꿔지는 일들도 있었다. 이미 벌어진 일을 벌어지지 않은 일이라고 우기는 해묵은 논쟁들도 다시 일어났다. 논쟁의 한 축에 따르면 그 어떤 인간도 달에 간 적이 없고, 지금 달이 늘어난 것도 모두 UN의 음모라고 했다.

판타지 세계에서는 두 개의 달이 뜨는 것이 전혀 생소한 일이 아니다. 그러나 현실에서 두 개의 달이 뜬다는 것은 말이 되든 안 되든 많은 설명을 필요로 하는 일이었다. 과학계에 따르면, 모든 문제의 핵심은 새 달이 어디에 머무느냐 하는 것이었다.

"노 과장, 이거 봤어?"

이 과장이 클릭한 동영상 속에서는 마치 지구와 달이 탁구공처럼 통통 튕겨 나가고 있었다. 두 달은 공전궤도와 속도가 같아서 지구를 사이에 두고 마주 보는 형태를 유지했다. 안정된 형태였으나 이렇게 유지될 확률은 적다고, 과학자들은 입을 모아 말했다. 일단 두 개의 달이 질량이 달라서 인력 차이가 나기 때문이다.

"공전궤도와 공전 속도가 다르다면? 결국 충돌하겠지요. 충돌 정도에 따라 다르겠지만 산산조각 날 가능성도 있고, 합쳐질 가능성도 있습니다. 만에 하나 지구와 충돌할 경우에는 문제가 커지게 될 것입니다. 일단, 보험도 안 되지 않습니까?"

동영상 속의 천문학자는 얄궂은 표정을 지었다.

"위로가 될지 모르겠습니다만 우주에서 달이 꼭 하나뿐인 건 아닙니다. 화성 같은 경우는 이미 오래전부터 달과 같은 위성을 두 개나 갖고 있습니다. 다만 화성에는 아직 사람이 살지 못할 뿐이지요."

화면 속의 천체들은 마치 불꽃놀이처럼 충돌했다. 같은 화면을 보는데도 이 과장과 나는 표정이 달랐다. 이 과장이 명랑하게 말했다.

"봤지? 화성도 두 개래, 달이."

"보긴 뭘 봐! 여기는 지구다!"

천둥 같은 음성으로 대답한 사람은 조 부장이었다. 조 부장은 이 과장을 향해 말했다.

"열정을 다해서 고객 응대하고 있나?"

"네."

"진짜?"

"네."

조 부장이 한 번만 더 물어보았다면, 내가 나서서 증언이라도 해주고 싶었다. 이 과장의 열정에 대해서. 조 부장은 이 과장이 열정을 다해 대답하자 심드렁하게 말했다.

"그게 문제야. 넌 열정을 다하면 꼭 탈이 난단 말이야! 최대한

81

존재감을 없애라고, 알았어?"

이 과장이 머뭇거리다가 고개를 끄덕였다. 조금 전의 명랑함은 이미 추락하고 없었다. 조 부장이 사라진 후 이 과장은 다시 동영상에 시선을 고정했다. 재생 버튼을 클릭하자 지구와 달이 시원한 속도로 충돌했다. 동영상의 제목은 '삼중 추돌'. 검색어 20위권에 들어선 유행어였다.

검색어에 빠져 있던 오후, 경보음처럼 휴대전화가 울렸다.

"네, 노시보입니다."

"안녕하세요? 노시보 씨."

가늘고 허스키한 목소리의 여자였다.

"누구십니까?"

"예, 여긴 〈심플라이프〉예요. 전 기자 송영주라고 합니다."

"관심 없습니다."

그러고는 전화를 끊었다. 이건 내 고객들로부터 배운 확실한 거절의 방법이다. 요즈음에는 다양한 경로로 낯선 전화가 걸려오는데, 대부분은 제품을 홍보하는 내용들이다. 목적 없는 전화는 없다. 나부터도 땅을 팔고 있지 않은가.

"전화가 끊겼네요? 노시보 씨."

끊은 거예요, 라고 말하는 대신 나는 가만히 있었다. 침묵이 몇 마디 말보다 더 확실한 거절의 방법이라는 것은 헤어진 옛 애인, 미라에게 배운 것이다.

"혹시 〈심플라이프〉를 모르시는 건 아니죠?"

"그게 뭡니까?"

"이런! 잡지를 안 보시는군요."

"많이 보는데요."

그렇고말고. 나는 한 달에 열세 권의 잡지를 본다. 〈월간 땅〉〈주간 토지〉〈계간 땅과 사람〉〈월간 대지의 풀〉 그러고도 아홉 권이나 더.

"저흰 교양 있는 중산층을 위한 라이프 스타일 잡지예요. 전 수석 기자 송영주예요."

"그런데요?"

"'현대인과 병'이라는 기사를 기획 중입니다. 노시보 씨의 도움을 받고 싶어서 전화드렸어요. 전에 저희 잡지에 건강검진권을 신청하셨더라고요."

"제가요?"

기억이 가물가물했다.

"네, 저희가 한창 이벤트를 했을 때 말이죠. 500명 중에 세 명 뽑는 거였어요. 노시보 씨께 건강검진 기회를 드리려고 합니다. 게다가 저희 협력 업체인 참병원에서도 노시보 씨를 강력 추천하시더라고요."

"추천요? 왜요?"

"꼭 완치하고 싶은 환자라고 하시더군요. 병원에 오래 다니셨는데도, 뚜렷한 효과가 없으시죠? 자주 다양하게 아프시고요. 저희가 그 이유를 분석해드리려고 합니다. 대신 기사에 필요한 정보를 좀 주셔야 해요. 물론 실명으로 나가지는 않을 거예요. 사진도 모자이크 처리될 거고요."

"잡지 이름이 뭐라고요?

"〈심플라이프〉요. 저희가 퓰리처상 보도사진 전시회도 열어서 꽤 유명한데요. 전시회는 노시보 씨 회사 근처에서 열리고 있어요."

"제 회사도 아시네요?"

"집 주소도 알죠."

며칠 후 저녁에 그녀를 만나기로 했다. 기자 이름이 기억나지 않아서 달력에 '퓰리처'라고 적었다. 퓰리처는 내가 엄정한 심사를 거쳐 발탁된 대상이라고 했다. 그 엄정한 심사의 기준이란, 최근 6개월 동안 병원 방문 횟수가 아흔 번 이상이어야 하고, 다섯 가지 이상의 병세로 방문한 것이어야 하며, 그럼에도 불구하고 지금까지 완치되지 않은 사람이어야 한다는 것이었다. 그 말을 듣자마자 머리가 지끈거렸다. 딱 내 얘기였다.

엄마의 휴대전화는 여전히 꺼져 있고, 엄마를 찾는 전화들도 계속되었다. 그럼에도 불구하고 아버지는 엄마가 어디로 갔는지 알고 있는 사람처럼 달구경이 끝나면 돌아올 거니 동요하지 말라는 말만 반복했다. 그 말을 믿을 수가 없었다. 왜냐하면 또 한 마리가 실종되어 세 마리의 멸치만 남은 수족관을 아버지가 그냥 방치하고 있었기 때문이다. 멸치의 실종을 모르는 것도 같았고, 알면서 방치하는 것도 같았다.

"아버지도 불안하신 게지."

형은 전혀 불안하지 않은 어투로 말했다.

겨우 4월이 되었을 뿐인데, 찜통 같은 더위로 땀이 등짝에 송골송골 맺혔다. 분명 기상이변이었는데 30도라는 말을 너무 많이 듣자, 마치 오래전부터, 어쩌면 석기시대부터 4월은 30도에 육박했던 것처럼 느껴졌다. 날이 더워지면서 거리의 음식점마다 보양식 메뉴를 내걸었다. 사람들은, 그리고 음식점들은 초복이 오기를 기다릴 여력이 없었다. 일단 뭐라도 먹고 힘을 비축해서 다시 부활해야 했다.

집에서도 보양식이 등장했다. 형이 커다란 들통에 미꾸라지를 가져온 것이다. 형은 투명한 냄비에 미꾸라지 다섯 마리와 큼직한 두부를 넣었다. 그리고 물을 부었다. 냄비 뚜껑을 닫고 가스레인지의 불을 켰다.

"자, 아쿠아리움이 따로 없다. 미꾸라지들이 움직이는 걸 잘 봐. 일부러 투명한 냄비로 가져왔잖아."

형과 나는 예전에 63빌딩 수족관에 가던 기분으로 식탁에 앉아 냄비를 지켜보았다. 어느 순간이 지나자 물이 팔팔 끓기 시작했고, 미꾸라지들이 움직이기 시작했다. 이리저리 춤을 췄다. 그리고 한 마리씩, 아니, 순서를 지키지 않고 너도나도 큼직한 두부 속으로 파고들었다. 머리가 사라졌고, 꼬리가 사라졌고, 곧 냄비 안에는 팔팔 끓고 있는 물과 두부 한 모만 덜렁 남아 있었다.

"두부가 덜 뜨거우니까 그 안으로 숨는 거야, 얘들이."

형은 실험을 끝낸 과학 교사처럼 말했다. 미꾸라지의 습성을 이용한 이 요리는 생각보다 간단했다. 미꾸라지가 완전히 숨을 거두었으리라 추정되는 시간에 형은 냄비 뚜껑을 열었다. 두부는 멀쩡했다. 어쩐지 그것이 22층 회사 건물처럼 보여서 나는 눈을 뗄 수가 없었다.

형은 미꾸라지를 삼킨 두부, 혹은 미꾸라지가 파고든 두부를 도마 위에 올리고 보기 좋게 썰어냈다. 도마 위에서 두부는 총 열 쪽으로 갈라졌다. 그리고 다시 스무 쪽으로 갈라졌다. 한 번만 더 칼질을 하면 우리 회사의 모습이 그대로 나타날 것 같았다.

"기가 막히지? 맛은 더 기가 막혀."

형이 말했다. 다시 보니 두부 속에 점점이 박힌 미꾸라지의 몸은 별이 총총 박힌 우주 같았다. 그래서인지 목으로 잘 넘어가지 않았다. 그 점점이 박힌 미꾸라지의 몸통 어딘가에는 내 모습도 있을 것만 같았다.

5

달의 주기는 거미줄처럼 지구를 조종했다. 주식의 오름세와 내림세, 집값, 알코올 소비량, 인간의 기분과 결정. 달이 늘어난 후 모든 것이 뒤엉켰다. 멀리까지 가서 찾을 필요도 없었다. 우리 집만 해도 엄마는 집을 나갔고, 아버지는 이상하게 담담하며, 고시생인 형은 뜬금없이 요리를 하기 시작했다. 모든 것이 이상해졌다.

이상해진 것이 우리 집만의 문제는 아니었나 보다. 세계적으로 가출과 폭력과 자살이 속출하는 가운데, 유전자 전문가들은 이렇게 말했다.

"인간 DNA 안에는 대략 25000개 정도의 유전자가 있습니다. 그

중 어떤 염색체들은 1미터가 넘는 굉장히 긴 DNA 가닥을 갖고 있기도 합니다. 이 DNA는 두 가닥으로 나뉘어 있습니다. 이렇게 DNA를 두 가닥으로 나뉘게 하는 메커니즘이 바로 달입니다. 달이 지구의 궤도에 들어온 10억 년 전에는 지구의 조수 차가 지금보다 훨씬 컸습니다. 조수가 수백 킬로미터 내륙까지 밀려 들어왔을 정도니까요. 다시 말해서, 해안 지역의 염분 함유도가 급속히 변화해서 DNA 분자와 비슷한 두 가닥 분자들이 반복적으로 결합하고 분리되었습니다."

형의 유전자에 변이가 생겼다고 볼 만한 증거를 그 순간 발견했다. 그 뉴스를 유심히 보던 형이 손질 중이던 파를 두 가닥으로 댕강 뜯어낸 것이다.

"아, 이렇게!"

이런 원시적인 반응을 보이면서.

폴 버그라는 사람이 말하길, 모든 질병은 유전자와 관련이 있다고 했다. 형을 설명할 수 있는 대표 유전자는 6번 염색체다. IGF2R이라는 이 염색체는 일명 '스마트 유전자'라고 불리기도 하는데, 높은 아이큐를 보장하는 지표인 셈이다. 물론 스마트 유전자를 갖고 있지 않은 사람은 없다. 내 머릿속에도, 구보의 머릿속에도 이 유전자는 있지만, 정말 '스마트'해지려면 이 유전자에 변이가 있어야 한다. 천재들만이 갖고 있는 그 공통적인 변이! 이런 특정 변이형을 갖는 경우는 그렇지 않은 경우에 비해 아이큐가 4점 정도 더 높았다.

스마트 유전자가 특출나던 형 덕분에, 나는 학창 시절부터 원치 않았던 기대와 책임지고 싶지 않았던 실망을 함께 맛보아야 했다. 나는 공부를 못하는 학생이 아니었다. 시험 때면 나름대로 공부했고, 그럭저럭 반에서 10등 안에 들곤 했다. 내가 대학에 들어갈 수 있을지 없을지 걱정한다거나, 혹은 고등학교를 제대로 졸업할 수 있을지 없을지 의심되는, 그 정도의 상황은 아니었던 것이다. 문제는 형이 쌓아놓은 스마트 유전자의 이미지가 공부 외에도 다방면에 걸쳐 녹아 있었다는 점이다.

형은 모든 면에서 엘리트였다. 공부는 물론이고, 통솔력도 뛰어났고, 교우 관계는 취향을 알 수 없을 만큼 무난했으며, 매사에 자신감이 넘쳤다. 내가 기억하는 형의 100미터 주파 기록은 18초였다. 운동 좀 한다 싶은 애들의 기록치고는 매우 못 뛰는 축에 속하는 기록이었다. 그런데 형은 100미터를 18초에 겨우 뛰면서도 우리 학교를 대표하는 운동선수 중 하나였다. 참 이상한 일이었는데, 나중에야 그 비결을 듣게 되었다.

"취약 종목을 하면 안 되지. 나는 농구만 한다고."

나중에야 형은 껄껄 웃으면서 이렇게 말했다. 하긴, 형이 농구 외에 다른 운동을 하는 모습은 본 적이 없었다. 형이 말하는 취약 종목 — 이를테면 축구와 달리기, 특히 야구 — 은 교묘히 피했다. 형의 선택은 탁월했다. 형의 학창 시절은 농구 붐이 일던 시기였기 때문이다.

"이런 게 바로 전술이다."

감히 농구 황제에게 다른 운동 능력을 시험해보려는 아이들은 없었다. 형은 고등학교를 졸업할 때까지 그 흔한 축구 한 번 하지 않은 채 오로지 농구만으로 운동에 관련된 재능을 인정받았다.

형은 농구를 즐기지 않았다. 좋아하지도 않으면서 매일 30분 씩 농구공을 가지고 뛰었다. 그 모든 것이 형이 쌓아 올린 이미지를 뒷받침하는 노력이라는 것을 이해하는 데는 꽤 오랜 시간이 걸렸다. 농구뿐이 아니었다. 형이 하는 공부도, 게임도, 독서도, 심지어는 영화 감상에 이르기까지, 모든 것이 형의 진심과는 상관이 없으면서도 형을 만드는 요소들이었다.

"해야 하는 거니까."

형은 늘 이렇게 대답했기 때문에, 나는 형을 알면 알수록 잘 모르겠다는 기분을 느끼곤 했다. 그랬던 형이 요즘은 이상하다. 다른 사람이 된 것처럼 변해버렸다.

유전자에 대한 뉴스가 유행했기 때문에, 사람들은 이제 혈액형 대신 유전자에 관심을 갖기 시작했다. 나도 관련 웹사이트를 몇 시간이고 뒤적였는데, 그 안에는 비밀스러운 정보들이 가득했다. 주변인들의 성향을 분석하다가 느낀 것은 불행하게도 내가 아버지의 기질을 무척 많이 닮았다는 점이었다. 아버지와 나의 공통점은 11번 염색체 DRD4에 있었다. 흔히 '모험 유전자'라고 불리는 이 11번 염색체는 사람에게 스릴과 흥분을 더해준다. 이것이 보통 형태보다 긴 사람은 모든 모험에 노출되어 있다. 바람을 잘 피우고, 스릴을 추구하며, 마약중독이 될 확률도 높다. 주의력이 떨어지는 것을 왜 '모험적'이라고 부르는지는 모르겠지만.

아버지와 나의 공통점은 이 유전자의 길이가 남보다 더 짧다는 것이다. 슬픈 일인지 좋은 일인지 잘 모르겠지만, 나는 아버지의 그런 면을 닮았다. 아버지의 유전자는 아버지가 수정란 단계일 때부터 계획되었을 것이다. 유전자는 선천적인 것이지만, 만약에라도 후천적인 영향을 받는다면, 그렇다면 아버지의 유전자는 언제 짧아졌을까. 아마 45년간 미싱을 돌릴 때 아버지의 유전자는 짧아졌을 것이다. 어쩌면 첫아들을 낳았을 때부터였는지도 모른다. 둘째 아들을 낳고, 그 아들들이 학교에 들어갈 때쯤 유전자가 몽땅 줄어든 것일 수도 있다. 그래서 지금 아버지는 '자리가 사람을 만든다'라고 생각할 만큼 소속 의존적인 사람이 된 것일 수 있다.

모험 유전자가 평균 이하인 대신 5HTT 유전자는 굉장히 풍부하다. 그 결과로 아버지와 나는 지나치게 근심 걱정이 많은 성격도 닮았다. 5HTT 유전자를 억제하는 DNA의 길이가 짧으면 이런 성향이 나타난다. 남을 잘 의식해서 사교 모임에 잘 어울리지 못하거나 낯을 심하게 가린다. 잔걱정이 많고 우울증도 있다. 자살률도 높다.

엄마의 빈자리가 생겨난 이후, 나는 아버지에 대해 매일 조금씩 더 알아갔다. 아버지는 차분한 사람이 아니었다. 나보다 더 망설이는 사람이었을 뿐. 며칠 새 아버지의 어깨는 좀 쪼그라든 것 같았다. 기차 화통을 삶아 먹은 것처럼 지나치게 크다고 생각했던 목소리 또한 어쩐지 작아진 것 같았다. 엄마가 요가를 하던 그 자리, 하필 그 자리에 아버지가 앉아 발톱을 깎는 모습도 범상치가 않아 보였다. 아버지는 어느 순간부터 엄마가 할 법한 말들을 했다.

"검은 거, 흰 거, 구분 좀 하자."

빨랫감이 뒤섞인 것을 질색하던 엄마가 달구경을 나간 후로, 집에서는 빨랫감의 규칙이 없어진 상태였다. 아버지와 나, 두 남자가 생활하는 공간이 오죽하겠는가. 그러나 아버지는 아버지대로, 몸에 밴 엄마의 잔소리를 기억하기 시작했다.

엄마는 분명 한 달 안에 돌아오겠다고 메모를 남겨놓았고, 그것은 누가 봐도 엄마의 글씨체였다. 다만 우리에게 생소했던 것은 엄마가 지금껏 이렇게 행동한 적이 한 번도 없다는 점이었다.

전국적으로 엄마처럼 행동하는 사람들이 많다는 것이 그나마 위안이 되었다. 어쩌면 모두가 위기니까 아무도 위기가 아니라는 형의 말이 맞는지도 몰랐다. 엄마의 가출이 오로지 달구경 때문이기를 바라는 마음이 뉴스를 볼수록 더 간절해졌다. 무중력자들의 가출에 관한 뉴스를 계속 따라가다 보면, 엄마에게 애인이 생긴 게 아닐까 싶어졌으니까. 한번 그렇게 의심하자 정말 그런 뉴스들만 눈에 들어왔다. 얼른 채널을 돌리면 이런 뉴스가 이어졌다.

"투신 시도를 막기 위해 옥상으로 가는 층계와 비상구를 봉쇄한 건물들, 많이 보셨을 겁니다. 최근에는 도로 양옆에 펜스를 설치해야 한다는 의견들도 나오고 있는데요. 횡단보도에 그대로 드러눕는 사람들이 생겨나 큰 혼란을 야기하고 있기 때문입니다."

횡단보도를 건너가다가 중간에 누워버린 행인들. 그들 중에는 죽은 사람도 있었고 죽지 않고 욕만 먹은 사람들도 있었다. 11층 사무실 창가에서 내려다보면, 그런 사람들은 죽어버린 게 아니라 사다리를 타고 올라가는 것처럼 보였다.

물론 지구 대기권을 벗어나기를 원하며, 혹은 지구 연약권까지 침투하기를 원하며 뛰어내리는 무중력자들도 여전히 존재했다. 내가 있는 건물 꼭대기에는 옥상 공원이 있었다. 누구나 올라가서 강남의 전경을 내려다볼 수 있는 공간이었다. 떳떳하게 하늘을 향해 연기를 내뿜을 수 있는 흡연 공간이기도 했다. 옥상 공원 한끝에는 작은 지압 산책로도 있었다. 나도 사무실 사람들과 가끔 맨발로 그 지압 산책로를 따라 걸었다.

그러나 이제는 과거의 풍경이다. 언제부터인가 22층에서 옥상으로 넘어가는 통로가 막혀버렸다. 경비실에서는 아예 옥상 공원의 문을 잠가버렸다. 투신하는 사람들도 많았고, 그 사람들 중에는 이 건물에 소속을 갖고 있지 않은 뜨내기도 많았기 때문이다. 사람들이 이 건물을 선택해서 찾아오는 것은 그만큼 이곳의 출입이 쉽고 만만했기 때문이다. 내가 매일 드나드는 건물이 자살의 명소가 된다는 것은 그다지 유쾌한 일이 아니었다. 늘 경찰이 드나들었고, 로비를 통과하는 모든 사람을 의심의 눈초리로 보게 되었고, 가끔 낯이 익은 얼굴이 죽으면 증언도 해야 했다. 이런 상황이 되니 누가 죽은 사람이고 누가 죽지 않은 사람인지 헷갈릴 정도였다.

엘리베이터를 타면 함께 올라탄 사람들이 마치 곧 추락할 시체들처럼 보였다. 이미 죽어 있거나, 혹은 곧 죽을 시체들 말이다. 눈앞에서 다양한 시체가 시체 아닌 것처럼 행동하고 있었다.

점심시간에도 우리의 메뉴는 '자살'이었다. 홍 과장은 아파트 맞은편 창가에서 남자가 목을 맸고, 한동안 그 남자의 시체를 보면서 생활했다고 말했다. 창가에 걸려 있던 것은 덜 마른 빨래가 아니라 사람이었다. 그것이 시체인지도 모르고, 홍 과장은 밥을 먹고 빨래를 널고 청소기를 돌렸다고 했다. 시체가 바라보는 창문과 홍 과장이 바라보는 창문 사이에는 5미터 정도의 간격이 존재했다. 5미터는 시체를 보지 못하기에는 너무 가까운 거리였고, 그것이 시체인지 알기에는 너무 먼 거리였다.

"그날 이후로 아파트에 사는 모든 주민이 시체처럼 느껴졌어. 조금 웃긴 건 뉴스에서 그 남자를 '무중력자'라고 불렀다는 거야. 내가 알기로 그 남자는 달이 늘어나기 전에 죽었거든."

홍 과장은 그렇게 말하면서 숟가락을 놓았다. 밥맛을 잃은 것이었다. 밥맛을 잃은 것은 홍 과장뿐이 아니었다. 이 과장도 초조해하고 있었다.

"맹장을 다시 붙이는 수술은 없겠지?"

이 과장은 10년 전에 맹장 수술을 한 것에 대해 후회하고 있었다. 터져버린 맹장을 방치할 수는 없었겠지만, 그는 맹장 수술 자체를 되돌리고 싶어 했다. 그가 왜 그렇게 맹장에 깊은 집착을 보였는지는 퇴근 후에 알게 되었다.

황사가 심했지만, 강남역 앞은 사람들로 들끓었다. 무중력자들의 두 번째 집회가 열렸다. 무중력자들은 연령도 직업도 다양했다. 그러나 모두 한목소리를 냈다.

"우주 후진국 대한민국은 하루 속히 시행하라. 달에 기지를 세우라! 달에 기지를 세우라! 달로 이주할 권리를 달라!"

달에 DNA를 보내는 데 동의하는 서명운동도 열렸다. 자료 화면이 대자보처럼 나붙었다. 상현달 지부장이라는 사람이 메가폰을 잡았다.

"저희가 따로 임대료를 낸 건 아닙니다만, 대한민국의 국민으로서 세금 한 번 떼어먹은 적이 없습니다. 요즘 모 기업의 총수께서는 탈세 혐의로 주목을 받으시는데, 전 돈 버는 재주만 없는 게 아니라 떼어먹는 재주도 없어서 꼬박꼬박 다 냈습니다. 그 세금에 지금 이 땅값도 포함되어 있는 걸로 믿고 얘기를 해보겠습니다."

워어. 무중력자들의 환호 속에서 상현달 지부장이 말을 계속했다.

"이제! 우리는 지구를 떠나야 합니다. 지구의 중력이 점점 더 까칠해지는 것을 알고 계십니까? 우리는 지구를 떠나야 합니다. 지구의 중력이 점점 더 지구 곳곳을 잡아당기고 있다는 것을 알고 계십니까? 우리는 지구를 떠나야 합니다. 중력의 과잉이 가져오는 것은 결국 자유의 결핍입니다. 이제 인류는 중력에서 벗어나 무한한 우주로 뻗어나가야 할 때입니다. 우리는!"

워어. 무중력자들이 한 번 더 환호했다. 상현달 지부장은 두 손을 높이 들고 외쳤다.

"우리는 이제 무중력자라는 사명을 띠고 역사와 세계 앞에 당당해야 합니다. 무중력자는 달로 완전히 이주하는 그날까지 지구 곳곳에서 무중력적으로 살아가야 합니다. 태곳적부터 무중력자들과 중력자들은 구분되어 있었습니다. 우리 몸의 퇴화된 기관, 맹장! 바로 그 맹장이 무중력 에너지를 보존해주는 키워드입니다. 맹장은 인간의 몸에 심어진 달의 칩입니다. 그러니까 쓸모없는 기관이 아니라 우리가 잠시 잊고 있었던, 우리 몸의 중추인 것입니다. 옛날 원주민들은 맹장을 달의 뼛조각이라 불렀다고도 합니다. 여러분, 달로 이주하기 위해서는 맹장을 보존해야 합니다. 최대한 터지지 않도록 조심하셔야 합니다. 이미 터진 분들은 중력에 중독이 되어버렸지만, 마음으로라도 무중력자의 태도를 가지려고 노력하셔야 합니다. 맹장이 달로 가는 가장 빠른 칩이니 말입니다."

맹장이 달의 뼛조각이라니, 믿을 수가 없었다.

"맹장이 달의 칩이라니, 그게 말이 돼?"

내가 묻자 옆에 있던 다른 과장이 이렇게 대답했다.

"그럼 달이 늘어나는 건 말이 됩니까?"

또 다른 과장이 우리의 대화를 듣고는 한마디 거들었다.

"그거 진짜래요! 조만간 맹장 복원 수술인가도 나온다는데요?"

어지러웠다. 다른 과장이 껌을 질겅질겅 씹으면서 다시 말했다.

"몸속에 달의 칩, 그러니까 맹장을 보유하고 있는 사람이 지구가 멸망할 때 제일 먼저 달로 이주할 수 있대요. 모르긴 해도, 지금쯤 맹장 수술한 걸 후회하는 사람들이 넘쳐날걸요."

이 사람들이 언제 무중력자 같은 발언을 하게 됐지? 갑자기 너무 많은 것이 변하고 있다는 생각이 들었다. 달로 가고 싶은 생각이 들지도 않았지만, 멸망한다는 지구에 남아 있고 싶지도 않았다. 집회를 보고 있으려니 아직 버리지 못한 내 속의 맹장이 짐승 울음소리를 내는 것 같기도 했다. 나 여기 있어, 하는 식으로.

"맹장을 보존하고, 지구를 떠납시다."

지구를 떠나야 합니다, 다, 다, 다, 다……. 상현달 지부장의 말은 메아리처럼 울려 퍼졌다. 그를 바라보고 앉은 수많은 인파가 거대한 산이었기 때문에 그의 소리에 공명을 부여할 수 있었다. 사람들의 열정적인 괴성 속에서 나는 바람 빠진 타이어처럼 지구가 쪼그라드는 환영을 본 것도 같았다. 그러거나 말거나 무중력자들은 마이클 잭슨의 문워크를 양방향으로 이어가며 집회를 마무리했다.

세 번째 달이 뜬 것은 두 번째 달이 뜬 날로부터 정확히 15일째 되는 날이었다. 두 개의 달은 판타지가 될 수 있지만, 세 개의 달은 재앙이 된다. 전문가 집단이 지금까지 예상했던 모든 미래가 한순간에 물거품이 되었다. 누구도 달이 더 늘어날 것이라고는 상상하지 못했으므로.

그날은 일요일이었다. 일요일은 범죄 발생률이 가장 낮은 요일로 알려졌음에도 불구하고, 세 번째 달이 뜬 날의 뉴스는 화려했다. 빈집털이 같은 뉴스는 너무도 가볍고 일상적이라는 이유로 생략될 만큼 사건 사고가 많았던 것이다. 그중에는 도저히 생략할 수 없을 만큼 잔악무도한 사건들—이를테면 과자 봉지 속에서 고양이 꼬리가 나온다든지, 문화재가 불타버린다든지—도 많았기 때문에 드라마가 결방될 정도였다.

"보름 전, 만년필을 흉기 삼아 벌어졌던 잔혹한 범죄를 기억하십니까?"

뉴스 첫머리는 이러했다. 두 번째 달이 뜨던 날 일어났던 뉴스들, 그러나 언론이 간과했던 뉴스들이 다시 수면 위로 떠올랐다. 새 달과 함께 떠오른 한강의 익사체, 텅 비어버린 편의점 네 곳, 지하철역 폭파 예정범의 전화, 그리고 줄 없이 번지점프한 사람들. 이미 생명 주기가 지난 뉴스들이 부활해서 다시 언급되었다. 뉴스는 마치 퀼트처럼 몇 개의 조각을 큰 무늬로 꿰어나갔다. 그중에서도 가장 많은 시간이 할애된 것은 만년필로 사람을 찔러 죽인 사건이었다. 이미 보름 전에도 만년필로 사람을 죽인 사건이 있었기 때문이다.

무엇이든 금세 잊고 치유하는 이 도시에서는 반복적인 것이 곧 두려운 것이 된다. 사람들은 하나의 절도 사건, 하나의 살인 사건에 대해서는 특별한 공포를 느끼지 못하지만, 그것이 꼬리를 물기 시작하면 겁을 낸다. 종지부를 찍지 않은 모든 것은 보는 사람을 불안하게 만든다.

"규칙을 찾기 위해 애쓰는군. 난 이런 방식이 참 웃겨."

형이 뉴스를 비웃었다.

"어떤 방식?"

"만년필은 하나의 홍보 도구야. 이를테면 규칙이라고나 할까?

사회가 만들어놓은 규칙. 사회가 연쇄살인으로 몰아가면 갈수록, 앞으로 탄생할 범인들도 기존의 각광받는 연쇄살인의 키워드를 따오려고 하지. 살인이야 늘 일어나던 거고, 달이야 요즘 최고의 이슈고, 만년필이 칼이나 다른 흉기보다 좀 특이하니까 그것들을 묶어서 패키지를 만드는 거야. 달, 살인, 만년필. 웬만해서는 범죄가 안 팔리는 세상이니까."

형은 도마 위의 요리 재료들을 가리키며 말했다.

"자, 봐. 미나리, 팽이버섯, 그리고 콩나물. 이런 방식으로 엮인 범죄가 일어났어. 사람들은 크게 긴장하지 않아. 범죄 없는 세상은 없으니까 말이야. 그런데 오랜 시간이 지나지 않아 또 하나의 범죄가 일어난 거야. 이번에는 미나리, 팽이버섯, 그리고 당근. 이런 요소로 꾸며진 범죄였어. 사람들이 반응을 보일까? 천만에. 사람들은 잘 인식하지 못해. 다만 경찰과 기자들은 냄새를 맡는다고. 다음, 한 번만 더 범죄가 터져주면 이론이 성립될 수 있다고 말이야. 그런데 또 하나의 범죄가 터진 거야. 이번에는 두부, 감자, 그리고 미나리. 물론 경찰은 미나리가 세 건의 범죄에 모두 쓰였다는 사실을 놓치지 않겠지. 그게 단서니까. 기자들도 놓치지 않아. 오히려 그걸 잡아 뭔가 뉴스로 엮으려고 하지. 연쇄적으로 일어나는 범죄만큼 마력적인 파워를 지닌 기삿거리가 또 없거든. 아마 이렇게 떠들어대겠지. 세 곳에서 일어난 범죄에 미나리가 모두 들어가 있었습니다! 이러면서 말이야. 범인들도 미나리를 반

길걸? 악랄한 범인이라면 괜히 다른 범인의 아이디어를 차용해서 본인이 연쇄 범죄 주인공이라고 우길 거야. 그다음부터 사람들은 미나리에 집중하게 돼. 그리고 세 번이나 사건이 일어났다는 것은 범죄가 다음에도 일어날 수 있다는 얘기잖아. 사람들은 그 대상이 자기가 될까 봐 두려워하겠지."

"그러다 연쇄살인이 아니라고 밝혀지면?"

"그래도 손해 볼 것은 없어. 생각해 봐. 연쇄살인이 주는 공포에 질려 있던 사람들에게, 알고 보니 그렇게 일어났던 사건들이 동일인의 소행이 아니라 각각 다른 범행이었던 것으로 밝혀졌습니다, 라고 말하면 기분이 어떨까? 더 무서워진다고. '연쇄'라는 고리가 주는 공포에서 해방되는 게 아니라 범인이 또 있다? 범인이 여럿이구나, 라는 공포가 추가되는 거야. 이쯤 되면 차라리 연쇄살인범 하나가 낫다고 느껴질 수도 있지. 여럿인 것보다는 말이야."

"아아, 형, 찌개 넘친다."

형은 능숙한 솜씨로 냄비 뚜껑을 열어 음식의 숨통을 틔워놓았다. 맛있는 냄새가 진동했다. 이번 음식은 해물된장찌개였다.

"아니야, 이 음식의 이름은 원시수프다."

"원시수프?"

원시수프는 인터넷 검색어 5위에 올라 있는 단어였다. 원시수프는 여러 가지 화학물질이 풍부하게 들어 있는 물을 가리키는데, 일부 진화론자는 바로 이 원시수프에서 지구 최초의 생명체가 생겨났다고 믿었다. 번개와 같은 충격을 받아 원시수프 속 화학물질이 단백질과 같은 복잡한 분자를 갖게 되었다는 것이다.

내 눈앞에서 따뜻한 원시수프가 보글보글 끓었다. 그 혼합물 속에서 애호박과 두부, 조갯살을 건져서 한입 먹어보았다. 오…… 인류 최초의 맛이라 하기에는 지나치게 간이 딱 맞는 게 아닌가 싶을 정도로 완벽했다.

"진짜 맛있다, 형. 정말 맛있는데?"

형은 불을 끄고 밥솥을 열었다.

"그런데 그런 수법이 왜 통하는 줄 아니? 사람들이 원하는 바이기도 하니까. 사람들이 은근히 그런 뉴스를 즐겨. 내 일이 아니기를 바라는 건 물론이지만, 그 뉴스가 주는 사회적 파장을 은근히 즐긴다고. 공범이 너무 많다고나 할까."

"공감이 가, 충분히."

나는 상 위에 차려진 진수성찬을 우걱우걱 맛보면서 대답했다. 형의 미간에 찌푸려져 있던 주름이 사라졌다.

"이대로 계속 범죄가 일어난다면, 미나리가 들어간 음식만 봐도 불량한 생각이 드는 사태가 오겠지. 아니, 멀쩡한 것도 사람들이 불량한 범죄로 몰아갈 거야."

형의 말은 옳았다. 다음 날 뉴스는 미나리, 아니 만년필이 최근 일주일간 굉장히 많이 팔렸다는 것을 그래프까지 동원해서 증명했다. 앵커는 이렇게 말했다.

"세 번째 달이 뜨던 날 밤에 만년필 소비량이 기존보다 3배가량 증가한 것으로 밝혀졌습니다."

앵커는 점포에서 아예 만년필을 치운 문구점들이 늘어났다고 말했다. 만년필 광고에도 뾰족한 펜촉은 등장하지 않았다. 그것을 보면 누구나 뉴스 속 모자이크로 가려져 있던 피범벅을 떠올릴 거라는 우려 때문이었다.

며칠 사이에 만년필 살인범이 잡혔는데, 그는 들킬 때까지 범죄를 계속할 생각이었다고 말해서 사람들을 경악하게 했다. 그가 제2의, 제3의 달이 자기 범죄의 영감인 것처럼 말했기 때문에 충격은 더 심했다. 범인이 잡혔다고 모든 것이 끝난 것은 아니었다. 다음 날, 보란 듯이 또 만년필을 이용한 살인이 일어났기 때문이다.

생각해보니 내게도 특별한 일이 있긴 했다. 세 번째 달이 태어나던 날 저녁, 나는 빙글빙글 돌아가는 회전 초밥 레일 앞에 있었다. 레일 위로 흘러가는 색색의 접시가 마치 시베리아 횡단 열차처럼 보였다. 광어와 도미와 장어와 연어를 태운 시베리아 횡단 열차. 칙칙폭폭 종점 없는 철로를 따라 흘러가는 기차들을 바라보면서 풀리처가 말했다.

"세상 사람들은 늘 두 부류로 나뉘어요. 필요한 사람, 필요하지 않은 사람. 시보 씨와 만나게 되어서 기뻐요."

"영광입니다."

"기사화되기 위해서는 세 가지 조건이 맞아야 하죠. 가끔 기사 제보가 들어오기도 하는데, 일반 사람들은 보통 그 조건을 비껴가요. 세 가지 조건이란 사건, 증거, 그리고 타이밍이죠."

"그렇군요."

나의 옛 연애도 늘 타이밍이 문제였다.

"그래서 제가 제안을 한 거죠. 사실 그 건강검진 이벤트는 굳이 이번 기사와 연결 짓지 않아도 되지만, 지금이 적절한 타이밍이어서요. 나를 도와줄 수 있어요?"

"어떻게 하면 되죠?"

"저와 몇 번 더 만나야 될 거예요. 우선 종합검진부터 받아야 하고, 그 결과에 따라 심층 검사를 받아야 할 수도 있죠. 확실히 약속할 수 있는 건, 시보 씨가 지금껏 온갖 병원을 순례하고도 못 찾은 병명을 밝혀드릴 수 있다는 거죠."

나는 마름모꼴 장어를 입에 넣으면서 대답했다.

"어렵지 않네요."

"실은 참병원 말고 리도병원에서 받은 리스트에도 시보 씨 이름이 있었어요. 필이 확 꽂혔죠. 혹시 최근에 아팠던 적이 있어요?"

"오늘 아침요."

"왜요?"

나는 미나리무침을 먹고 체했다. 형의 만년필 이론을 듣느라 너무 긴장한 나머지, 만년필과 형이 비유로 사용한 미나리를 혼동하고 말았다. 미나리무침이 마치 '만년필무침'처럼 날카롭게 느껴졌던 것이다.

"그럼, 가장 최근에 병원에 간 적은요?"

"오늘 점심이요. 체해서 바로 병원에 갔죠."

퓰리처가 어깨를 으쓱 들어 보였다.

"병원비가 만만치 않겠네요."

"한의원에서 소화를 돕도록 침을 맞으면 4000원이나 5000원 정도 하거든요? 그런데 30분 넘게 옥돌 침대에 누워 있을 수 있어요. 잔잔한 음악도 나오고, 어떻게 보면 커피 한 잔 값으로 몸도 살리고 휴식도 할 수 있고, 이 정도면 본전 뽑는 것 같은데요."

퓰리처는 웃으면서 고개를 끄덕였다. 그리고 가장 최근에 수술이나 입원을 한 적이 없느냐고 물었다. 그 말을 듣자 방금 집어넣은 장어가 식도를 꽉 누르는 기분이 들었다.

몇 달 전에 미라와 헤어진 후, 나는 응급실에 실려 갔다. 기흉이었다. 그 일을 생각하니 갑자기 정말 폐가 또 아픈 것 같았다. 호흡곤란을 느낀 것은 지하철, 퇴근길에서였다. 출근길에는 감히 아플 엄두도 내지 못했기 때문이다. 플랫폼의 노란색 안전선 밖에서 바바리 자락을 나부끼던 남자가 나를 보고 다가오더니 이렇게 말했다.

"당신 폭탄을 갖고 있지? 접수됐어. 당신이 몸 안 가득 폭탄을 갖고 있다고 하던데."

곧 바바리가 나를 수색했다. 심장, 간, 위, 콩팥, 맹장, 폐……

"폐에 폭탄이 있군."

"폐에?"

그 순간 지하철이 떠났다. 나만 홀로 승강장에 남았다. 가야 할 때를 알고 떠나는 지하철의 뒷모습은 결코 아름답지 않았다. 다리가 움직이지 않았다. 폭탄은 정말 폐 속에 있었다. 나를 체포해 간 것은 경찰이 아니라 구급차였다. 구급차는 무거운 폐를 응급실로 운반했다. 나는 의사에게 말했다. "폐가 부풀어 올랐어요! 곧 터질 겁니다!"

"부풀어 오른 게 아닙니다. 오히려 찢어져서 쪼글쪼글해진 경우죠. 폐는 위처럼 늘었다 줄었다 하지 않으니까요. 사진에 흰 부분 보이시죠? 폐 안에 공기 주머니가 여섯 개나 생겼어요. 기흉입니다. 폐에 공기가 찬 거예요. 쉽게 말해 허파에 바람 들었다고 하죠? 바로 그 경우입니다."

나는 기흉에 대해 알고 있었지만, 다시 의사에게 물었다.

"흔한 경우인가요?"

"그럼요. 성장판이 갑자기 크거나 아니면 육체적 노동을 심하게 하거나 스트레스를 많이 받아도 일어날 수 있죠. 그리고 위에 나열한 경우가 아니더라도 일어날 수 있습니다. 우선 숨을 쉴 수 있게 호스를 꽂아놨습니다. 곧 수술을 해야 합니다. 재발할 위험이 70퍼센트 이상 되니까요. 아, 너무 걱정하실 건 없습니다. 아주 간단한 수술이에요. 맹장 수술 정도라고 생각하시면 됩니다."

그때 일을 생각하니 다시 또 회전 초밥 접시들이 시베리아 기차처럼 보였다. 미라는 나와 헤어진 후 시베리아로 떠나겠다고 했다.

듣고 있던 퓰리처가 고개를 끄덕였다. 그리고 물었다.

"폭탄이란 표현이 참 재미있네요."

"제 몸의 거의 모든 장기가 한 번씩은 발작을 일으켜요. 폭탄이 몇 개쯤 몸속에 숨겨져 있는 게 아닐까 싶은 생각이 들 정도예요. 시한폭탄이랄까, 그런 거요. 제가 태어난 때부터 9547일 후에 맹장이 터지고, 10392일 후에 폐가 터진다는 식으로 말이에요. 심장 소리가 초침 소리처럼 무섭게 들리는 기분 아세요?"

"재미있군요. 지금 그것도, 기사화해도 되죠?"

"좋으시다면야."

퓰리처는 신나게 무언가를 메모했다. 그리고 다시 물었다.

"그러면 혹시 전조 증상 같은 거 있어요? 자각증상이라든지. 장기가 폭발한다면서요. 맹장염이라든지 기흉이라든지 장염이라든지, 뭐 그런 거에 대한 시보 씨 나름의 전조 증상 같은 게 있을 것도 같은데."

"실은, 바바리맨이 자주 나타나요. 기흉 때문에 병원에 갔을 때도 지하철역에서 바바리맨을 만났거든요. 어쩌면 진짜 사람이 아니었을지도 몰라요. 내 눈에만 보였을 수도 있죠."

퓰리처는 신경정신과 의사 같은 표정을 지었다.

"그냥 나타나기만 하나요?"

"아뇨, 말도 해요. 그런데 그 바바리 자체가 워낙 강렬해서, 뭐랄까 가제트 형사 같은 느낌인데."

"나타나서 뭐라고 하는데요?"

"당신의 장기에 폭탄이 있다는 제보가 들어왔다. 접수됐어!"

퓰리처가 갑자기 푸하, 하고 웃음을 터뜨리는 바람에 그녀의 아밀라아제가 내 입속으로 들어왔다. 기분이 나쁘지는 않았다. 우리의 대화는 질병과 연애 사이를 오갔다. 우린 관심사가 비슷했고, 말도 잘 통했고, 설령 모든 것이 비슷하지 않다고 하더라도 퓰리처는 굉장히 미인이었다. 술을 몇 잔 마시고서, 퓰리처가 말했다.

"애인하고는 왜 헤어졌어요?"

그걸 알면 내가 지금 이러고 있겠나. 그 이유는 나도 모른다. 어쩌면 미라도 모를 수 있다. 미라는 지금쯤 러시아로 떠나버렸을 것이다. 실은 갔는지 안 갔는지조차 모른다.

"이별 사유 분석 사이트에 들어가봤어요. 질문 항목이 300개가 넘는 사이트죠. 260개가 넘는 이별 사유 중에서 커플이 헤어진 진짜 이유를 알려주죠. 제 얘기를 입력했더니 세 가지 사유가 나오더라고요."

나는 그 사유를 군이 말하고 싶진 않아서 말을 멈췄지만 퓰리처는 결국 알아냈다. 그러고는 내게 동의하느냐고 물었다.

"동의 못 하죠. 우리는 달랐단 말입니다. 미라는 할 때마다 말했어요. 감전되는 것 같다고. 그런데 어떻게 그런 결과가? 별 기대 없이 테스트하긴 했는데, 결과가 너무 찜찜한 거예요. 제 친구들도 그 사이트에서 이별 사유 분석을 받았거든요? 다 똑같은 게 나오기를 기대했는데 아니더라고요."

그 사이트에서는 재결합 확률을 수치로 보여주기까지 하는데 미라와 나의 재결합 확률은 의외로 높았다. 친구들과 비교해봐도 제일 높았다. 56퍼센트.

"겨우 3퍼센트 나온 애도 다시 만났거든요. 결국 헤어졌지만 다시 만나긴 했는데."

어느 순간부터 억울한 표정을 짓고 있는 내게 퓰리처가 말했다.

"노시보 씨 입장에서는 56퍼센트여도, 그분 입장에서는 아닐 수 있으니까요. 그분의 결과는 모르잖아요? 모든 연애가 그렇듯이 사귈 때는 특별해도 헤어지고 보면 지극히 보편적이죠. 돈이나 섹스, 둘 다 엄청 중요해요. 누군가에게 다른 무엇보다 덜 중요할 수는 있어도 안 중요하진 않을걸요. 네? 아아, 그래요, 그 미라 씨가 감전되는 느낌이라고 말했다는 거, 알겠어요. 믿어요. 그렇지만 시보 씨가 미라 씨는 아니니까. 말로 전해 들은 거잖아요. 미라 씨의 진짜 기분은 장담 못 하는 거고요. 우리 모두 그렇잖아요. 어떤 남자들은 여자가 섹스 후 자위한다는 사실에 충격을 받기도 하더라고요. 우리 지난번 특집이 그거였거든."

퓰리처의 말을 들을수록 어쩐지 초라해지는 기분이 들었는데, 내가 뭐라고 항변하면 할수록 퓰리처는 본인이 알고 있는 여러 사례를 자꾸 나에게 갖다 붙이려 했다. 그런데 말발이 워낙 좋아서 그런지 듣다 보면 아 그런가 싶기도 했다.

"사실, 전 미라의 연락을 기다리고 있어요. 아마 연락이 오지 않을까요? 시베리아 여행이 끝나면."

솔직히 나는 미라의 연락을 기다린 적이 없었다. 그러나 이렇게 말을 하고 나니 정말 미라를 기다리고 있는 것 같은 기분이 들기도 했다. 퓰리처가 고개를 저었다.

"옛 애인이 갑자기 연락을 해온다, 그건 별로 달가운 일이 아닌데요. 요즘은 거의 두 가지 이유에서 전화하죠. 둘 중 하나예요, 보험 아니면 정수기."

퓰리처의 답은 절망적이었다.

"네, 이미 버스는 떠난 거죠."

나도 절망적으로 자조했다. 그러자 퓰리처가 내 어깨를 두드리며 이렇게 말해주었다.

"버스 떠나면, 택시 와요."

그 순간, 접시 위의 승객들이 이상하게 변하기 시작했다. 레일 위의 초밥이 모두 발라당 뒤집혀 있었다. 보드라운 생선을 바닥에 깔고, 하얀 쌀밥을 천장 쪽으로 드러낸 채 레일 위로 흘러나왔다. 초밥의 분포도 고르지 않았다. 언제부터인가 하얀 광어만 둥둥 떠서 표류하고 있었다. 빙글빙글 돌아가는 레일 위에 배를 드러낸 초밥이 발라당 뒤집혀 나오는 꼴이란, 마치 버둥거리는 거북처럼 보였다.

광어와 새우가 뒤섞이고, 도미와 장어가 바뀌었다. 그리고 어느 순간부터 접시 위에는 아무것도 없었다. 군데군데 빈 접시들이 보여서 몇 군데가 빠진, 늙은이의 치아처럼 보였다. 퓰리처가 요리사 쪽을 보며 말했다.

"도미 좀 주세요."

도미를 태운 열차는 끝내 오지 않았다. 광어를 태운 열차도 오지 않았다. 장어도, 새우도, 연어도, 한치도. 그 어떤 접시도 등장하지 않았다. 우리의 기관사, 아니 요리사는 시베리아 횡단 철도의 바닥에, 그러니까 러시아 벌판처럼 차가운 타일 바닥 위에 쓰러져 있었다. 초밥집 남자는 반들반들 윤기 나는 손가락에 시퍼런 고추냉이를 묻힌 채, 깨어나지 않았다.

6

 세 번째 달이 뜨던 날을 생각해보건대, 평소보다 범죄율이 급격히 높아진 것은 사실이었다. 두 번째 달이 뜬 이후로 생략되었던 범죄들이 아침저녁으로 뉴스를 장식했다. 투신자살은 물론이거니와 살인과 강간, 절도, 폭력 사건도 잇따랐다. 동네 파출소며 큰 경찰서는 북새통을 이뤘다. 소방서도 평소보다 여섯 배나 많은 신고 때문에 정신이 없었다. 초밥집 남자는 복막염으로 죽었다고 했는데 이런 사실은 뉴스에 나오지도 않았다.
 보름달이 뜰 때 범죄 발생률이 높아진다는 것은 지금까지 믿거나 말거나 한 속설로 치부되었으나, 지난 일요일에 범죄 사건이 유독 많이 신고되자 어느 정도 신빙성을 얻게 되었다. 항간에는 보름 이틀 전에는 교통사고 발생률이 최고조에 달하고, 보름날에는 살인이나 강간, 절도 등의 강력 범죄가 많이 발생한다는 통계가 근거 없이 나돌았다. 근거 따위는 별로 중요한 게 아니었다.

지하철에서 사방팔방으로 타인의 엉덩이를 주물렀던 한 남자는 달을 보는 순간 걷잡을 수 없이 욕정이 치솟았다고 고백해서 사람들을 놀라게 했다. 그는 지하철 2호선과 4호선을 번갈아 타면서 서울 시내를 뱅글뱅글 돌았고, 달이 보일 때마다 눈앞의 엉덩이를 주무르고 싶은 생각이 들었다고 말했다. 어떤 전문가는 이렇게 분석한 결과를 내놓기도 했다.

"범인이 활동한 시간은 오후 9시부터 11시 사이였습니다. 두 시간 동안 110명의 성인 남녀를 성추행했어요. 1분에 거의 한 명꼴입니다."

월요일의 열차 안에서 사람들은 다들 엉덩이를 보호하기 위해 긴장한 모양새였다. 나 역시 그랬고, 걸어갈 때 시선을 어디에 둬야 할지 고민스러웠다. 자칫 필요 이상으로 길게 타인의 뒷모습을 바라보고 있다가는 달과 엉덩이에 환장한 성추행범으로 몰리기 십상이었다. 홍수처럼 밀려드는 인파 속에서 혹시나 내 의지와 상관없이 다른 엉덩이에 손이 닿게 될까 봐 겁이 나기도 했다. 그래서 팔짱을 꼈는데, 그러고 보니 팔짱을 끼고 인파 속에서 휩쓸리고 있는 사람이 나 하나는 아니었다. 엉덩이를 보호하기도 힘들지만 우연히 닿지 않게 하는 것도 많은 노력이 필요한 일이었다.

1분에 한 명씩 엉덩이를 만지는 성추행범이 지하철에 있었다면, 각 건물의 엘리베이터에서는 1.5층마다 한 명씩 엉덩이를 만지는 성추행범이 속출했다. 서울 강남의 어떤 건물에서는 성추행범들이 회사 직원인 양 드나들고 있다는 모바일 뉴스가 실시간으로 올라왔다.

달 때문에 발작을 일으키는 것이 생물만은 아니었다. 내 방에 있던 멀쩡한 알람 시계는 세 번째 달이 뜬 후 경기를 일으켰다. 1분씩 느려지다가 마침내 오늘 아침에는 20분이나 바늘이 늦어져 있었다. 그 바람에 평소보다 더 정신없이 나갈 준비를 하고, 넥타이도 가방에 쑤셔 넣은 채 뛰어나왔다. 나는 평소보다 늦게 하루를 시작하게 되었다.

집에서 5분 늦게 나오자 지하철을 놓치게 되었고, 매번 타던 지하철을 놓치자 강남역에서 내리는 시간이 10분이나 늦어졌다. 회사까지는 뛰어가면 5분, 걸어가면 10분이 넘게 걸렸다. 두부 같은 건물 문을 통과할 때 회개하고 자시고 할 시간도 없었다. 엘리베이터 앞에 당도했을 때는 넥타이가 뒤로 휙 돌아가고, 와이셔츠 등판은 땀으로 흥건하게 젖어 있었다.

떠나려는 엘리베이터를 붙잡았다. 5센티미터 정도로 좁혀지던 엘리베이터 문이 다시 활짝 열렸다. 안에는 여자들만 있었기 때문에 나는 잠시 주춤했다. 그러나 다른 엘리베이터를 기다리기에는 시간이 촉박했다. 내가 올라타자 버튼 가까이에 있던 여자가 재빨리 닫힘 버튼을 눌렀다. 바쁜 아침 시간에 통용되는 단순한 행동이었지만, 나는 어쩐지 얼굴이 화끈거렸다.

엘리베이터에 올라탄 사람은 나까지 총 다섯 명이었다. 네 명의 여자는 각자 엘리베이터의 네 모서리에 딱 붙어 있었다. 한가운데, 나만 덜렁 서 있었다. 나는 시선을 엘리베이터 문의 세로 홈 사이에 집중한 채 얌전하게 서 있었다. 침도 꼴깍 삼키지 못할 정도로 엘리베이터 안은 고요했다. 조용한 침묵 가운데 우리 다섯 명은 한 층씩 위로 올라갔다.

15층 문은 천천히 열렸다가 한참 후에 닫혔다. 거기서 두 명의 여자가 내렸고, 21층에서 남은 두 명의 여자가 내렸다. 엘리베이터 문은 아무 일 없다는 듯 닫혔다. 여자들이 내리면서 내게 보였던 불안한 눈빛이 무엇이었는지 뒤늦게 알아챘다. 나는 엘리베이터에서 엉덩이 보호에만 집중한 나머지 어떤 층에서도 내리지 않았던 것이다. 그때 문이 열리고 엘리베이터로 들어오던 여자가 허걱, 소리를 내며 놀랐다. 나를 관 속의 시체처럼 본 게 분명했다. 숫자가 21에서 11로 바뀌는 동안, 여자와 나는 엘리베이터의 양쪽 벽면에 바짝 붙어 서 있었다. 누가 한 발자국이라도 앞으로 나오면 엘리베이터가 균형을 잃고 추락하기라도 할 것처럼.

나와 여자는 바뀌는 층의 숫자만 보고 있었다. 그래도 조금 전

115

중심에 서 있을 때보다는 훨씬 안정된 느낌이었다. 등 뒤가 안전하기 때문이었다.

땡.

11층 사무실에 도착하니 평소보다 10분이 지나 있었다. 조 부장은 지각을 싫어했다. 숨을 죽이고 사무실로 들어서는데, 불행중 다행으로 조 부장의 자리가 비어 있었다.

조 부장은 아침 조회가 시작되기 직전에 부리나케 달려왔다.

"어떤 자식이 길에서 내 엉덩이를 더듬었어!"

조 부장은 씩씩대고 있었다. 엉덩이를 떼어내기라도 할 것처럼 말이다.

전문가들의 말처럼 정말 달은 인간의 충동을 부추기는 것이 분명했다. 연구 결과를 뒷받침이라도 하듯, 크고 작은 범죄의 주모자들은 모두 달이 뜨는 날 이상한 충동에 사로잡혔다고 실토했다. 급기야 달과 인체의 상관관계에 대한 연구가 전국적으로 이루어졌다. 방송국에서는 달 특집 토론회를 내보냈다. 패널로 각 부서의 장관, 차관급 인사들과 시민 단체 대표, 천문학 박사와 의학 박사들이 등장했다. 자막이 거창하게 떠올랐다.

'달이 번식하는 사회, 어떻게 볼 것인가.'

전체 패널은 여덟 명이었으나, 입을 여는 것은 거의 세 사람뿐이었다. 두 사람은 방송이 시작된 지 5분도 되지 않아 말다툼을 벌였다. 토론은 끝까지 말다툼으로 얼룩지다가 막을 내렸다. 달이 난무하는 사회를 그대로 압축해서 보여준 것 같았다. 토론이 상당히 허접스러웠음에도 불구하고 인터넷에서는 토론의 한 부분을 담은 동영상이 돌았다. 그것은 2분 15초짜리 동영상이었지만, 120분의 토론을 모두 본 것 같은 확신을 주었다.

형이 삶아 준 돼지 수육을 먹으면서, 우리는 함께 동영상을 보았다. 먼저 등장한 주인공은 여성의학과 교수였다.

"명백한 것은 달의 빛이 여성의 삶에 있어서 매우 약한 광원이라는 겁니다. 요즘 산부인과에 생리 주기가 흐트러진 여성들이 많이 찾아온다고 하는데요. 이 역시 심리적인 불안감과 스트레스로 인한 것일 뿐이죠. 달이 늘어난 것과 생리 주기 사이에는 어떤 연관성도 없습니다. 배란 역시 마찬가지죠. 달의 인력이 배란에 미치는 영향은 거의 제로에 가깝습니다."

그 말을 언론위원회 장 대표가 맞받아쳤다.

"심리적인 불안감만으로 생리 주기가 바뀌기는 힘듭니다. 그리고 그 많은 사람이 동시에 심리적인 불안감을 느낀다고 보기는 어렵지 않습니까? 심리적인 동요가 무슨 전염병도 아니고 말입니다. 최근에 갤럽에서 발표한 연구에 따르면, 수도권에 거주하는 이십대에서 사십대 여성 1500명 중에 75퍼센트가 생리 주기의 변화를 겪었다고 대답했습니다. 이게 어찌 심리적인 요인만으로 설명 가능한 얘기겠습니까?"

다시 여성의학과 교수.

"여우나 원숭이의 경우, 발정기와 섹스는 보통 보름달이 뜰 때 일어나는 경향이 있습니다. 그렇지만, 지구상에는 수많은 포유류가 존재합니다. 단 두 종이 우연히 달의 사이클과 맞는다고 해서, 그것에 형이상학적 의미를 부여하는 것은 어렵지 않겠습니까? 지금 대표님이 말씀하신 것처럼, 갤럽이 발표한 조사 결과는 아주 흥미로운 것입니다만 뭐랄까, 그 결과를 가지고 전체적으로 확대하는 것은 성급한 일반화의 오류라는 겁니다. 수도권 전체 거주 인구가 몇인지 아십니까? 모두를 조사하지 않는 한 의미가 없다고 봅니다."

언론위원회 장 대표에게 넘어간 마이크.

"그렇습니다. 단순 비교를 해보자면, 여성의 생리 주기는 28일이고 음력 한 달은 29.53일입니다. 우리 여성들 중의 일부는 이미 이 두 개의 주기가 일치하지 않는다는 것을 눈치채셨을 겁니다. '월경'이라고 부르기는 합니다만, 꼭 달의 사이클을 따르지는 않습니다. 그리고 이 모든 것은 달이 하나뿐이던 때의 이야기죠. 달이 늘어난 후로, 생리 주기의 변화로 혼란을 느끼는 여성들은 분명히 늘어났습니다. 가능한 얘기죠. 달의 힘이 전보다 훨씬 더 많이 작용하고 있지 않습니까. 제 경우만 보더라도 원래 26일이던 생리 주기가 달이 하나둘 늘어난 후 20일에 가깝게 바뀌었습니다. 개인적인 소견이기는 하지만, 공감하실 여성분들이 많으실 겁니다."

지루한 공방 끝에 사회자가 최종 결단을 내렸다. 사회자는 처음부터 가만히 침묵하고 있던 사람에게 말을 걸었다. 이 장관이었다. 그는 턱을 괴고 있다가 자신의 얼굴이 카메라에 잡히자 깜짝 놀랐다. 그는 다소 당황한 듯이 마이크를 잡더니 미소를 머금고 말을 시작했다.

"20일이라."

장내에 침묵이 흐르자 장 대표가 대꾸했다.

"하나의 사례로 말씀드린 겁니다."

"그렇지만 생리 주기라는 건, 그렇게 떠벌릴 만한 게 아니라고 봅니다. 하나의 사례로든 뭐로든."

"떠벌리다니요? 오늘 주제가 뭔지는 알고 계시죠? 아까 살짝 졸고 계시는 걸 봐서 잘 모르신다면 짚어드리고 싶은 겁니다."

"그래도 좀 조심스러운 게 아니겠습니까? 장 대표는 뭐 상관없다고 치더라도, 지금 이 토론회를 보고 있는 시청자들은 불쾌할 수도 있다는 겁니다."

"불쾌하다니요?"

"나는 장 대표의 속사정을 알고 싶지 않아요."

"이건 제 속사정이 아닙니다. 보건복지부에 계신 분이 이렇게 접근하신다는 게 말이 됩니까."

"장 대표 생리 주기가 짧아진 것은 그냥 달이고 뭐고 간에 피곤해서 그런 겁니다. 요즘 하도 나대시니까 피로가 누적된 거예요. 한마디로 과다 노출 좀 그만하시라 그겁니다. 언론 앞에서 보여주기식 제스처 좀 그만하세요."

토론회는 주제와 한참 동떨어져 끝나고 말았지만 시청률만큼은 최고를 기록했다. 사람들은 또 한 번 장 대표와 이 장관의 설전이 벌어지기를 기대했지만, 토론회가 끝나고 사흘 만에 이 장관은 사퇴하고 말았다. 이유는 만년필 때문이었다. 이 장관은 평소 말을 할 때 손동작을 많이 쓰는 편이었는데 손가락 사이에 번쩍번쩍한 만년필이 끼워져 있었다. 만년필이 떠올리게 하는 각종 연쇄 범죄 때문에, 장관의 이미지는 급추락했다. 이 장관이 만년필 펜촉을 엄지와 검지 사이에 끼운 채 장 대표를 향해 말하던 장면이 캡처되어 인터넷 속으로 퍼져나갔다.

금요일의 강남역은 복잡했다. 퇴근 후 이 과장이 맥주라도 한잔하자고 말했지만, 나는 그냥 집으로 돌아왔다. 토요일 아침부터 풀리처를 만나 종합검진을 하기로 약속이 되어 있었다. 오랜만에 종합병원에 간다고 생각하니 단체 미팅이라도 나가는 것처럼 은근히 떨렸다. 금요일 밤 8시, 아버지와 함께 저녁을 먹는 것으로 그날의 모든 음식 섭취를 끝냈다. 종합검진에 앞서 한 점 부끄럼이 없도록 목욕도 했다. 억지로 일찍 자리에 눕는 바람에 다음 날 아침, 나는 환자뿐 아니라 의사라도 될 수 있을 것처럼 완벽한 준비 상태로 깨어났다.

병원 입구에서부터 소독약 냄새가 났다. 벌써부터 모든 장기가 정갈한 애무를 받는 느낌이 났다.

"평소에 어디가 불편하셨죠?"

의사가 물었다. 나는 신이 나서 입을 열었다.

"만성 소화불량이 있고, 신경성 위염 증세도 보입니다. 과민성 대장 증후군도 있고요. 밤마다 수면 장애를 앓아요. 그래서 새벽에 늦도록 잠자리에서 뒤척이죠. 호흡이 곤란해져 숨을 크게 들이쉬어야 했던 적도 몇 번 있었어요. 스트레스가 쌓이면 턱관절 장애가 오기도 하지만, 그건 며칠만 푹 쉬면 괜찮아지더라고요."

나처럼 자상한 환자가 있을까. 의사도 감탄한 듯했다.

"여러 가지 복합적 요인이 있는 것 같네요. 우선 마음을 편하게 가지시고, 식습관이나 잠버릇 같은 것을 조금 조정할 필요가 있겠어요."

나는 한 시간 동안 온갖 검사를 받았다. 복부 초음파부터 심전도 검사까지 그 종류가 열두 가지나 되었다. 검사가 끝난 후에는 다리에 힘이 쫙 풀릴 정도였다. 마치 롤러코스터를 타고 난 직후처럼. 얼마 후 퓰리처가 차를 몰고 병원 앞으로 왔다.

"어젯밤부터 아무것도 못 드셨죠? 내가 밥 살게요. 가요."

퓰리처는 음식점이 많은 거리로 차를 몰았다. 그러나 10분이 지나도록 100미터도 벗어나지 못했다. 거리에서 무중력자들의 세 번째 전국 집회가 열리고 있었기 때문에, 도로는 끔찍하게 막혀 있었다.

"도로를 막고 하는 것도 아닌데 왜 차가 밀리지?"

100미터쯤 더 나가자 그 이유를 알게 되었다. 무중력자들의 집회가 열리는 광장 옆에서 차들이 삼중으로 추돌 사고를 일으켰다. 크게 다친 사람은 없었지만 안 다친 사람도 없었다. 무중력자들의 집회에 감명을 받은 운전자 중 몇몇이 차를 버리고 집회로 갔기 때문에 벌어진 일이었다.

"1500명이 넘었다죠?"

퓰리처가 그들을 보며 말했다. 집회에 참여한 무중력자들의 수가 보름 사이에 두 배로 늘어났다고 했다.

"지난날에는 바다를 지배한 나라가 세계를 지배했지만, 21세기에는 우주를 선점하는 나라가 세계를 지배할 것입니다."

하현달 지부장이라는 사람이 목쉰 소리로 이야기했다. 그가 제일 존경한다는 스티븐 호킹 박사의 음성도 화면을 통해 전국적으로 퍼져나갔다.

"인류는 종의 생존을 위해 우주로 퍼져나가는 것이 중요합니다. 지구상의 생명은 갑작스러운 온난화나 핵전쟁, 유전공학 바이러스, 그 밖에 우리가 아직 생각지도 못한 다른 위협 등 재난으로 멸종될 위험이 커지고 있습니다."

하현달 지부장의 음성은 광신자처럼 들렸다. 무중력자들은 서명을 하기 시작했다. 달로 이주하는 입주권에 대한 서명이었다.

그들의 규모가 점점 커지고 있었기 때문에 무중력자들은 중력자들의 감시를 받아야 했다. 중력자들 중에서도 제복을 입은 중력자들, 그러니까 전경과 의경들이 무중력자들을 조금 떨어진 거리에서 지켜보고 있었다. 그러나 그들 중 몇 명은 이미 무중력자들의 주장에 전도된 듯했다.

거북이걸음으로 차가 움직인 덕분에 우리는 늦은 점심을 먹게 되었다. 번잡한 시내 한복판은 마치 우주의 단면을 연상시켰다. 거리마다 걸린 '우주룩 패션'은 젊은이들의 눈길을 끌고 있었다. 그들은 우주인이나 쓸 법한 커다란 헬멧을 뒤집어쓰고 다녔다. 업종과 관계없이 '스페이스 클럽'이란 간판이 유행했다. 우리가 들어간 쌈밥집 상호도 스페이스 클럽이었다. 음식점 안에서도 통유리를 통해서 무중력자들의 집회 장면이 보였다. 그들은 무중력을 꿈꾼다고 하기에는 질서 정연했다.

"기자시니까 묻는 건데, 달이 인간의 행동에 영향을 미치는 게 진짜라고 생각하세요?"

"글쎄요. 기자 입장에서는 달이 인간의 행동에 영향을 미친다는 사람들을 더 선호하긴 하죠."

"왜요?"

"어떤 질문의 답이 사실인지 아닌지가 중요한 게 아니에요. 뉴스가 되느냐 덜 되느냐, 그뿐이죠. 생각해봐요. 달과 관련된 미신들을 믿는 건 달이 정말 초인적인 힘을 가져서가 아니라고요. 대중매체나 소문으로 달의 어떤 능력에 대해 반복해서 떠들면, 사람들은 우선 그 이야기에 익숙해지죠. 그러다가 점점 믿게 되고, 어떤 사람들은 그런 강화 현상을 지켜보다가 자신이 보게 될 자료를 선택하게 된다고요. 그 선택 기준이 뭐겠어요? 바로 우리가 제공한 뉴스죠!"

풀리처가 다소 거만한 표정으로 말했다.

4월의 밤하늘은 까맸다. 휘영청 떠 있는 달은 전보다 몇 배는 더 밝아진 것 같았다. 달이 번식하면서 사라진 것 중 하나가 별이었다. 달이 두 개나 더 생겨났지만, 밤하늘은 오히려 더 썰렁해졌다. 총총 박혀 있던 별들이 증발한 것이다. 달은 별의 잔광까지 허락하기에는 지나치게 밝았다.

베란다 창문을 활짝 열어놓고, 아버지는 하늘을 뚫어져라 쳐다보았다.

"저게 세 번째 달이라고? 그럼 원래 달은 어디로 간 거냐?"

"저게 원래 달이에요. 새로 뜬 달들은 망원경으로만 보인대요."

"어제 뉴스에 나온 건 뭐냐? 그럼."

"그건 위성사진이겠죠. 근데 믿거나 말거나 지구 반대편에서는 두 번째 달이나 세 번째 달을 눈으로 볼 수 있대요. 지구 반대라면 칠레쯤이겠죠? 믿거나 말거나지만 칠레에 안 가고도 늘어난 달들을 봤다는 사람들이 있어요. 어떤 사람들은 두 번째 달하고 세 번째 달을 만져봤다고도 하니까요. 뭐."

원래 있던 달과 늘어난 달은 함께 밤하늘을 비추고 있었지만, 육안으로는 새 달을 볼 수 없었다. 육안으로 볼 수 없다는 점 때문에 사람들의 상상력은 끝도 없이 자라났다. 상상에는 임계가 없었다. 인터넷 속에서는 달이 추락하는 것을 보았다는 사람부터, 달이 곧 충돌할 조짐을 보였다는 사람까지 나타나서 모든 상식을 헝클어놓았다.

아버지는 달을 수상쩍은 눈빛으로 바라보다가 말을 이었다.

"칠레가 어디더라. 칠라베르트가 있는 나란가?"

"아뇨. 거긴 파라과이고, 칠레는 다른 곳이에요."

골 넣는 골키퍼, 칠라베르트는 아버지가 좋아하는 축구 선수였다. 늘 소속을 지키는 것을 중요하게 생각하는 사람의 취향치고는 파격적이었다.

"칠라베르트의 나라라고?"

아뇨, 거긴 파라과이라니까요, 라고 말하려 했지만 아버지는 이미 칠레를 칠라베르트의 나라라고 정해놓은 듯했다.

"네 엄마 여권 없지?"

"아마도요."

아버지는 엄마가 여권을 들고 칠레까지 갔다고 생각하는 걸까. 아버지는 베란다 난간 위에 집게손가락으로 무언가를 써보는 시늉을 했다. 얼핏 보면 주판알을 튕기거나 계산기를 누르는 것처럼 보이기도 했다. 아버지는 진지하게 물었다.

"'주'는 영어 철자가 어떻게 되냐?"

"제이오오(JOO) 아니면 제이유(JU)를 쓰기도 해요."

"네 엄마는 뭘 쓰는데?"

글쎄, 엄마의 이름이 알파벳으로 어떻게 되는지는 나도, 아버지도 몰랐다.

"영문 이름 하나 없는데 칠레는 무슨!"

아버지는 그렇게 말하고, 하늘을 보았다. 하늘보다 아버지의 표정이 더 진지했다. 내가 더 반응을 보이지 않자, 아버지는 이 끈적이는 봄밤, 춥다는 듯 몸을 한 번 부르르 떨고는 거실로 들어갔다. 달빛이 아버지가 있다가 사라진 자리를 비췄다. 달빛을 받은 베란다 난간은 먼지투성이였다. 먼지들이 솜털처럼 뒤덮인 가운데, 아버지의 손가락이 쓸고 지나간 흔적이 보였다. KIM을 쓴 것 같기도 하고, 그렇지 않은 것 같기도 했다. 내가 해독할 수 없는 먼 옛날의 고대 문자 같아 보였다.

웬만해서는 새벽 3시 전에 잠이 오지 않았기 때문에, 나는 3시까지 인터넷의 바닷속을 헤엄쳤다. 특히 수면 장애와 관련된 정보들은 보면 볼수록 내가 3시 전에 잠들지 말아야 한다는 당위성을 확인시켜주었다. 어차피 나는 지연형 수면 장애를 앓고 있으니까. 아무리 3시 전에 자려고 해봐야 헛고생이다. 빨리 5000럭스

126

의 광선을 구해야 하는데!

인터넷의 기사들은 끝말잇기 놀이를 하듯 이어졌고, 시간은 어느새 새벽 4시가 되었다. 겨우 잠이 들었다. 그런데 얼마 후 방문 밖에서 누군가의 휴대전화가 진동 소리를 냈다. 문을 열고 거실을 더듬었더니 안방 문이 벌컥 열렸다. 아버지가 점퍼를 걸치고 나왔다. 시계는 4시 50분을 가리키고 있었다. 이 새벽에 아버지가 외출을 한다면 이유는 뻔했다.

"엄마한테 연락 왔어요?"

"그래."

"언제요? 어디 계셨대요?"

"달구경 갔었단다."

아버지의 대답은 속도가 느렸고, 음성은 낮았다.

"그건 원래 알던 거고요. 지금 어디로 가시는데요?"

"택시가 안 잡힌단다. 데리러 가야지 어쩌겠냐. 넌 여기 있어라."

아버지는 벌써 운동화 끈을 묶고 있었다.

"같이 가요. 형한테도 연락할까요?"

"뭔 큰일이라고. 바로 집으로 올 거니까, 여기 있어라."

현관문이 잠시 열렸다가 닫혔다. 아버지가 담담하다고 느낀 것은 착각이었다. 아버지는 2분 동안이나 운동화 끈을 묶었는데, 손끝은 왜인지 서툴렀고 매듭은 다섯 개나 되었다. 게다가 그렇게 꼭 묶은 신발은 짝이 맞지 않았다. 한쪽은 아버지의 신발이었고,

다른 한쪽은 내 것이었다. 아버지의 운동화는 내 것과 디자인이 똑같았지만 사이즈가 10밀리미터 정도 작았다. 아버지는 한쪽 발을 나의 큰 운동화에 넣은 채 서둘러 어둠 속으로 나갔다. 현관문이 텅 하고 닫혔지만 아버지의 쿵쾅거리는 심장 소리마저 가릴 수는 없었다. 아버지의 심장이 뛰고 있었다. 드문 밤이었다.

엄마는 세 시간쯤 후에 아버지와 함께 돌아왔다. 그보다 한 시간 먼저 형이 집으로 왔다. 아버지는 큰일이 아니라고 했지만, 나는 형도 당연히 불러야 한다고 생각했다. 엄마는 아무 일도 없었다는 듯이, 마치 어디 장 보러 다녀온 것처럼 돌아왔다. 특별히 고생을 한 것처럼 보이지도 않았고, 우울해 보이지도 않았다. 그동안 가족을 아예 잊은 것처럼 보이지도 않았다. 엄마에게 묻고 싶은 것이 많았으나 아버지의 명령에 의해 우리는 일단 해산했다. 형은 늘 준비되어 있는 형의 침실로, 나는 내 방으로, 아버지는 안방으로 들어갔다. 엄마는 우선 욕실로 들어갔는데 그다음은 기억나지 않는다. 다음 날이 일요일인 게 천만다행이었다.

해가 뜨고도 우리 집의 세 남자는 송장처럼 꿈쩍도 하지 않았다. 종일 잠을 잤다. 마치 며칠 밤을 새우며 장례식을 치르고 다시 일상을 맞은 사람들처럼 말이다. 피로인지 안도인지 모를 무게를 이불 삼아서. 눈을 떴을 때는 일요일 자정이었다. 정말 어중간한 시각에 깨어난 탓에 더 이상 잠이 오지 않았다. 나는 동이 틀 때까지 인터넷 뉴스를 검색하다가 그대로 출근했다. 물론 이날의 아침상은 특별했다. 엄마가 차린 아침상에 네 식구가 모두 앉았다. 콩나물을 넣은 북엇국, 간장을 곁들인 생두부. 숙취를 해소하거나 출소를 기념할 때 적당한 식단이었다. 우리는 모두 회개하는 기분으로 아침을 먹었다. 숟가락이 밥그릇에 부딪치면 이 평화가 깨어지기라도 할 것처럼 조심스럽게 먹었다.

나는 여전히 악어 혹은 지네가 나타나길 기다리지만, 플랫폼에서는 살아 있는 것들을 들여보내지 않는다. 그러나 혹시 또 모를 일이다. 무료함이 축적되다 보면 가끔은 일상도 발작 같은 것을 일으키는 모양이다. 오늘 아침에 우리 집 수족관이 다시 다섯 마리의 멸치를 품고 있었던 것을 보면.

아침 지하철 내부에 달린 뉴스 화면은 또 새로운 포만감을 준다. 달리는 지하철 속으로도 뉴스는 파고든다. 뉴스는 어디든 간다.

열차 안이 술렁였다. 모두가 고개를 돌리는 쪽으로 나도 고개를 돌렸다. 마치 도미노 게임을 하듯, 모든 승객의 눈이 한 방향으로 돌아갔다. 뉴스에 자막이 떴다.

네 번째 달 출현.

노약자석 위에 달린 손잡이는 네 개다. 네 개가 열차의 진동에 맞춰 경쾌하게 흔들렸다. 저 경쾌한 진동이 언제까지 계속될까.

일반석 위의 손잡이는 열 개다. 열 개가 경쾌하게 흔들렸다. 순간, 모든 것이 달로 보였다. 달이 열차 천장에서 흔들렸다. 삼각형의 얼굴을 하고, 목을 용수철처럼 길게 늘어뜨린 채로.

사무실로 오르는 엘리베이터 안에 목을 용수철처럼 길게 늘어뜨린 것이 하나 더 있었다. 달이 아니라 사람이었다. 또 한 명의 무중력자가 새 달의 승천에 감흥을 받아 즉흥적인 축제를 벌인 것이었다. 그 무중력자는 치과 의사라고 했다. 그의 정수리에는 마치 미리 갈아놓은 듯한 만년필 펜촉이 박혀 있었다. 유서라도 미리 써놓은 것인지 모르지만 자살이 분명하다고 했다. 혹시 다이제스티브를 먹던 그 치과 의사가 아닐까 하고 잠시 개인적인 호기심이 생겼지만, 알 시간도 없었고 알 방법도 없었다. 어쨌거나 엘리베이터는 치과 의사의 온전한 관이 된 채로 잠시 '운행 중단' 표지판을 내걸었다.

운행 중인 다른 엘리베이터는 한적했다. 사람들은 엘리베이터가 주는 그 끔찍한 느낌 때문에 엘리베이터를 타지 않았다. 엘리베이터를 혼자 차지하나 싶었는데 곧 누군가가 들어왔다. 또, 바바리를 입은 남자였다. 이 더운 날 말이다. 내가 11층을 눌렀고, 바바리맨은 22층을 눌렀다. 여자도 아닌데, 이제는 누군가와 단둘이 엘리베이터를 탄다는 것 자체가 부담스러운 일이었다. 낯선 숨소리가 이 좁은 관 안에서 부딪치고, 가끔은 배 속의 꼬르륵 소리를 들키기도 하며, 스킨 냄새가 뒤섞인다는 것이 불편했다.

지하철에서 뛰어 올라오는 바람에 숨이 찼지만, 난 최대한 숨을 고르게 내쉬려고 노력했다. 2층, 3층, 4층. 엘리베이터가 한 층씩 올라갔다. 내 등은 엘리베이터의 입구 왼쪽 모서리를, 바바리맨의 등은 엘리베이터 입구 오른쪽 모서리를 차지하고 있었다. 날도 더운데, 왜 바바리를 챙겨 입었을까. 문득 이런 생각이 들면서 바바리맨이 신경 쓰였다. 덥지도 않나.

　자꾸 땀이 났다. 땀방울 몇 개가 목덜미에서 와이셔츠 속으로 똑 떨어졌다. 넥타이가 목을 조르는 것 같아서 매듭을 풀어 느슨하게 만들었다. 사람들로 꽉 찬 엘리베이터에서도 멀쩡하던 몸이 텅텅 빈 엘리베이터에서 점점 데워지고 있었다. 열이 발끝에서부터 조금씩 위로 올라오는 것 같았다. 그리고 10층에서 11층으로 바뀌던 순간, 불쑥 발기가 되었다. 11층이 되었다. 나는 조심히 문 앞으로 가서 섰다. 그런데 내가 그 엘리베이터를 나오는 순간, 바바리맨이 입을 열었다.

　"폭탄이 있군. 접수됐어."

　순간, 나는 등을 돌려 소리쳤다.

　"어디요?"

　바바리맨은 대답이 없었다. 문이 닫혔다.

7

"자꾸 늘어나는 달, 어떻게 보십니까? 일각에서는 우주 쓰레기가 아니냐는 주장도 제기되고 있는데요, 우주 쓰레기라면 보통 대기권 근방에서 위치 파악이 가능합니다. 그러나 현재 늘어난 달은 위치가 다르죠. 로켓의 파편이라고 우기는 설도 있지만, 그건 말도 안 되는 얘기입니다. 로켓의 파편이라면 회전하는 금속 물체가 보이는 밝기 변화가 있어야 하거든요."

뉴스에서 한 과학자는 이렇게 말하면서 '달이 하나뿐이던 시절'이라는 표현을 썼다. 달이 하나뿐이던 시절은 이미 오랜 과거가 되었다는 것이다. 그의 말에 따르면 현재 과학계는 달이 적어

도 네 개 이상이며 앞으로도 계속 늘어날 수 있다는 것에 적응해
야 한다고 했다.

네 번째 달은 달의 섬광 현상에 의해 생겨났다. 달에서도 지진
과 화산이 발생하며, 이때 솟아오른 화산가스로 인해 먼지가 솟
구치고, 불빛이 번쩍하는 것처럼 보이는 것이다. 이 섬광 현상이
일어났을 때, 바로 네 번째 달이 첫 번째 달로부터 분리되었고 세
번째 달 옆에 나란히 위치하게 되었다. 달에 섬광 현상을 불러온
원인은 유성체였다. 이른바 별똥별.

인터넷 검색 순위에 별똥별이 올라왔다. 그것을 클릭하면 시
속 45000킬로미터로 전력 질주한 별똥별이 달 표면과 충돌한 후
달이 분리되는 장면을 볼 수 있었다. 물론 실제 일어난 것은 아니
고, 이론에 따라 가상으로 만든 동영상이었다. 그래도 먼 우주에
서 일어나는 일을 볼 수 있다는 색다름에 동영상은 여기저기로
퍼져나갔다. 물론 그 주장을 반박하는 동영상들도 무수히 퍼져
나갔다.

무중력자 사이에서도 내분이 일어났다. 그들은 두 파로 나뉘었
다. 지구의 중력을 거부하는 데 무게를 두는 급진파와 지구가 온
전히 무중력의 휘하에 들어갈 때까지 기다리자는 온건파. 급진파
는 줄 없는 번지점프를 계속했다. 도시 곳곳에서 사람들의 머리
가 땅으로 곤두박질치는 소리가 들렸다. 중력을 거부하고 증발을
택한 이들의 흔적은 아스팔트 위에 하얀 페인트의 실루엣으로 남

앗다. 사람들은 그 흔적을 피해서 걸었다. 심지어는 밤거리를 배회하는 고양이조차도 그 실루엣을 블랙홀처럼 인식했다. 한 발이라도 내밀면 온몸이 빨려들 것 같은 공간 말이다.

온건파 무중력자들의 지구 점령은 좀 더 소리 없이, 그러나 점점 광범위하게 이루어졌다. 그들은 지구가 당장 멸망하지는 않을 거라고 믿었다. 달이 얼마나 빠른 속도로 번식하느냐에 달려 있는 문제이긴 하지만, 온건파 중에서도 조심스러운 사람들은 자신이 살아 있는 동안에 지구의 중력이 사라질 거라고 믿지는 않았다. 지구의 종말, 아니 정화는 다음 세대들의 몫이라고 보기도 했다. 온건한 무중력자들은 지구 곳곳에 그들의 기지를 세우는 데 집중했다. 그들은 '중력을 거부하는 사람들' 혹은 '무중력 지대'라는 이름의 가게를 냈다. 중력을 거부하는 세탁소도 있었고, 중력을 거부하는 다방도 있었고, 무중력 서점과 갈빗집도 생겨났다. 정말 모든 물체가 둥둥 떠다니는 곳은 아니었지만, 그들의 이런 작업은 꽤 성공적이었다. 사람들은 중력이 있는 가게보다 없는 가게를 더 신기해했다. 단지 그것이 이름과 약간의 인테리어, 그리고 사장의 마인드일 뿐이라고 해도 말이다. 사람들의 입장에서는 뭔가가, 말로 설명할 수 없는 뭔가가 다르게 느껴졌다.

집으로 돌아온 엄마는 온건한 무중력자가 확실했다. 엄마의 요가는 다시 시작되었다. 엄마는 중력의 쇠사슬을 끊기 위해 몸을 이리 비틀고 저리 비틀고 구부리고 거꾸로 섰다. 예전보다 엄마의 요가 실력이 부쩍 늘어 있었다. 어디선가 무중력자들이 몇 시간씩이나 요가를 한다는 뉴스를 본 것도 같았다. 엄마는 매일 밤 잠들기 전에 5분 정도 물구나무를 섰다. 종일 중력을 받은 장기들을 원래대로 되돌리는 효과가 있다고 했다. 거실에서는 엄마의 화면 속 요가 선생이 나긋나긋한 목소리로 주문을 했다.

"일자로 누우세요. 양발을 나란히 붙이시고, 다리를 90도 각도로 들어 올립니다. 이제 몸을 들어서 양손으로 허리를 받치세요. 손바닥이 등에 닿도록 말이에요. 팔꿈치로 땅바닥을 짚는 겁니다."

'무중력 속의 요가' 비디오를 시청하던 엄마의 얼굴빛은 날이 갈수록 더 밝아졌다. 다크서클이 사라졌고, 피부가 팽팽해졌다. 엄마는 무중력 속의 요가에 완전히 심취해 있었다. 그리고 엄마 자신도 기어코, 중력을 거부하는 무언가를 세우고 싶어 했다.

"미용실을 낼 거야."

"웬 미용실이에요?"

의문을 제기한 사람은 나 하나였다. 형은 요리 레시피를 짜느라 정신이 없었고, 아버지는 군말 없이 허락했다. 집으로 돌아오기 전에 아마 모종의 합의를 본 것 같았다. 엄마의 결심이 선포된 지 사흘 만에 18평짜리 점포가 계약되었다. 아버지의 퇴직금이 고스란히 들어갔다. 아버지는 자신의 노후를 담보 삼아 엄마의 귀가를 환영했고, 엄마는 아버지의 노후와 우리의 생계와 기타 등등 여러 가지 무게를 달고 중력을 날려버렸다.

개업을 앞두고, 엄마의 모습은 우주여행이라도 준비하는 사람처럼 보였다. 엄마가 맞춤 제작하거나 특별히 주문한 물품들이 속속 도착했다. 가장 먼저 들어온 것은 은색 헬멧. 우주 비행사들이 쓰는 것과 똑같이 생겼지만, 플라스틱으로 만들었기 때문에 무게는 굉장히 가벼웠다. 엄마는 그 헬멧을 멋지게 써 보였다.

"파마나 트리트먼트할 때 쓰는 거야. 구질구질하게 수건 같은 거 두르지 않아도 돼."

다음은 고객들이 착용할 은색 우주복. 핑크색도 있었다.

"가운처럼 되어서 입기 편해."

"그 뒤에 달린 건 뭔데요?"

"아, 이거! 이렇게 하는 거야. 실용적이지?"

엄마는 등 부분에 달린 산소통을 열고 그 안에 핸드백과 휴대전화를 넣었다. 엄마가 걸어 다닐 때마다 도시락 수저통에 든 숟가락과 젓가락이 달그락거리는 듯한 소리가 났다.

"개인용 사물함인가?"

"그렇지, 다음은 이거야."

맙소사. 엄마가 다음으로 꺼낸 것은 무전기였다. 헬멧 안으로 쉽게 집어넣고 뺄 수 있었다.

"헬멧 때문에 대화가 잘 안 들릴 테니까, 이런 게 필요하지. 디자이너랑 손님이랑 머리도 상의하고, 스태프들끼리 이야기도 하고."

"헬멧을 벗으면 되잖아요."

"달에서 어떻게 맨머리로 다니니?"

"엄마, 여기는 지구예요."

엄마는 그래, 그래, 하고 건성으로 대답했다. 여기가 지구든 달이든 별 상관이 없는 것 같았다. 일주일 동안 엄마의 무중력 미용실에서는 중력을 없애는 실험이 벌어졌다. 아니, 정확히 말하자면 중력을 없앤 것처럼 보이게 하는 공사가 벌어졌다. 이를테면 벽색깔을 우주 한복판처럼 짙은 색으로 칠하고, 조명등은 모두 행성 모양으로 만들고, 의자도 우주선에나 있을 법한 것으로 갖다 놓는 식이었다.

그중에서 가장 비싼 것은 미용실 의자였다. 엄마는 의자를 열 개 주문했는데, 의자 자체보다 의자에 씌워진 시트가 비쌌다. 의자에 시트를 씌우던 날, 엄마는 흥분해서 말했다.

"이 시트 소재가 뭔 줄 아니? 이게 템퍼라는 건데, 스트레스를 줄여준대."

정확히 말하자면 스트레스가 아니라 몸이 받는 압력을 줄여주는 기능을 했다.

"외계인들이 이걸 쓴다지?"

아버지가 옆에서 거들었다. 엄마가 곧바로 정정했다.

"우주인이요, 외계인이 아니라. 우주선에서 이걸 쓴다고."

아버지는 고두밥을 씹을 때처럼 말없이 고개를 주억거렸다. 그리고 엄마가 아끼는 템퍼 시트를 의자마다 정성스럽게 씌웠다. 템퍼 소재로 된 시트를 모두 씌워놓으니 엄마의 미용실은 정말 우주선 내부 같았다. 엄마는 설명서를 들고 읽었다.

"템퍼 소재의 시트는 인체가 받는 압력을 최소화해 현대인의 충분한 휴식을 돕는다. 머리와 목, 어깨 근육 등 인체 곡선에 맞게 제작되어 통증 완화를 돕는다. 어머, 멋지지 않니?"

중력과 상관없이 필요한 것들, 그러나 어쩐지 조금 분위기를 깨는 품목들에 대해 엄마는 고민했다. 이를테면 전기 코드나 콘센트, 카드 단말기와 같은 것들은 꼭 필요하지만 우주에 어울리지 않는 물건들이었다. 결국 그 물건들을 가리기 위해 엄마는 블랙홀처럼 생긴 커다란 원형 파티션도 주문했다. 우리 가족 중 누구도 블랙홀을 직접 본 적이 없었기 때문에 '블랙홀형 파티션'이 도착했을 때, 이게 무슨 블랙홀이냐고 따질 수 없었다. 그러나 그냥 넘어가기도 어쩐지 찜찜했다. 그건 그냥 까맸기 때문이다.

까만 블랙홀형 파티션으로 가려야 할 물건들을 교묘하게 가린 엄마는 개업식 날 우주복을 입고 춤을 출 두 명의 도우미도 섭외했다. '스페이스 타임'이라는 음료수와 바닥에 스프링이 달린 우주 전용 슬리퍼도 개업 기념품으로 주문했다. 우주 전용 슬리퍼는 신고 걸을 때마다 하늘로 솟아오르는 듯한 느낌을 받게 했다. 비록 그 하늘이 바닥에서 2센티미터 위라 하더라도 말이다.

엄마의 무중력 미용실은 개업하자마자 큰 호응을 얻었다. 아직 미용실 쪽에서는 중력을 생략한 곳이 없었기 때문에, 동네 미용실이었음에도 불구하고 멀리서 일부러 찾아온 손님들이 꽤 있었다. 엄마는 미용 기술이 전혀 없었지만 누구보다 미용실 원장 같았다. 엄마가 고용한 두 명의 젊은 미용사가 이리저리 바쁘게 움직이며 사람들의 머리를 볶아댔다. 미용실 바닥에는 가위 끝에서 뭉텅뭉텅 떨어진 머리카락 뭉치가 낙엽처럼 쌓였지만, 모두 가뿐하게 그 위를 걸었다. 이곳은, 우주였으므로.

또 한 명의 무중력자, 이 과장은 드디어 사표를 썼다. 아니, 사표를 썼다는 표현은 적절치 않았다. 지금까지 무수히 많은 사표를 써왔으므로 그 사표를 드디어 '냈다'라고 하는 게 정확한 표현이다. 이 과장의 사표는 조금 우발적이었다. 덕분에 이 과장뿐 아니라 홍 과장도 함께 사표를 냈다.

아침 조회가 끝나고 각자 활발한 영업 활동을 하던 중에 팡파르가 울렸다. 옆 팀에서 땅을 판 것이다. 남양주에 있던 땅 2만 평이 팔렸다. 땅을 판 과장은 신이 나서 막춤을 췄지만, 그것은 우리 팀의 일이 아니었기 때문에 오히려 우리에게는 좋지 않은 자극이었다.

팡파르가 울리던 바로 그 순간, 내 옆자리의 이 과장은 한창 유행 중이던 우주적 섹스에 관한 설명서를 다운받고 있었다. 이 과장은 진지했고, 너무 진지한 나머지 조 부장이 가까이 오는 것도 몰랐다. 조 부장이 이 과장의 '우주론적 인생관'을 이해할 리 만

무했다. 설령 그게 알기 쉽게 풀이된 섹스 설명서라 하더라도 말이다. 조 부장에게는 우주보다 실적이 중요했고, 업무 시간에 다른 일에 빠져 있는 직원은 필요 없었다. 그게 우주든, 섹스든, 뭐든 상관없이 말이다. 조 부장은 깊은 우물에서 두레박을 길어 올리듯, 식도 깊은 곳에서 가래를 끌어 올렸다. 그리고 외쳤다.

"야, 이동수!"

조 부장은 종종 이렇게 이 과장의 직함을 생략했다. 어차피 모두 과장이었으니, 직급이 특별히 의미 있는 것은 아니었다. 과장이라는 것이 주는 의미는 사무실 안에서가 아니라 고객을 대할 때 생겨나는 것이므로. 그러나 막상 직급을 떼어내고 이름만 불린 사람의 입장에서는 그렇지만도 않았다. 이 과장의 얼굴에 짜증스러운 기색이 스쳤다.

"야, 너 뇌를 어디에 두고 다니는 거야? 뇌 챙기라고 했지!"

이 과장은 묵묵히 듣고만 있었다. 조 부장은 더 큰 소리로 말했다.

"너, 지난번에 받아 오라던 신청금은 어떻게 됐어? 또 '죄송합니다'야? 너 지금 일이 장난이야? 장난이냐고? 우우, 성질나! 이 달 안으로 실적 못 내면 당장 사표 내."

조 부장의 손이 이 과장의 가슴팍을 툭 쳤다. 한 번 툭, 또 한 번 툭, 또 한 번 툭. 그러자 이 과장이 입을 열었다.

"그래."

"뭐?"

우리 모두 깜짝 놀랐다. 이 과장은 다시 말했다. 사무실에 있는 모두 들으라는 듯이 또박또박한 발음으로.

"알았다고. 사표 내면 되잖아."

"지금 그걸 말이라고 해? 네가 그동안 회사에 끼친 손해가 얼만데? 더 열심히 실적 낼 생각은 못 하고, 뭐가 어째? 진짜 뇌를 두고 다니는 거 아니야, 이 자식?"

"응, 뇌를 두고 다녀. 미안하다, 뇌를 두고 다녀서. 그런 넌 뇌는 챙기면서 왜……."

이 과장의 음성이 허공에서 뚝 그쳤다. 조 부장은 이 과장의 가슴팍을 더 세게 밀었다. 이 과장이 엉덩방아를 털썩 찧을 정도로. 조 부장이 소리쳤다.

"내가 뭐, 이 자식아?"

이 과장이 숨을 크게 들이쉬었다. 그리고 입을 열었다.

"뇌는 챙기면서 왜…… 털은 두고 다니냐?"

조 부장의 얼굴이 사색이 되었다. 전화를 하고 있던 사람들은 이미 수화기를 내려놓은 지 오래였다. 이 과장은 상냥하게 반복했다. 중력이 사라진 평온한 표정이었다.

"야, 이동수, 너!"

조 부장이 또 이 과장의 직함을 생략했다.

"왜, 개 부장!"

이 과장은 조 부장의 직함만 남겨두고, 이름을 생략했다.

"너, 이 자식 지금 뭐라 그랬어?"

"왜 못 들었어? 여기 있는 사람 다 들었을 텐데 왜 너만 못 들었을까? 개 부장, 네가 매일 아침마다 탈모 방지용 스프레이를 어디에 뿌리는지 나는 알고 있다고 말했다, 왜?"

조 부장은 망치로 얼굴을 한 대 얻어맞은 듯한 표정이었다. 신이 난 이 과장의 입은 멈추지 않았다. 이 과장의 입이 제일 먼저 중력에서 해방된 것 같았다. 다음 순간 나를 포함한 사무실의 모든 사람이 몸을 날려야 했다. 조 부장이 이 과장의 멱살을 틀어잡았기 때문이다. 이 과장은 멱살을 잡히고도 뭐가 좋은지 계속 웃었다. 분명 중력을 초월한 모습이었다. 우리가 겨우겨우 조 부장과 이 과장을 떨어뜨렸을 때, 이 과장은 모두가 고대하던 액션을 취했다.

이 과장의 손이 양복 안주머니로 들어갔다. 분명 왼쪽이었다. 이 과장은 원수를 처단할 검을 뽑듯 흰 봉투를 꺼냈다. 그는 그것을 책상 위에 보란 듯이 내던지고, 유유히 회사를 빠져나갔다. 그것도 문워크로. 조 부장은 완전 녹다운이 되었다. 그는 씩씩거리면서 홍 과장에게 소리쳤다.

"홍미영! 커피 좀 가져와. 아아, 미치겠다."

조 부장은 넥타이의 매듭을 느슨하게 하려고 좌우로 잡아당겼다. 그 모습이 마치 동아줄을 잡으려는 것처럼 보였는데, 다음 순간 그 동아줄이 썩은 줄이었음이 드러났다. 홍 과장은 자판기로 걸어가지 않았다. 그녀는 핸드백의 자석 버클이 날카로운 소리를 내도록 잠그고는 조 부장에게 걸어왔다.

"뭐, 뭐야, 또?"

조 부장의 바퀴 달린 의자가 주춤하면서 후퇴했다. 홍 과장도 흰 봉투를 꺼냈다. 흰 봉투가 조 부장의 가슴 위로 종이비행기처럼 착륙했다. 털썩, 동아줄이 끊어지고 붉은 수수밭에 추락한 조 부장은 결국 오후 내내 자리를 비웠다. 심장에 포탄 몇 발을 맞은 것마냥 가슴을 쥐어뜯으면서 걸어 나갔다.

이 과장과 홍 과장 모두 그날 베이지색 바바리를 입고 있었다. 누가 봐도 커플룩이 아닌가 싶을 정도였다. 단지 길이가 무릎을 덮는가 덮지 않는가의 차이가 있을 뿐이었다. 이 과장과 홍 과장은 나란히 사표를 낸 후 같은 바바리를 걸치고 사라졌다. 건물 밖에는 이미 수많은 바바리맨이 어슬렁거리고 있었고, 그들의 빌딩 숲 속으로 새로운 바바리맨 두 명이 걸어 나갔다. 바바리가 우주로 가는 무중력자들의 공식 유니폼처럼 생각될 정도였다.

싸움의 당사자들이 모두 사라졌기 때문에 오후 내내 사무실은 조용했다. 이 과장의 영역에는 그가 5개월간 생존한 흔적이 남아 있었다. 나는 정리용 박스에 이 과장의 물건을 하나씩 담았다. 치약과 칫솔, 탁상 달력과 몇 권의 책, 그리고 뿌릴 기회가 없었던 명함 두 통까지. 그의 모니터 속에 있던 우주적 섹스의 현란한 체위들은 박스가 아니라 내 눈 속에 담아두었다.

　무중력자가 아닌 사람에게도 변화는 피할 수 없는 시대의 흐름처럼 다가왔다. 소식이 뜸했던 구보에게서 연락이 왔을 때, 구보의 목소리는 조금 달라져 있었다. 회사 업무에 지친 나는 내심 구보의 전화를 기다리던 참이었다. 구보와 나는 동묘앞역에서부터 늦은 오후의 산책을 시작해서 헌책방거리를 지나 동대문역사문화공원역의 중앙아시아길까지 걸어갔다. 한 꼬치에 2000원씩 하는 두툼한 양고기를 먹기 위해서였다. 이 역시 국밥집을 알려줬던 선배 덕에 알게 된 식당이었다. 우리는 우즈베키스탄 음식점으로 성큼성큼 걸어 들어갔다.
　"샤슬릭이요."
　구보가 음식을 주문했다. 그러고는 메뉴판을 보며 혀를 끌끌 찼다.
　"21세기의 구보는 돈이 너무 많이 든다."
　곧 두툼한 고기를 꽂은 꼬치구이가 등장했다. 구보가 말했다.
　"나 취직하련다."
　하마터면 꼬치를 목구멍으로 넣을 뻔했다. 취직이라니? 구보가?
　"취직?"
　"돈 벌어야지. 언제까지 형한테 붙어 있냐."
　그렇긴 하지. 구보의 형은 갑부가 아닌데도 다섯 동생을 건사

하고 있었다.

"갑자기 왜?"

"형이 사표를 냈다."

구보의 형은 회사에 목숨을 건 충성파였다. 신입 시절부터 별명이 '부장'이었던 사람. 그런 사람이 사표를 내다니.

"삶이 의미가 없다는 걸 깨달았대. 형은 이제 다시 대학에 들어갈 거래."

"사표가 유행인가? 우리 회사에서도 어제 사표를 던지고 나간 사람들이 있었지."

"전에 다녔던 대학은 형이 원해서 선택한 게 아니래. 형은 회사 생활을 물리고 싶어 해."

"형수님이 힘들겠다. 애도 많은데."

"형수는 결혼을 물리고 싶어 해. 그래서 친정으로 가버렸어. 자기 삶이 의미가 없다나. 나도 이참에, 상황도 상황이지만 내 소설에 현실성을 불어넣으려고. 내가 회사 생활을 해본 적이 없으니까, 좋은 경험이 될 수도 있어. 구보도 회사 생활은 해봐야지!"

달이 늘어난 후로, 삶의 의미를 다시 생각해보는 사람들이 늘어났다. 그리고 무언가를 그만두거나 새로 시작하는 사람들도 많아졌다.

"무슨 일을 할 건데?"

"여기저기 이력서는 넣어뒀는데, 아직 연락 온 곳은 없어."

"그래도 예전보다는 일자리 구하기가 좀 낫지 않나? 하도 그만두는 사람들이 많으니까."

구보는 한숨을 폭 내쉬고 대답했다.

"꼭 그렇지도 않더라. 그만둔 사람들 공석이 생기나 싶었는데, 그 자리는 별 인기도 없는 자리들이었어. 쥐꼬리만 한 박봉에 엄청난 야근. 나는 소설도 써야 하잖냐."

구보는 소설을 쓸 수 있을 만한 시간적 여유와 양질의 생활을 할 수 있을 만한 경제적 여유를 모두 원했다. 그것은 꼭 소설을 쓰려는 사람이 아니더라도 누구나 원하는 것이었다. 그랬기 때문에 그런 일자리는 찾기가 쉽지 않았다.

"너도 좀 알아봐줘라."

"알았어. 그런데 뭐가 있지? 아님 우리 회사에 들어오는 건 어때? 수습 기간 한 달 하고서, 바로 정직원 될 수 있는데."

"4대 보험 되냐?"

"아니, 그런 건 안 되지."

"그럼 연봉 협상은 얼마에 해야 되는데?"

"연봉이라, 협상할 정도는 아니야."

내 목소리는 점점 줄어들었다.

"땅은 몇 개나 팔아야 되는데?"

"몇, 개, 라고?"

땅을 개수로 셀 수 있는지는 몰랐지만, 구보의 말을 듣다 보니 우울해지는 것은 나였다. 구보가 백수였고, 내가 직장인인데 구보는 마치 내게 백수보다 못한 기분을 느끼게 했다.

"야, 난 그냥 전공 살리는 걸로 구해볼래."

소설이 본업이고 일은 직업일 뿐이어서 어떤 종류도 상관없다던 구보는 갑자기 전공을 살리는 일을 하고 싶다고 말했다. 그런데 우리 과 동기들 중에 전공을 살려 일하는 애가 있었나? 나도 딱히 전공을 살렸다고 말하기는 어렵지 않나? 이쯤 되면 전공을 살리는 게 좀 특이 케이스 아닌가?

"저번에 면접 보러 갔던 회사에서는 11층이 홍보실인데 거길 '로열층'이라고 부르더라. 아무나 못 들어간대. 낙하산이거나 아니면 진짜 실력파거나. 전자 회사인데, 홍보실에서 사보 만들고 사진 찍는 사람들이 로열층을 배정받다니. 아직 펜의 힘이 죽지 않았어, 그런 걸 보면?"

그럼 뭐 하냔 말이다. 어차피 11층이니 로열층이니 하는 것은 구보의 몫이 아니었다. 친절한 회사에서는 일 처리도 깔끔하게 했다. 탈락자들이 계속 어영부영 있을까 염려해서 1차 시험에 떨어진 사람들에게 죄다 미리 불합격 통보를 보내주었다. 휴대전화와 메일과 집 전화, 그 외에 연락 가능한 수단을 모조리 활용해서 말이다.

꼬치구이를 목젖까지 깊게 찔러 넣은 것 같은 기분으로, 우리는 헤어졌다. 며칠 후, 구보를 다시 만났을 때 구보는 이미 취직을 한 상태였다. 구보가 취직 턱으로 산 것은 햄버거였다.

"어딘데?"

"벤처기업이야."

"벤처? 이름이 뭔데?"

"얼과 혼."

"얼과 혼? 뭔 벤처기업 이름이 그렇게 고상해? 아는 사람이 하는 데만 아니면 요즘 작은 회사 들어가는 것도 괜찮다더라."

구보는 햄버거가 목에 턱 막히는 듯 콜라를 들이켜고 말했다.

"아는 사람이 하는 데야."

"누구?"

"풍물패 '얼과 혼' 기억해? 거기 송 선배가 차린 거야."

"얼과 혼? 풍물패 송 선배?"

"그렇지."

얼과 혼은 대학에 다니는 동안 구보의 정신을 갉아먹던 풍물패였다. 덧붙여 말하자면 그 선배는 우리에게 저렴한 양꼬치를 파는 곳과 종로 국밥집의 위치를 알려준 사람이기도 했다.

"그 선배 환경운동하지 않았어?"

"나와서 회사 차린 지 얼마 안 됐더라고. 그 선배라면 믿을 수 있지. 뭘 팔더라도."

"뭘 파는데?"

구보는 귀를 가까이 하라고 손짓했다. 구보가 입을 열자 햄버거 냄새가 귓속으로 파고들 것 같았다.

"섹, 스, 머, 신."

"섹스 머신?"

"그냥 섹스 머신이 아니고, 무중력상태를 만들어주는 기계야. 요즘 허리 다쳐가면서 우주적 섹스니 뭐니 그런 거 한다며. 그렇게 허리를 안 다치면서도 무중력 공간처럼 방방 뜬 채로 정사를 나눌 수 있는 거지."

그 말을 듣자마자 구보가 사로잡을 수 있는 고객이 떠올랐다. 이 과장이라면 아마 이런 기계를 할부로라도 구입할 것이다.

"이왕 버는 거 확실하게 벌 거야. 성과급도 있어. 투자도 했고."

"투자? 얼마나?"

"300만 원. 대출 땡겼지."

나는 묵묵히 햄버거를 먹었다. 구보가 상기된 표정으로 말했다.

"21세기의 구보는 장사도 한다니까! 세상은 모르는 거다."

구보는 우쭐대듯이 덧붙였다.

"허생전 기억나? 글만 읽던 그 양반도 결국은 세상에 나서고 말았지. 세상을 깜짝 놀라게 할 만한, 매점매석이라는 성행위로."

"상행위겠지."

"그래, 상행위. 나도 허생처럼 이 세상을 비웃어주겠어. 그리고 내 산책을 위한 일부의 돈만 가지고 나서, 나머지는 다 사회에 기부할 거야. 21세기의 구보라면 그 정도는 해야지."

구보의 직위는 부장부터 시작했다. 선배와 구보 둘밖에 없는 회사였으니, 선배가 사장을 하고 구보가 부장을 하고, 사이좋게 나눠 가진 것이다. 구보는 그날부터 바쁘기 시작했다. 자주 어슬렁거리던 동묘앞역에도 뜸한 듯했고, PC방은 끊은 지 오래 같았다. 내가 다시 구보를 본 것은 거의 열흘이 지나서였다. 거리가 아니라 인터넷 쇼핑몰을 통해서였다. 구보는 무중력 섹스 머신 회사의 책임 대표가 되어 있었다. 제품명은 '무중력 판타지아'였다.

8

네 번째 달이 태어나자 지구인들은 달을 판타지도 재앙도 아닌 삶의 일부로 받아들이기로 했다. 일기예보 시간에 네 개의 달이 충돌할 가능성에 대해 언급하는 것을 보면 정말 그랬다. 달들의 공전주기가 같은가 아닌가, 공전궤도가 같은 방향인가 아닌가에 따라 충돌 가능성이 오르락내리락했다. 기상 캐스터는 아무렇지 않은 얼굴로 달이 충돌할 확률이 보름 전에 비해 0.000004퍼센트 올랐다고 설명했다. 소수점과 숫자의 거리가 너무 멀기는 하지만 숫자가 사람을 주눅 들게 하듯 막연한 두려움이 몰려왔다. 마치 일본이나 네덜란드가 조금씩 바닷속으로 가라앉고 있다고 말할 때의 기분처럼 말이다.

달은 더 이상 관상용이 아니라, 하나의 신대륙처럼 인식되었다. 인터넷에는 달로의 이주를 꿈꾸는 사람들이 생겨나 그들만의 집합을 만들고 있었다. 대부분은 무중력자였다. 사람들은 하나둘 달로 떠나기 위해 짐을 쌌다. 달로 떠나는 데 성공한 사람이 있는지 어떤지는 몰라도, 실패한 사람의 수는 헤아릴 수 없이 많았다. 거리에는 무중력자들의 시체가 낙엽 떨어지듯 흩날렸다.

아침, 11층 엘리베이터 앞에서 한 명의 무중력자로 짐작되는 사람과 마주쳤다. 나와 같은 회사에서 일하는 사람인 것 같았고, 확실히 안다고는 말할 수 없으나 낯익은 사람이었다. 내가 그를 무중력자일 것이라고 짐작한 이유는 한 손에 바바리를 걸치고 있었기 때문인데, 어느 순간부터 바바리는 무중력자들의 비공식 유니폼처럼 통하고 있었다. 덕분에 나는 갖춰 입은 무중력자를 볼 때마다 흠칫 놀라곤 했다. 바바리맨은 내게 질병을 알리는 힌트와도 같았기 때문이다.

그는 바바리뿐 아니라 커다란 상자도 들고 있었다. 짐이 한 가득 있는 것을 보면 뻔했다. 사표를 던지고 나가는 게 분명했다. 엘리베이터가 경쾌하게 문을 열었다. 1층 버튼을 누르고 벽에 몸을 기댔는데, 그 무중력자도 엘리베이터에 올라탔다. 몇 층? 하는 눈빛으로 바라보았지만 그는 아무 말도 하지 않았다. 1층으로 내려가는 건가 하고 그냥 서 있었더니, 그가 말을 걸기 시작했다.

"달로 갈 겁니다."

그는 내게 말하는 것인지, 허공에 대고 말하는 것인지 모를 멍한 목소리로 중얼거렸다.

"달로 갑니다, 드디어."

그는 재빠르게 상자를 내려놓고, 바바리를 껴입었다. 무중력자들은 바바리를 걸치면 어디든 날아갈 수 있을 거라고 생각하는 것 같았다. 아무런 대꾸도 하지 않으려니 어색해서, 나도 뭔가 말을 붙였다.

"1층 가시죠?"

"달로 간다니까!"

무중력자가 화를 냈다. 무중력자는 바바리 단추를 하나씩 잠그면서 말했다.

"어제 캐나다에 있는 와이프랑 통화했습니다. 새로운 계좌 번호를 알려주더군요. 열심히 받아 적었습니다."

대꾸를 하지 않기가 어색해서, 아니면 고객과 통화하던 습관 때문인지 나는 적절한 대꾸를 하기 위해 애썼다.

"아, 부인 되시는 분이 캐나다에 있으신가 보죠?"

"로데오거리."

캐나다의 로데오거리?

"로데오거리에서 우린 처음 만났습니다. 압구정 로데오거리인지, 목동 로데오거리인지, 문정동 로데오거리인지는 기억이 안 날 만큼 오래전에 만났죠. 어제는 우리가 처음 만난 날이었습니다.

바로 그 로데오거리에서. 그런데, 아내가 내 안부는 묻지도 않더라 그 말입니다. 전화를 끊으려는데, 저쪽에서 웬 남자 목소리가 들리는 겁니다. 아시겠어요? 남자 목소리가. 우리 집에는 남자가 없는데. 딸하고 와이프하고 내가 전부인데. 그다음은 잘 기억나지도 않아요. 내가 몰아붙이니까 와이프는 당황한 듯 전화를 끊었고, 어쩌면 당황하지 않았는지도 모르겠고, 그래요, 당황하지 않았던 게 분명한 것 같기도……."

바바리맨은 힘겨운 듯 바지를 추켜올렸다. 엘리베이터는 4층을 지나고 있었다. 바바리맨에다가 무중력자이기까지 한 그는 울먹이듯 말했다.

"자식 놈은 아비를 돈 버는 기계로 압니다."

3층이 되었다. 그는 조금 잦아든 목소리로 말했다.

"와이프는 자꾸 영어로 말해요."

2층이 되었다. 이 낯선 남자는 이제 천장을 보면서 말했다.

"만약 엘리베이터 줄이 끊어진다면 어떻게 될까 궁금하단 말입니다. 엘리베이터의 낙하가속도와 그 안에 탄 사람의 낙하가속도가 똑같아서 무중력상태를 느낄 거라고 하더군요. 그렇지 않습니까? 엘리베이터 속에서 둥둥 떠다니게 되지 않겠습니까? 무중력상태니까."

"몇 초에 불과하죠, 그 순간은."

그는 내 말을 듣고 있지도 않았다. 그래도 나는 확실히 이야기했다. 요즘 텔레비전에서 틈만 나면 내보내는 내용이므로 모르는 사람이 없을 상식이었다. 나는 구호를 외치듯이 말했다.

"곧 땅으로 곤두박질할 겁니다."

엘리베이터가 1층에 닿았다. 어쩐지 그의 눈빛이 나를 떠미는 것 같았다. 아니, 그 반대였던 것도 같다. 나는 잠시 머뭇거리다가 사람들이 들어오는 바람에 밖으로 떠밀렸다. 아니, 내 발로 나갔던 것도 같다. 11층에서 이곳까지 내려오는 동안, 커다란 관을 메고 장지까지 걸어온 것 같은 기분이 들어서 힘들었다. 나는 내렸고 그 남자는 다시 올라탔다. 그는 아마 오후 내내 저렇게 엘리베이터 속을 유영할 모양이었다. 갈 곳을 찾을 때까지.

한 무리의 사람을 태우고, 엘리베이터 문이 닫혔다.

엘리베이터에서 만났던 무중력자는 하루가 저물 무렵 다시 나타났다. 우려했던 모습으로. 조 부장이 내게 다가와서 말했다. 특별히 내게 다가온 것은 이제 우리 팀에 남은 과장이 단 두 명뿐이었기 때문이다. 두 명 중에 한 명이 나였다.

"노 과장, B팀에 있는 박 과장 알아?"

"잘 모르겠는데요."

"달로 가겠다고 하던 그 자식, 달이 아니라 골로 갔어."

"네?"

조 부장은 창밖을 가리켰다. 건물 밖 횡단보도에는 무중력자가 추락한 흔적이 흰 선으로 대강 그려져 있었다. 그는 그렇게 지구 위에 자신의 흔적을 남기고 숨을 거뒀다. 엘리베이터 줄을 끊는 대신, 개인적인 중력을 끊은 것이다.

불황이 계속되던 사무실에는 다음과 같은 구호가 붙었다.
'달을 공략하라.'
조회 시간은 유독 길었다. 이번엔 사장이 직접 납시었다. 사장은 프린트된 자료를 사원들에게, 아니 과장들과 부장들에게 돌린 후 새로운 대륙에 대해 설명했다.
"위기라는 말 아십니까? 뭐, 요즘 뉴스에서 우주 전체의 위기라고 강조들을 해대니 모르실 리가 없겠습니다만, 그렇다면 위기라는 말이 어떻게 만들어진 것인지도 아십니까? 모르십니까? 위기는, 위험과 기회가 함께 어우러져서 만들어낸 단어입니다. 여러분, 요즘 위기다 비상사태다 하는데, 이럴수록 우리는 한 그루의 사과나무를 심어야 하겠습니다. 늘 흔들림 없이 정연한 자세가 필요한 겁니다. 그럼 나무를 어디에 심느냐, 어디에 심겠습니까? 놀라실지 모르겠습니다만, 그렇죠, 바로 달에다 심는 겁니다."
사장의 말은 농담이었다. 내가 듣기에는 분명히 농담이었다. 물론 사장은 정말 달에 사과나무를 심을 사람이었다. 달에 거주하고 있던 토끼 두 마리와 그들의 절구와 계수나무 한 그루를 몽땅 뽑아내고서라도 사과나무를 심을 수 있는 사람이었다. 그러나 조회 시간이 끝난 후, 자리에 돌아와 인터넷을 켠 순간, 나는 달로의 이주가 허무맹랑한 이야기는 아닐 수도 있겠다고 생각하게 되었다. 인터넷에서는 이미 우주선 탑승에 관한 정보가 떠들썩하게 퍼져나가고 있었다. 무중력자들의 과대망상이 아니었던 것이다. 달에서는 모든 것이 지구의 6분의 1이었다. 중력만이 아니었다. 땅값 역시 6분의 1이었다. 아니, 그것보다 훨씬 쌌다. 달이 지금처럼 계속 늘어나준다면, 그보다 하락할 수도 있었다. 달의 땅이 저렴한 데에는 아직 그 땅 밑에 무엇이 들어 있는지 전혀 알 수 없다는 점도 한몫을 한 것 같았다. 어느 날 아침 한 그루의 사과나무를 심으려고 마당을 파보니, 끝도 없는 구멍이 너울거리고 있을지도 몰랐다. 블랙홀처럼!

달을 팔겠다는 사장의 생각은 지극히 모방적인 심리에서 비롯된 것이었다. 이미 많은 업체가 너도나도 달을 팔고 있었다.

다음 날에도 사장은 직접 조회를 이끌었다. 조회를 시작하는 음악이 바뀐 것에 모두가 놀랐다. 조회를 시작하는 음악은 보통 클래식이었는데, 누구도 들어본 적 없는 재즈풍의 음악이 흘러나왔다. 어쩌면 무중력 음반에 수록된 곡일지도 몰랐다.

"이제 최고의 세일 키워드는 우주! 자, 이거 다들 돌려보세요. 돌려봐요. 그래요. 자, 조 부장, 거기 뭐라고 적혀 있나 읽어보지."

사장의 지시를 받은 조 부장은 최선을 다해 자료를 읽었다.

"고어텍스는 1981년 컬럼비아호 우주인들이 착용한 우주복 소재로 사용됐다. 우주복은 내부 압력과 온도를 일정하게 유지하고 산소를 공급해주며, 우주먼지, 태양 복사열 등으로부터 우주인을 보호해야 한다. 고어텍스는 거미집 모양으로 만든 강인하면서도 부드러운 섬유질로, 합성수지 가운데 가장 안정된 특성을 지녔다. 특히 고어텍스는 방수와 투습성이 뛰어나 외부로부터 수분은 차단하고, 몸에서 발생한 습기는 밖으로 쉽게 내보내줘 등산복, 스키복 등 레포츠 용품에 많이 사용되고 있다."

사장이 박수를 쳤다. 우리도 덩달아 박수를 쳤다.

"자, 다음은 어디, 자네가 읽어보게."

지목된 사람은 나였다. 나도 큰 목소리로 자료를 읽었다.

"덴마크 퀼트사는 급변하는 우주 온도의 변화로부터 우주인을 보호하기 위해 온도를 조정하는 기능을 지닌 나사 특허 원단 아웃라스트로 매트리스와 베개를 만들었다. 아웃라스트는 외부 온도 변화에 따라 자동으로 온도 조절이 가능해 체온 유지에 뛰어나다. 아웃라스트로 만든 침구류는 땀과 열을 효과적으로 배출시켜 숙면을 취할 수 있도록 돕는다."

"자, 거기까지. 이게 다 뭘 의미하는 것 같습니까? 여러분, 어디, 조 부장, 느낀 바를 말해보지?"

조 부장은 우물거리다가 작은 목소리로 말했다.

"우주, 를 파는 건가 싶습니다만."

"그렇지!"

사장의 목소리는 점점 커졌다. 어찌 보면 무중력 집회를 이끌던 지부장들과 비슷하게 느껴지기도 했다. 사장은 한 시간 내내 우리에게 우주를 영감으로 삼아 탄생한 베스트셀러들에 대해 이야기했다. 소문에 의하면 사장실의 책상 위에는 우주인들의 비상식량인 스피룰리나가 한 병 가득 있다고 했다. 사장은 그것을 한 알씩 먹으면서 점점 무중력자에 가까워지고 있었다. 아니면 벌써 무중력자인지도 모를 일이었다.

우주에 관심을 가진 사장 덕에 스피룰리나는 그날 이후, 사무실 곳곳에서 발견되었다. 스피룰리나는 무중력상태에서 영양을 보충할 수 있도록 만들어진 것인 만큼 미네랄과 비타민이 풍부했다.

"스피룰리나는 열대지방의 바다보다 짠 호수에 사는 미생물로, 필수 미네랄과 30여 종의 비타민, 식이섬유가 들어 있지."

사장이 스피룰리나에 대한 애정을 표현한 이후, 조 부장은 스피룰리나 전문가가 되었다. 그는 너무 많이 스피룰리나를 챙겨 먹다가 흡연에 대한 욕구를 잊을 정도였다. 다음 날 회의 때 사장은 스피룰리나를 아예 병째 챙겨서 테이블 위에 놓고 회의를 시작했는데, 그때를 놓치지 않고 조 부장도 스피룰리나를 테이블 위에 올려두었다. 사무실은 점점 우주선처럼 바뀌고 있었다. 그리고 우리의 회의는 점점, 막연해지고 있었다.

"달에 대해 생각해보지. 조 부장, 달이 어떻게 보이나?"

조 부장은 스피룰리나만 열심히 씹어댈 뿐, 당혹스러운 표정이었다. 사장은 얼굴을 돌리고, 왼쪽부터 차례로 달에 대해 말해보라고 했다.

"모두, 빠짐없이, 우리 회사 직원이면 모두 다."

우리는 한 시간 내내 달에 대한 느낌을 이야기했다. 이 과장이 있었더라면 달에 대해 찬가를 불렀을 테지만, 성질이 급한 무중력자들은 이미 사무실을 떠나고 없었다. 달을 보면 무엇이 떠오르는가. 나는 맹장이 떠올랐다. 맹장이 달의 뼛조각이라고 하지 않았던가. 이 황당한 주장보다 더 황당한 것은 사람들의 반응이었다. 어느새 사무실에 무중력자들이 늘어났는지, 맹장이 달의 뼛조각이라는 말에 대해 아무도 기발하다거나 괴상하다고 말해주지 않았다. 다들 그저 1 더하기 1이 2라고 말했을 때의 반응처럼 담담했다. 누군가는 식상하다는 표정도 지었다.

우리의 창조적인 생각들이 강압적으로 발표된 후, 조 부장의 순서가 돌아왔을 때 그는 이렇게 말했다. 한 시간 동안 쥐어짜낸 결과였다.

"달은 사장님 얼굴로 보입니다."

사장은 특별한 반응을 보이지 않고 스피룰리나를 한 알 더 씹어 먹었다. 조 부장과, 그때서야 스피룰리나를 꺼낸 몇 명의 부장과 과장들도 스피룰리나를 깨물어 먹었다. 사장은 우주 혹은 달에서 영감을 받아 잘나가는 신종 업체들을 이야기하고 회의를 마쳤다.

사장이 말한 본보기 중에서 한창 주가를 올리는 업체는 '얼과 혼'이었다. 구보와 풍물패 선배가 운영하는 회사였다. 이런저런 생각을 하고 있을 때 양반은 될 수 없는 구보가 전화를 했다.

"올래?"

이런 말이 아니었다.

"어디서 볼래?"

어디긴! 나는 평소처럼 동묘앞역으로 갈 의향이 있었지만, 구보는 둘 다 강 아래 있는데 굳이 위로 올라갈 것은 없지 않느냐며, 테헤란로 한구석에서 만나자고 했다. 우리는 퇴근 후에 테헤란로 한구석에서 만났다. 구보는 여전히 에어가 빵빵한 운동화와 세 달에 한 번씩 세탁하는 청바지 차림이었다.

"재벌 다 된 줄 알았는데, 옷차림이 이게 뭐냐?"

"재벌은 무슨!"

구보와 내가 선택한 오늘의 메뉴는 게장이었다. 구보의 단골집이라고 했다.

"우리 사장님, 아니 송 선배가 나한테 그러더라고. 서울 시내 미녀들이 어디에 다 모여 있는지 아느냐고? 그래서 내가 어디요? 했더니 이 게장집이라는 거야."

"도대체 어디에 미녀가 있다는 거야?"

내가 건성으로 쓰윽 훑어보자, 구보는 여유로운 표정을 지으면서 말했다.

161

"지금 말고, 새벽 3시가 넘으면 하나둘 보이기 시작해. 이 끝이 강남대로랑 붙어 있잖아. 클럽에서 한창 몸 풀고 난 여자들이 허기를 달래러 이쪽으로 온다니까?"

"그래서 여기 자주 왔어?"

"난 여자들이 가만 안 둬서 너무 자주 오면 안 돼."

구보가 언제부터 이렇게 능글능글해졌을까. 나는 끝까지 가보자는 뜻으로 왜 그들이 너를 가만두지 않느냐고 물었다.

"보고도 모르니? 외모!"

"미친 거야?"

"거기에다가 재력까지."

구보는 그러고도 농담을 이어갔는데 그중에 진짜 주목할 만한 퍼즐 조각도 하나 숨어 있었다. 좋아하는 여자가 생겼다는 거였다. 그것도 늘 꿈꿔왔던 이상형으로.

"순두부 같은 여자?"

"응, 얼굴도 무지 뽀얘. 있더라, 정말."

벽돌 같은 구보는 늘 순두부처럼 말랑말랑한 여자를 꿈꿔왔다. 갑각류가 드디어 사랑에 빠지다니!

"다만."

"다만?"

"감탄사가 좀 과해. 제스처나."

"궁금하네? 이 염세주의자를 사로잡은 순두부라니! 환영할 만한 일인걸!"

구보는 수줍은 미소까지 지었다.

"근데 너 사업하는 그건 잘되는가 보더라? 오죽하면 우리 사장이 너네 회사를 벤치마킹하려고 하더라니까. 직원이 두 명뿐인 벤처기업을?"

"두 명 아니야. 이제 스물세 명이야. 수요가 계속 늘어나서. 너도 괜찮으면 우리 회사로 와라. 내가 연봉 협상 잘해줄 테니까."

나는 문득, 달에 대한 구보의 생각이 궁금해졌다. 구보에게 물어보았더니, 구보는 이렇게 대답했다.

"돈으로 보인다."

구보는 몇 시간만 더 버티면 미녀들을 볼 수 있다고 붙잡았지만, 다음 날 출근은 늘 부담스럽다. 나는 날개의 비릿함으로 배를 채운 후 집으로 돌아왔다.

그 주 토요일, 퓰리처와 함께 2차 병원 투어에 나섰다. 유명하다는 신경정신과 의사를 만나기로 예약이 되어 있었다. 정신이란 것은 확실히 육체보다 자유롭긴 했다. 금요일 저녁부터 굶을 필요도 없었고, 목욕재계를 할 필요도 없었다. 그러나 나는 의사를 만날 수 없었다. 퓰리처가 말한 신경정신과 의사는 증발하고 없었다. 그 역시 무중력자였던 것이다. 허탕이었다.

"재판하기 전에 증인을 놓친 기분이네요."

우리는 신경정신과 대신 감자탕집으로 갔다. 감자탕을 작은 사이즈로 하나 시키고 소주는 처음부터 두 병을 시켰다. 퓰리처는 술을 물처럼 마셨다. 그러면서 전염병의 역사에 대한 얘기를 늘어놓았다. 인간의 역사가 곧 전염병의 역사라는 거였다. 페스트, 천연두, 스페인독감, 사스······.

"제 동료 중에도 전염병의 계보를 외우는 사람이 있었죠. 지금은 회사를 관뒀지만."

"나랑 취미가 같으시네."

퓰리처의 잔이 빌 때마다 나는 그 잔을 열심히 채워주었다.

"제가 이번 기획 기사를 준비하면서 만난 사람이 총 여섯 명이에요. 시보 씨 빼고 다섯 명이 더 있죠."

"아, 네."

"검사 결과가 나와야 알겠지만, 시보 씨와 그들의 공통적인 증세가 아주 많아요."

"그래요?"

퓰리처는 감자탕에 손도 대지 않았다. 독주하는 경주마처럼 술만 들이켰다. 그에 비해 나는 어린 망아지 같았다. 아무리 뛰어도 퓰리처를 따라잡을 수 없는. 그래서 나는 열심히 퓰리처의 접시 위에 감자며 고기를 덜어 주었다.

"사스보다 더 위험한 질병이 등장한 게 분명해요. 그런 결론이 날 수밖에 없죠."

"어떤?"

"이를테면, 아직 이름을 짓지는 못했지만, 달의 증식과 관련된 증후군 같은."

풀리처의 말들이 어렵게 느껴졌다.

"그런 질병이 있어요?"

"시보 씨가 앓고 있잖아요."

내가 뭘 앓고 있다고? 이게 뭔 소리람!

"무슨 말씀이신지. 전 무중력자도 아니에요."

"무중력자인지 아닌지는 중요하지 않아요."

나는 가만히 숟가락을 내려놓았다.

"시보 씨가 무중력자는 아니지만, 그건 시보 씨 생각이고 다른 사람들은 이미 시보 씨를 무중력자로 볼 수도 있다는 말이에요."

풀리처는 같은 말을 몇 번이나 더 반복했다. 그 말을 자꾸 들으니 정말 내가 무중력자인가 싶은 생각이 들 정도였다. 하긴, 달로 가고 싶지도 않았지만 그렇다고 지구가 마음에 드는 것도 아니었다. 게다가 내 맹장은 아직 멀쩡했다.

"난, 그래서 당신을 무중력자로 보려 해요."

정신이 번쩍 들었다. 풀리처가 "어쨌거나 결론은 이미 정해졌어요"라고 말했기 때문에.

"이미 정해졌다고요?"

풀리처는 커다란 가방 안에서 한 뭉치의 인쇄물을 꺼내 보여주

었다. 퓰리처가 말한 기사는 조만간 뺑 하고 터질 기사의 초안이
었다. 달과 관련된 증후군으로 인해 사회가 발칵 뒤집혔다는 내
용의 위험한 기사.

"사실이 아니잖아요!"

퓰리처는 다소 황당하다는 표정으로 나를 보았다. 그러고는
내 고막 안에 뿌리를 박아 넣을 듯한 말투로 이야기했다.

"그러니까 곧 사실이 될 거라고요. 기사로 내보낸다니까요."

이번에는 나도 지지 않고 덤볐다.

"사실이 아닌 걸 어떻게 기사로 쓰냔 말입니다, 그러니까."

퓰리처가 다시 숟가락을 들었다.

"언론의 가장 중요한 기능은 사실성이에요. 언론에 실린 이상,
사실이에요."

취한 걸까? 퓰리처는 우기고 있었다.

"결론을 발표한 후에 자료를 수집하겠다는 겁니까, 지금?"

퓰리처가 나를 놀리려고 하는 건지 아니면 진심으로 말하고
있는 건지 구분하기 어려웠는데, 어쨌든 퓰리처가 인쇄해 온 종이
위에 우리의 미래가 있었다.

"나는 책임 못 져요. 당신에게 거짓말한 적이 없었는데, 어떻게
이런……."

내 말에 퓰리처는 조금도 흔들리지 않았다.

"나가죠, 이제. 난 대리운전을 불러야겠어요."

퓰리처의 입술이 새빨갰다.

"많이 취했나 봐요."

퓰리처가 그 말을 했는데, 비틀거린 건 나였다. 밖으로 나오니 벌써 세상이 캄캄해져 있었다. 우리는 소주 여덟 병을 나눠 마셨다.

대리운전 기사가 올 때까지, 우리는 퓰리처의 차에 들어가서 기다렸다. 퓰리처가 숨을 쉴 때마다 알코올과 뒤섞인 감자탕 냄새, 그 밑에 깔린 옅은 향수 냄새가 났다. 퓰리처가 트로이의 목마라도 내 몸 안에 넣어둔 것 같았다. 거북한 기분이 들면서도 뇌가 몽롱해지는 느낌이었다.

"엉덩이 좀 들어봐요."

"왜요?"

그렇게 말하면서도 나는 명령을 받들듯이 엉덩이를 살짝 들었다. 퓰리처는 내 바지 뒷주머니에 손을 넣어서 지갑을 빼내고는 그 안에 무언가를 넣어주었다. 정체를 알 수 없는 이 여자는 넋나간 상태로 있는 내 눈동자를 보며 속삭였다.

"불!"

"네?"

"불!"

나는 라이터를 주섬주섬 꺼내서 그녀의 담배 끝에 불을 붙여주었다. 퓰리처는 담배 연기를 한 모금 깊게 들이켠 후, 말했다.

"이건 선물."

풀리처가 지갑에 끼워 준 선물은 콘돔이었다. 초록색 콘돔이 내 주민등록증 밑에 도사리고 있었다. 시한폭탄이라도 본 사람처럼 심장이 쿵쿵 뛰었다.

"마감이 끝나면 우리 이거 써요, 시보 씨. 신데렐라 말이에요. 원작에 의하면 유리 구두를 신기 위해 발을 잘랐다죠. 어떤 신발을 가져와도 신데렐라는 신을 수 있었을 거예요. 잘 드는 톱만 있다면 말이죠. 나는 기자도 그럴 수 있어야 한다고 생각해요. 날 도와줘요. 그럼 뉴스 메이커가 될 수 있어요."

대리운전 기사가 왔다. 풀리처는 내 목을 끌어안으며 작별 인사를 했다. 나는 내가 아닌 것처럼, 차에서 내려 뒷걸음질을 쳤다.

부르릉! 시동 소리에 놀란 내 안의 초신성 몇 개가 또 폭발하고 있었다. 나중에야 풀리처가 선물을 끼워 넣기 위해 거기 있던 미라와 나의 커플 사진을 옆으로 치워놓았다는 것, 그걸 순식간에 티도 안 내고 했다는 걸 알게 되었는데 기분이 나쁘지는 않았다. 그렇게 밀려난 김에, 옛 사진을 지갑에서 완전히 빼낼 수 있었으니까.

"뉴스 메이커는 무슨."

풀리처와 만난 것에 대해 이야기했지만, 형의 반응은 시큰둥했다. 형은 내게 엉뚱한 질문을 했다.

"범인과 기자가 있어. 누가 뉴스 메이커일까?"

"글쎄, 범인?"

"틀렸어. 범인은 재료. 정답은 기자야."

허허, 하고 형이 웃었다. 상대를 비웃는 듯한 웃음이었다. 고등학교 때 형의 트레이드마크였다. 그제서야 조금 내 형 같았기 때문에 나는 그 조소가 편안하게 느껴졌다.

"근데 이름이 뭐라고?"

"퓰리처, 는 이름이 아니고 송영주인가, 뭐 그래."

"근데 그 여자는 왜 자꾸 만나는 건데? 사귀냐?"

뉴스 메이커가 될 거라는 계획을 대화 첫머리에 흘렸지만, 형은 벌써 그것을 까먹고 있었다. 아니면 그런 이유는 그다지 중요한 게 아니라고 생각하는지도 몰랐다. 형에게 중요한 것은 굴의 상태였다.

"달이 차서 그런가, 굴이 꽉 찼다."

형은 마치 굴에 매료된 듯했다. 형의 손끝에서 굴들이 통통한 보석이라도 되는 것처럼 빛났다.

"보름께 잡은 어패류들은 살이 올라 있지. 이렇게 말이야. 그런가 하면 삭망 때 잡은 건 살이 말라 있어. 벼의 수확이 일조량하고 관계있는 것처럼 말이야. 그리고 이 굴은 특히나 달에 대해 매우 예민한 생물이야. 달이 바로 위에 있는지 지구 반대편에 있는지를 알아챌 수 있거든. 눈도 없고 더듬이도 없는데, 달의 인력을 감지한다니까. 이 굴을 잡아서 로키산맥 탱크 속에다 가뒀는데도, 그 속에서도 달의 인력을 분간했다는 거 아니니!"

　형은 보름의 기운을 풍성하게 받아 충만해진 굴이 기특하다는 표정을 지었다. 보통은 강아지나 아기를 바라보며 짓는 그런 표정을. 그러고 보니 언제부터인가 형하고는 계속 음식을 먹으면서 얘기하고 있었다. 형의 배경은 늘 부엌이었다.

9

"민간인을 대상으로 한 우주여행 상품을 개발해 큰 관심을 모았던 BLB사는 최근 네 개의 달 사이를 왕복하는 상품을 계획 중이라고 밝혔습니다. 달나라를 여행하는 이 상품의 가격은 우리 돈으로 약 2억 원에 달하지만, 벌써부터 예약이 폭주하고 있다고 합니다."

달로 이주하겠다는 사람들은 3000명이 넘었다. 봉이 김선달이라고 황당해할 게 아니었다. 달 이주 티켓은 청약 통장보다 더 귀했다. 문제는 여기저기서 달을 팔겠다고 나섰다는 점이다. 번호표를 나눠 주었더니 대기인 수가 5000명을 넘어갔더라는 업체도 있었다.

사장은 주말 사이에 큰 자극을 받고 온 듯했다. 그는 출력한 자료를 과장들에게 돌리고, 자신의 원대한 포부에 대해서 밝혔다.

"달나라에 납골당을 운영할 생각입니다."

사장에 의하면, 지구인들의 삶은 질기다. 웬만해서는 쉽게 죽지 않고, 죽더라도 모든 것을 버리지는 않는다. 한 줌 흙으로 돌아갔다는 말은 사람들에게 왠지 경건한 감정을 불러일으키지만, 한 줌 흙이 유산의 전부라는 사실을 알게 되면 사람들은 짜증을 내기 시작한다. 죽는 사람 입장에서도 다를 것은 없다. 시체들은 무덤에서 혹은 물속에서 불평한다. 장례식에 온 사람과 오지 않은 사람들, 그리고 장례식에 들어간 비용과 성의에 대해서.

"산 사람들 살기에도 좁아 죽겠는데, 죽은 사람들까지 안고 있을 수는 없지 않겠습니까? 그래서 달에 무덤을 보내는 겁니다. 납골당 형태로 말이죠. 1년에 두 차례씩 성묘를 가느라 도로 위에서 줄을 설 필요도 없다는 거, 짐작하시겠지요? 굳이 우주선을 쏘아 올리지 않아도, 조상을 기리는 마음은 달까지 충분히 전달되지 않겠습니까. 한가위 달을 보며 저기에 우리의 소원을 들어줄 부모님이 계시다고 생각하는 풍습이 생겨날 수도 있습니다. 어찌 아름답지 않겠습니까?"

달나라 납골당은 여러모로 공익적인 목적을 갖고 있었다. 지구는 비좁고, 영혼을 고이 누이기엔 너무 복잡하다. 달을 영혼의 안식처로 삼는다면, 지구는 한결 가뿐해질 것이다. 생각은 좋은데,

문제는!

"근데, 사장님. 그러면 목포 땅 답사 가는 건 어떻게 하죠?"

누군가가 물었다. 사장은 잠시 멍한 표정이 되었다. 목포가 뭐지? 그 표정은 마치 이렇게 말하는 것 같았다.

"우리는 우주를 팔아야 한다니까."

"그런데, 사장님. 그럼 인천 영흥도 땅을 사려고 온 고객들은 어떻게 할까요?"

또 다른 누군가가 물었다.

"사장님, 여긴 부동산 회사라고 듣고 왔는데요."

새로 들어온 과장이 말했다. 사장은 마치 링 위에서 예기치 않은 펀치를 맞은 복싱 선수처럼 멍한 표정으로 있다가 말했다.

"부동산 회사라고 지구의 부동산만 판다는 건, 그건 우리가 지구를 떠날 수 있을 거라고 상상하지 못하던 시기의 이야기입니다. 한마디로 낡, 은, 사, 고!"

무중력자들은 '어찌 중력인들이 무중력의 세계를 이해할 수 있겠는가' 같은 말을 했다. 지하철에서나 거리에서나 늘 그런 식의 말이 오갔다. 어찌 중력의 지배를 받는 이들이 무중력을 이해하겠는가. 어찌 중력도 못 거스르는 사람들이 무중력의 미래를 꿈꾸겠는가. 그러나 아무리 그렇다 하더라도 세계는 두 개로 나눠져 있는 것이 아니므로 설명이 필요했다.

자고 일어나면 봉이 김선달이 늘어났다. 이쯤 되면 의문을 가지지 않을 수가 없었다. 달이 대체 누구의 것이길래 너도나도 달을 파느냐고.

"요즘 달 대사관이니 달 부동산이니 해서 달을 파는 현상이 많이 일어나고 있는데요. 사실 현대판 봉이 김선달이나 마찬가지죠. 그런데 이런 상황은 국제조약의 맹점 때문에 벌어지는 상황들입니다. 1967년에 유엔이 제정한 우주조약에 따르면, 어느 국가도 달을 포함한 지구 밖의 천체 자원에 대한 권리를 주장할 수 없다, 라고 되어 있습니다. 이 조약에는 보시다시피 민간의 소유권에 대한 언급이 없어요. 그래서 1979년에 새롭게 법이 제정되었습니다. 이른바 달 조약인데요. 국제기구, 국가, 정부, 비정부, 자연인 모두 달에 대한 소유권을 주장할 수 없다, 라는 내용이었습니다. 그러나 이게 또 맹점이 있었던 겁니다. 이 조약에 서명한 국가는 12개국에 불과했고, 소위 말하는 우주 선진국들은 모두 불참했다는 거지요. 정확히 따지자면 불법은 아니지만, 요즘은 달 투기가 너무 과해서 문제가 되고 있는 겁니다."

지난 토론회 이후, 장 대표의 말은 과학계 전문가들의 권위를 넘어섰다. 장 대표는 언론위원회를 넘어서 달 증식 사태에 대한 총책임 대표처럼 알려졌다. 텔레비전, 인터넷, 신문과 잡지 어느 곳에서나 장 대표의 말이 들려왔다.

장 대표에 의해 몇몇 정치인의 달 투기 사건이 폭로되기도 했다. 1에이커, 그러니까 1200평에 3만 원 정도 하는 달 분양은 그 자체로만 보자면 이벤트적인 성격이 강했지만, 정치인들은 이벤트도 도박성 투기로 바꾸는 데 탁월한 재주가 있었다.

달에 열광하는 사람들 못지않게 달을 부정하는 사람들도 늘어났다. 달 부정론자들은 거리 곳곳에서 맹세를 남발하곤 했는데, 그것은 앞으로 달이 얼마나 번식하든지 자신은 평생 달을 보지 않고 살겠다는 내용이었다. 사실상 딱히 검증할 수도 없는 맹세라 긴장감은 없었다. 그걸 뭐 선언까지 하느냐고 비아냥거렸던 무중력자 몇 사람이 있었고 무중력 선언은 뭐 검증 가능한 것이냐는 반박이 이어지면서 두 부류는 자연스럽게 대치 국면에 놓이게됐다. 끝없는 토론 영상들이 돌아다니게 됐다.

1분도 안 되는 짧은 동영상 속의 주인공은 토론회의 패널로 나섰던 한 국회의원이었다. 그는 자신이 무중력자도 아니고 달 부정론자도 아니라고 말한 후, 요즘 한국 사회의 문제에 대해 일장 연설을 늘어놓았다. 그의 주장은 명확하고 시원시원했지만, 문제는 그가 입고 있던 옷이었다.

바바리를 입고 있었던 것이다. 결국 국회의원은 토론회가 끝난 후 기자들을 찾아다니며 그것은 바바리가 아니라 버버리 (Burberry)였다고 해명해야 했다.

집에서는 또 형의 출장 요리가 준비되고 있었다. 그래서 엄마가 돌아오기 전과 후가 별로 다르지 않았다. 엄마는 미용실에 있었고, 아버지의 기원 타임도 여전했다. 오늘의 메뉴는 삼계탕이었다.

"삼계탕을 보면 사회가 보여. 삼계탕만큼 애정이 가는 음식도 없지."

"저번엔 굴이 대단하다며."

형은 아랑곳하지 않고 말했다.

"이런 말 하면 좀 그렇긴 하지만, 내 첫 수음 상대는 닭이었다."

형은 진지했고 나는 거북했다.

"중학교 2학년 때, 냄비 속에 들어 있는 닭을 보는데 괜히 마음이 울렁울렁하고 자꾸 닭을 쓰다듬고 싶다는 생각이 드는 거야. 냄비 속에 손을 집어넣는 순간……."

"그만."

토할 것 같았다.

"왜? 변태 같니?"

"완전."

"대학에 들어가서 여자를 안아봤는데 중학교 때 그 닭만큼의 매력이 안 드는 거야, 기분이."

"세상에, 말이 되는 비교야?"

나는 뚝배기 뚜껑을 아예 덮어버렸다.

"오늘 재료 없어서 그런 거야? 나 못 먹게 하려고? 아니, 그럼 형한테는 닭이 페티시야?"

"응, 닭하고 한 놈 더 있어. 오징어."

오징어까지 등장하자 차라리 생닭의 충격이 중화되는 기분이었다. 닭 요리를 먹은 다음, 형과 나의 대화는 자연스럽게 섹스니 체위니 페티시니 하는 것들로 옮겨 갔다. 고등학교 때 이후로 형과 이런 대화를 나누는 것은 처음이었다. 우주적 섹스에 대해 형에게 설명하기 위해서 나는 어설프게 체위를 흉내 내려 했다. 잘되지 않자 결국 컴퓨터 전원을 켜고 이 과장에게서 받은 사진들을 보여주었다. 형은 그것들을 보더니 고개를 갸우뚱했다.

"저게 우주적 섹스라고?"

"왜?"

하하하하, 형이 웃기 시작했다.

"야, 저건 가위치기잖아."

"가위치기?"

형은 흥미가 떨어졌다는 듯 부엌으로 돌아갔다. 주방 가위를 들고 파를 잘랐다. 형에게는 그 가위치기가 훨씬 즐거운 것처럼 보였다.

보양식을 먹었는데도 내 몸은 도무지 보양되는 것 같지가 않았다. 아무리 좋은 음식을 먹어도 화장실에 다녀오면 배설물과 함께 모든 영양분이 빠져나가는 것 같았다. 변기 레버를 돌리는 순간 쿨럭, 하는 소음과 함께 멀리멀리 흘러갔다.

목이 뻐근해서 퇴근을 하자마자 건물 안에 있는 한의원으로 갔다. 여전히 그곳은 강남 한복판이 아닌 것처럼, 느슨한 음악을 틀어놓고 있었다. 정형외과보다는 한의원이 쉬기에 좋았다. 옥돌 침대 위에 엎드리니 간호사가 와서 찜질 수건을 가져다주었다. 어깨에 올려놓으니 뜨끈뜨끈했다.

"찜질 좀 하시고, 30분 뒤에 선생님이 오셔서 침 놔주실 거예요. 시간은 괜찮으세요?"

네, 네, 여부가 있겠습니까. 이곳에서 짧은 휴식을 취하는 사람이 나만은 아닌 것 같았다. 여기저기서 코 고는 소리가 들려왔다. 가끔 휴대전화가 울리기도 했는데, 그럴 때마다 간호사들이 주의를 주는 소리가 연달아 들렸다.

"지금 왔다니까. 알았어, 알았다니까."

누군가 급히 전화를 끊는 소리가 들렸는데, 그 목소리가 무척 익숙해서 잠이 번쩍 깼다. 한의사가 그 환자에게 물었다.

"요가나 다른 운동을 심하게 하셨어요?"

"아, 예. 요가요."

한의사는 그 환자에게 침을 놓고 사라졌다. 분명 그 목소리의 주인공은 이 과장이었다. 건너편 커튼 사이로 얼굴을 빠끔 내밀어 보니 과연, 이 과장이 허리에 찜질 팩을 올려놓고 엎드려 있었다.

"이 과장님!"

"어?"

이 과장은 멋쩍은 듯 웃었다. 우리는 치료가 끝나고 함께 한의원을 빠져나왔다. 둔중한 회전문을 돌리며 두부 같은 건물을 나서자, 포장마차의 푸른색 비닐이 유혹적으로 나부꼈다.

"한잔해야지, 어?"

이 과장이 내 어깨 위에 팔을 척 걸쳤다. 다음 순간, 둘 다 소리를 질렀다. 이 과장도 나도 상체를 조심해야 했다.

"여전하네, 병원 드나드는 거."

이 과장이 반갑게 술을 따라주었다.

"아니, 약골도 아닌데 왜 그래?"

"아, 그냥 좀 뻐근해서요. 스트레스죠, 뭐. 근데 이 과장님은 어디가 안 좋아서 오신 거예요?"

"허리."

"어쩌다가요? 다시는 이 건물에 안 드나드실 줄 알았는데."

이 과장은 술을 들이켜고 웃었다.

"여기가 허리 치료를 잘한다더군. 그런데 요즘 한의원에 요가 하다가 다친 사람들 많이 온다며? 근데 그거 다 요가 아니야."

"그럼요?"

이 과장은 비밀이라도 말하려는 듯이 목소리를 낮췄다.

"우주적 섹스 따라 하다가 삐끗한 거지."

"그럼 이 과장님도?"

"요즘 그게 대세야, 대세. 근데 보통 유연해야 되는 게 아니야. 요가 오래 한 사람들도 힘들 것 같은데."

이 과장은 직접 우주적 섹스 자세를 선보이려다 주변을 의식하고 의자를 당겨 앉았다. 그러곤 내게 전단 하나를 주었다. 그것은 마치 어릴 때 주우러 다니던 '삐라'처럼 생겼다.

"그런데, 요즘 어떻게 지내세요?"

"안 그래도 어제 여권 신청했어. 티베트로 간다. 나랑 홍 과장, 둘 다."

"티베트엔 왜, 여행이요?"

"몰라? 하긴 이런 정보가 훌훌 새어 나가도 문제지. 귀 좀."

귀를 가까이 대자, 이 과장은 무중력자들에게 귀중하다는 정보를 알려주었다.

"티베트의 고승들이 무중력 기술을 갖고 있다더군. 1936년에 스웨덴의 잘 박사가 티베트인들의 모임에 가서 알게 된 사실인데 말이야. 달라이 라마의 초청을 받고 갔더니, 티베트인들이 비탈진 언덕에서 무중력을 이용해 돌을 옮기더라는 거야. 그게 나중에 밝혀진 후 이러저러해서 쉬쉬하게 되었지만, 진실은 밝혀지는 법이거든. 소문에 의하면……."

그즈음에서 이 과장은 목소리를 확 낮췄다.

"지금도 티베트에서는 무중력 기술이 쓰이고 있대. 나랑 홍 과장은 거기로 가서 무중력 기술을 배울 거야. 무중력에 익숙해지려면 이 정도 고생쯤이야 감수해야지."

이 과장은 망가진 허리 부위를 가리키며 이를 악물었다. 그리고 크게 필요하지는 않지만 지구에, 특히 그 회사에 자신의 흔적을 남기고 싶지는 않으니, 회사에 있던 자신의 물품을 버리지 않았다면 다음에 만날 때 가지고 와달라고 부탁했다.

기원이 자주 문을 닫았기 때문에, 아버지가 집에 머무는 날이 많아졌다. 형의 출장 요리는 당연히 멈추는 줄 알았는데, 이번에는 형이 나를 고시원으로 불렀다. 나는 아예 그쪽으로 퇴근을 해야 했다.

내가 알록달록한 음식의 향연에 놀라고 있는 동안, 형은 따뜻한 미소라면도 끓여 왔다. 라면은 라면이었는데, 내가 지금까지 먹어본 라면이 아니었다. 된장 맛도 나고, 깔끔한 맛도 나는, 누구든 요리라고 할 수밖에 없는 라면이었다.

"자, 이건 주문하신 라면!"

냄비 받침으로 쓰인 책을 본 것은 한참 후였다. 《법학개론》.

"어때?"

형은 한 입도 들지 않은 채, 내 눈빛을 바라보았다. 형의 음식은 정말 맛있었다.

"촉망받는 고시생이 요리까지 잘하다니!"

내 입에서 이런 반응이 나왔을 때 형은 환하게 웃었다. 그 냉소적이고 담담하던 우등생의 미소는 어디로 증발했는가!

형은 과거에 늘 우등생이었고, 믿음직한 장남이었다. 형은 분

181

명한 미래도 갖고 있었다. 판사 혹은 검사. 그러나 형의 방에 빼곡하게 들어찬 책들이 모두 요리 관련 서적이라는 것을 알아버린 날, 형의 침대 밑에서 사이즈가 다양한 냄비가 골동품처럼 발견되던 날, 형의 탁상 달력에 표시된 빨간 동그라미들이 무슨 요리사 자격증 시험 날임을 알아챈 날, 그날 나는 마침내 형의 현재에 대해 알아버렸다.

고시원에서 살아온 형, 2인용 방을 혼자 쓰던 형, 창문이 달린 방을 가진 형, 그런 형의 모습은 아버지가 기대하던 바와 전혀 달랐다. 형은 검은색 판사복이 아니라, 흰색 요리사 모자를 원했다. 고시원에 산다고 모두 고시 공부를 하는 것은 아니었다. 법학과를 나온다고 모두 법을 전공하는 것이 아닌 것처럼.

아버지의 소속주의는 그렇게 실패했다. 꽤 통쾌한 기분이 들법도 한데, 나는 오히려 아버지가 불쌍했다. 형도 불쌍했다.

"언제부터 요리한 거야?"

《법학개론》 위에 동그랗게 남은 냄비 자국을 보면서 내가 물었다. 형은 어느새 담담한 우등생의 냉소적인 말투로 돌아와서 대답했다.

"집을 나오면서부터."

나는 형이 고등학교 때 교복을 입은 채로 부엌에서 이것저것 굽고 튀기던 모습을 떠올렸다. 그 모습은 참 인상적이었지만 그다지 자주 볼 수는 없었다. 아니, 어느 순간부터는 아예 볼 수 없었다. 장남의 부엌 출입을 허락하지 않았던 아버지 때문이었다. 형이 있어야 할 곳은 부엌이 아니라 책상 앞이었다. 형은 아버지에게 거역하는 법이 없었으므로 그다음부터 늘 책상 앞에 있었다.

형은 고등학교를 졸업하던 날부터 책상과 결별했다. 형은 집이 비어 있을 때마다 부엌에 숨어들었고, 학교 친구들 집의 비어 있는 부엌을 점령했다. 그리고 대학을 졸업하기도 전에 고시원을 얻어서 독립했는데, 그 고시원에는 커다란 공동 부엌이 딸려 있었다. 어머니는 형의 고시원에 김치를 갖다 놓고 올 때마다 형의 깔끔함을 칭찬했다. 아버지는 형의 부지런함이 혹여나 공부에 지장을 주지 않을까 못내 걱정하면서도 은근히 만족했다. 그 자식이 날 닮아서 그래, 같은 말을 종종 했던 걸 보면.

"들키지 않았네, 어쩌면 한 번도."

나는 감동적인 기분으로 형의 요리를 먹었다. 몰래몰래 숨어서 지속되어온 요리들을. 형은 오랫동안 손님을 찾지 못한, 평가에 굶주린 요리사였다. 형과 나는 그렇게 공범이 되었다. 아버지가 이 비밀을 알게 되었을 때 받을 충격을 생각하면 머리가 무거워졌지만, 형과 공범이 된다는 것은 그 자체로 색다른 일이었다.

10

동네에 하나 있던 기원이 결국 폐업했다. 아버지는 낮 동안 텅
빈 집에서 혼자 바둑을 두었다. 그러다가 어느 날 저녁에는 이런
말도 했다.

"개나 한 마리 키워봐?"

나와 엄마는 깜짝 놀랐다. 아버지의 성격은 많이 변하고 있었
다. 그렇게 혐오하던 털 달린 동물을, 아버지는 이제 책까지 사서
읽으며 공부하고 있었다. 식탁 위의 밥은 점점 유연해져서 어느
순간부터는 누가 봐도 진밥이었다. 아침밥을 하는 사람은 엄마였
지만, 쌀을 씻고 밥물을 맞춰놓는 사람은 아버지였으므로 진밥
은 아버지의 선택이었다고 봐야 했다. 예전 같으면 엄마가 외출하

는 것 하나하나 모두 신경 썼던 아버지는 이제 엄마의 눈치를 봤고, 혹여나 엄마가 집에 있는 날에는 잠시 집을 비워주기도 했다. 엄마는 아버지가 집에 있는 것을 그다지 좋아하지 않았기 때문이다.

변하지 않은 것이 있다면 형에 대한 욕심뿐이었다. 아버지가 다니던 기원이 문을 닫은 후로 그 파장이 도미노처럼 퍼져서 형의 생활은 우울해졌다. 엄마가 없는 날은 아버지가 늘 집에 있었으므로, 형은 더 이상 우리 집 부엌에 드나들 수 없었다. 형이 자랑하던 독일제 칼은 안달이 나고 있었다.

'칼이 썩고 있다. 밤마다 칼만 갈고 있다고.'

형은 이런 문자메시지를 보냈다. 고시원에서 형법과 민법 책 사이에 숨겨놓은 독일제 칼을 더듬는 형이 불쌍해서 나는 아버지를 떠보기도 했다.

"아버지, 요즘 결혼 정보 회사에서는 '사' 자로 끝나는 직업이 인기라던데요. 의사나 판사, 검사 같은 거요."

"그렇겠지."

"아버지는 형이 꼭 판사여야 해요?"

"뭔 소리냐."

"그러니까, 사 자로 끝나는 직업 중에서 꼭 판사여야 하느냐고요. 검사는 안 돼요?"

"뭐, 검사도 좋지. 다 같은 계열 아니냐."

아버지가 한 걸음 양보했다. 나는 다음 미끼를 던졌다.

"그럼 변호사는요?"

"이왕이면 판사가 낫지."

"그럼 법무사는요?"

"법무사?"

나는 계속 질문을 던졌다.

"회계사?"

"회계사? 그것도 괜찮다고 하더구먼, 네 형한테는 안 어울려."

"형한테 어울리는 게 뭔데요?"

"그걸 몰라서 묻는 거냐."

아버지는 신문을 반으로 접으면서 대답했다.

"판사. 그 애는 그게 어울려."

"요즘 요리사도 뜬다는데, 호텔 주방장 같은 거 있잖아요. 그런 건요?"

"누구 말이냐?"

"형이요. 형이 뜬금없이 요리사가 된다면 어떻게 하시겠어요?"

아버지는 어이없다는 듯이 허허 웃고선 대답했다.

"그 녀석이 요리는 젬병이야. 모든 걸 잘할 수는 없는 법이지."

나는 더 이상 말을 하지 않았다. 아버지가 키운 형과 내가 알고 있는 형이 일치하지 않았다. 다른 사람 같았다. 형은 언제까지 몰래 요리를 해야 하는 걸까.

형은 집에 오지 못하는 날마다 고시원의 공동 부엌에서 칼질을 했다. 공동 부엌에는 간소하게 끼니를 때우려는 사람들이 아주 짧은 시간 동안만 드나들었다. 공간은 넓었지만, 조리 기구들이 우리 집 부엌만큼 갖춰져 있지 않았다. 누구도 불평하지 않는 고시원 부엌에서 형은 부족함을 느꼈다. 형은 그 고시원에서 가장 오래 부엌을 쓰는 사람이었다.

두부, 고등어, 달걀. 이 세 가지는 아버지가 좋아하는 재료였다. 고시원 공동 부엌은 날마다 이 재료들로 넘쳐났다. 형은 아버지가 좋아하는 요리를 연습하고, 또 연습했다. 시식은 늘 내가 했다. 맛이 꽤 괜찮았는데도 형의 요리는 늘 연습용 입인 내가 먹어야 했다. 형은 아버지에게 요리를 가져다 줄 날을 막연히 미루고 있었다. 처음으로 형의 약한 모습을 보았다.

형은 우선 엄마를 포섭하는 데 성공했다. 어렵지 않았다. 세상에서 가장 무섭다는 '엄마 친구 아들' 중에는 판검사들도 있었는데, 엄마 친구 아들도 별게 아니었다. 엄마가 더 이상 남의 집 울타리 안의 일을 신경 쓰지 않았기 때문이다. 엄마에게는 우리 집 울타리 안도 그다지 중요한 것 같지 않았다. 엄마에게 이제 중요한 것은 자기 자신이었다. 엄마는 무중력자라고 고백한 이후로 자신의 인생을 살겠다고 말했다.

엄마 친구 아들들과 비교를 당할까 지레 걱정을 했던 형과 나는 덕분에 조금 더 솔직해졌고, 편해졌다. 형이 엄마가 좋아하는 해파리냉채와 탕수육을 만들어서 미용실로 가져갔을 때, 엄마는 마치 배달시킨 음식을 받는 사람처럼 자연스럽게 그 만찬을 즐겼다. 엄마의 무중력 미용실에 있던 두 명의 미용사도 형의 음식을 반겼다. 엄마는 한참 음식을 먹고 나서야 형에게 방금 생각났다는 듯이 물었다.

"대보, 공부 안 하니?"

형은 고시 준비를 하지 않겠다고 말했다. 형은 요리사가 되고 싶다고 했고, 자기만의 레시피도 충분히 갖고 있다고 말했다. 조리사 자격증을 준비하고 있다고도 말했다. 엄마는 아무렇지 않게 이야기를 들었다. 형의 음식들로 배를 채운 두 명의 미용사는 형의 말에 추임새를 넣어주었다. 이렇게 음식을 잘 만드는데 판검사가 대수냐는 거였다. 그중에 한 미용사는 이렇게 말해주기도 했다.

"요즘엔 변호사 시험 보고 나서도 쪽박 차는 사람 많대요."

용기가 생긴 형은 조금 더 마음을 열었다.

"사실은 세 달 전부터 조리사 학원에도 다니고 있어요."

엄마가 해파리냉채를 입에 넣고서 물었다.

"무슨 돈으로?"

엄마가 조금 마음을 여는 것 같아 보이자 형도 더 활짝 마음의 문을 열었다.

"고시원에서 방을 작은 곳으로 옮기고, 그 돈으로 다녔어요."

"세 달 전부터?"

"네."

형은 엄마가 기특해하거나 알뜰하다고 칭찬할 줄 알았던 걸까. 그러나 엄마에게 엄마 친구 아들을 신경 쓰지 않고 집안 사정을 신경 쓰지 않겠다고 한 것과 형이 그동안 엄마를 속여왔던 것은 다른 이야기였다.

"그리고 주신 책값으로 요리 책들을 샀고요."

퍽, 형은 앞으로 고꾸라졌다. 엄마는 옆에 있던 우주인 산소통으로 형의 등짝을 때렸다. 형은 철들고 나서 처음으로 매를 맞았다. 그래도 그 편이 나았다. 엄마는 그다음부터 형의 든든한 후원자가 되어주었기 때문이다.

비싼 광고 없이도 무중력 판타지아는 잘나갔다. 얼핏 보기에 그것은 자판기를 닮아 있었다. 자판기 문을 열면 그네와 같은 의자가 있었다. 그곳에서 두 사람이 진동과 전자음을 느끼며 무중력상태를 경험하는 기계였다. 물론 그 안에는 섹스가 가능한 최소한의 공간이 확보되어 있었다.

무중력 판타지아가 인기를 끌면서, 구보의 산책은 점점 뜸해졌다. 구보는 더 이상 PC방도 가지 못했다. 회사에서 많은 시간을 보냈다. 구보는 운동화를 신고 도심을 누비는 대신, 마음으로 도심을 더듬는 시간을 갖기 시작했다. 이제 그의 산책은 거의 대부분 상상 속의 것이 되었다. 상상 속의 산책은 훨씬 근사하고, 편리하고, 효율적이었다. 구보는 걷고 싶지 않았으나 이동 경로상 걸어야만 했던 구간들을 훌쩍 뛰어넘고 훌쩍 생략했다.

주문이 폭주했다. 송 선배는 구보에게 여러 직함을 얹어주었다. 얼과 혼 책임 대표이자 무중력 판타지아의 마케팅 부장이었던 구보는 쏟아지는 주문을 위해 이리저리 움직였다. 냉장고만 한 무중력 판타지아를 싣고 트럭을 몰아야 할 때도 있었다.

"일도 하고 산책도 하고, 좋지 뭐."

이렇게 말하던 구보는 사실, 주차와 주소 찾기에 시달리고 있었다. 가장 힘든 것은 시간이 없어졌다는 점이었다.

구보의 상상은 밤마다 거리를 더듬고 더듬다가 가끔 멋지게 주차된 고급 차들을 훑고 지나가기도 했다. 상상 속 구보의 운동화가 하필 고급 차 옆에서 끈을 풀어버렸다. 구보는 끈을 매려고 무릎을 구부렸다가 고급 차의 바퀴를 보았다. 어느 땅이라도 납작하게 굴복시킬 것만 같은 바퀴를. 동그랗지만 무디어 보이지 않는 바퀴를. 구보는 자신의 운동화에 주입된 에어보다 그 바퀴가 몇 배나 더 튼튼하다는 사실에 분개했다.

다음 날도, 그다음 날도 구보는 산책을 떠났다. 구보의 산책은 이제 동묘에서 시작하여 동대문을 뛰어넘고, 종로도 완전히 생략한 후 고급 차가 주차된 신사동 한복판으로 달렸다. 걸을 시간이 없었기 때문에 달렸다. 구보는 주차된 차 주위를 뱅글뱅글 돌았다. 구보의 산책은 자주 신사동에 머물렀고, 어느 날엔 산책 속에서 그 차의 주인을 만나기도 했다. 구보보다 나이가 한참 많은 여자였다. 상상은 거기서 그쳤는데, 이제 구보는 현실에서 그 상상의 뒷이야기를 이어갔다. 신사동에 주차되어 있던 고급 차의 여주인을 만나서.

"인상착의를 말해봐."

이야기를 듣고 내가 말했다.

"왜?"

"그냥, 우리 회사 고객이랑 비슷한 것 같아서. 그 아줌마도 페라리 끌어. 신사동 쪽에 살고."

"옛날 같으면 신기하다고 여겼겠지만, 지금은 아니다. 그런 여자가 한둘이 아니라는 걸 알았거든."

페라리의 주인은 독한 향수를 뿌렸다. 아니, 역할 정도였다. 코의 모세혈관이 다 마비될 것 같은 상황 속에서, 구보는 겨우 물었다.

"무슨 향수 쓰세요?"

여자는 흡족한 표정으로 대답했다.

"젊은 코라 다르네."

구보는 그 향수 냄새를 참고 있는 자신을 보면서 깨달았다. 현대의 페로몬은 돈이라는 것을.

"요즘 집중하는 것은 닭고기의 유행 주기야. 페리카나 치킨이 언제 처음 나왔는 줄 알아? 난 생생히 기억해, 내가 초등학교 1학년이 되었을 때야. 그때 최양락이 '페리페리~ 페리카나~' 하면서 광고를 했었지. 기억 안 나? 그때 아버지가 우리 데리고 치킨 집 갔던 거. 아무튼 그러다 내가 고등학교에 들어갈 무렵이 되니까 닭갈비가 유행했어. 그다음 대학에 들어오고 나니 찜닭이 유행하더군. 닭갈비집은 다 찜닭집으로 바뀌었어. 그리고 대학을 졸업할 때쯤 되니까 불닭이 유행한 거야."

음식의 세계만 그런 건 아니고, 사건도 그랬다. 퓰리처 말대로 모든 사건은 주기를 갖고 있는 건지도 몰랐다. 퓰리처의 노트에는 식품 파동부터 연쇄살인까지 다양한 사건이 손질된 김밥 재료처럼 가지런히 놓여 있었다. 필요할 때 그 재료를 가져다 쓰면 된다는 식이었기 때문에, 노트를 넘기는 마음이 불편할 정도였다. 퓰리처가 보라고 펼쳐준 것임에도 불구하고.

"사건 없는 세상이 어디 있겠어. 늘 일어나지만 사회를 뒤흔들 만한 이슈가 되는 건 다르지."

주기에 따라 집단 급식 사건이 터졌다. 학생들이 번갈아가면서 설사를 해대자 정부에서는 대대적인 대책을 세웠다. 기관명을 바꾸고, 담당자들이 사과하고, 그렇게 취할 수 있는 시나리오들이 이미 퓰리처의 노트 안에 다 있었다. 주기적으로 반복될 뿐이었으니까.

퓰리처에 대해 알면 알수록 거리를 두는 게 낫다는 생각이 또렷해졌지만, 기사 마감을 무사히 한 퓰리처가 전화를 걸어왔을 때 나는 벨이 몇 차례 울리기도 전에 냉큼 그것을 받아버렸다.

그날 저녁 우리는 전시회를 본 후 근처에서 함께 밤을 보냈다. 우리는 자연스럽게 말을 놓았다. 그러면서 더 친근해졌다. 어쩐지 둘 다 스무 살로 돌아간 것 같은 기분이 들어 해방감마저 느껴졌다. 나는 비에 젖은 지갑을 꺼냈다. 주민등록증 밑에 퓰리처가 꽂아둔 비상용 콘돔이 들어 있었다. 콘돔 포장을 이빨로 물어뜯었다. 지퍼가 열리듯이 윗부분이 쉽게 뜯겼다. 그녀가 말했다.

"거울 봐봐."

스펜서 튜닉의 작품만큼은 아니었지만, 우리의 알몸도 충분히 강렬했다. 시각적인 것뿐만이 아니었다. 전체적으로 모든 감각이 자극적이었다. 두 몸이 도킹에 성공하기 전부터 퓰리처는 벌써 대기권 밖으로 나간 듯했다. 내 몇 마디 말은 퓰리처의 괴성에 묻혀서 들리지도 않았다. 과도한 웨이브 속에서 그녀의 손톱은 내 어깨와 등짝에 갈퀴처럼 꽂혔고, 마침내 콘돔이 퓰리처의 몸속으로 들어갔다. 외로움과 우울 속에 함몰되었던 나의 욕구들이 무럭무럭 자라났다. 무아지경!

마음은 그랬는데, 1분도 지나지 않아서 내 욕망들은 후퇴하는 군사처럼 그들만의 달팽이 집 안으로 몸을 감췄다. 마치 몸 안의 모든 칼슘이 고갈된 것 같았다. 퓰리처의 과도한 흥분은 내 욕구를 감소시키는 데 탁월한 효과를 보였다. 나는 우선 입을 벌렸다. 뭐라고 말을 해야 할 것 같아서. 그런데 뭐라고 말을 해야 하지? 이럴 때는 뭐라고, 대체. 고민과 고민 속에서 잠이 들어버렸다.

콘돔 유효기간을 확인한 것은 다음 날이었다. 퓰리처는 아침 일찍 떠났다. 내게 더 기회를 주지 않은 채. 하긴, 그녀는 너무 바빴다. 느지막이 일어난 나는 발로 리모컨을 집어 올려 텔레비전을 켰다. 모텔의 아침에도 뉴스는 필요하니까.

"혹시 콘돔 유효기간 확인해보셨습니까? 콘돔에도 유효기간이 있느냐고 반문하는 사람들도 있다고 하는데요. 콘돔도 역시 유효기간은 존재합니다. 이성복 기자입니다."

콘돔의 유효기간? 나는 반사적으로 침대 밑에 뒹굴고 있던 초록색 콘돔 껍질을 들어보았다. 무늬처럼 변한 알파벳 끝으로 날짜가 보였다.

'2006. 4. 20.'

한참이나 지났다! 뉴스는 유효기간이 지난 콘돔의 폐해에 대해 신나게 떠들었다.

"이처럼 유효기간이 지난 콘돔은 허술하게 시중에서 유통되고 있습니다. 콘돔의 표면은 기름 성분의 윤활제로 코팅되어 있습니다. 그런데 유효기간이 지난 콘돔은 이 윤활제로 인해 고무가 부식됩니다. 이 경우 피임 확률이 현저하게 떨어지는 것은 물론이고, 심하면 알레르기 증상으로 병원을 찾을 수도 있습니다. 남성의 경우는 귀두 표면

194

이 손상되어 염증이 발생될 수 있고, 여성의 경우는 칸디다 질염, 트리코모나스 질염 등이 유발될 수 있습니다."

갑자기 온몸이 가려워졌다. 도망치듯 집으로 와서 컴퓨터를 켰다. 유효기간, 콘돔, 두 단어가 만들어낸 정보들이 순식간에 떴다. 나와 같은 증세를 지닌 사람들이 꽤 많았다. 최악은 유효기간이 지난 콘돔 때문에 발기부전이 유발되었다는 내용이었다. 믿거나 말거나지만, 부식된 콘돔이 달아오른 몸의 열기에 녹아서 성기에 아주 들러붙은 경우도 있었다. 그런 경우는 응급실로 가서 그 처참한 광경을 보여야만 했다.

끔찍한 정보들을 이해했는지, 내 몸 한가운데가 축 늘어져 애벌레가 벗어버린 고치처럼 보였다. 콩이 다 빠져나간 콩깍지처럼 보이기도 했다. 손으로 툭툭 건드렸다. 어딘가 따끔따끔하고 이상했다. 밤이 깊도록 나는 증상을 지켜보았다. 평소보다 소변이 자주 마렵다면 의심해보라고 했다. 정말 화장실을 자주 드나드는 것 같았다. 간질간질, 간지러움이 느껴지면 긁지 말고 병원에 가라고 했다. 안 그래도 그럴 생각이었다. 방바닥에 앉아 내 사타구니를 들여다보고 있는 꼴이 우습고 처량했다.

다음 날 출근하자마자 점심시간을 기다렸다. 따끔따끔한 느낌 때문에 도무지 일에 집중할 수가 없었다. 점심시간이 되자마자 일단 1층으로 내려가서 안내 데스크 옆의 층별 사무실 안내도를 보왔다. 비뇨기과는 5층이었다.

"부식된 콘돔을 썼어요."

간호사는 부식이 뭔지 모르겠다는 표정으로 서 있었다. 나는 답답해서 다시 속삭였다.

"유효기간이 2년 가까이 지난 콘돔을 썼다고요."

점심시간을 쪼개서 온 회사원들로 병원이 넘쳐났다. 그중에 조 부장도 있었다. 조 부장은 나를 보고 말했다.

"비디오 보러 왔냐?"

"네? 아니, 저는 그냥 검사 좀 받을 일이 있어서."

"에이, 비디오 보러 온 거 아니고?"

"무슨 비디오요?"

누군가의 이름이 불렸다. 호명된 환자가 검사실로 들어갔다. 조 부장의 말에 의하면 이 병원의 어느 검사실에는 어디서 구하기도 어려울 정도로 원색적인 잡지와 비디오가 가득하다는 거였다. 최근에는 우주적인 분위기까지 입고되었다면서 조 부장은 들떠 했다. 그가 신나는 걸음걸이로 검사실에 들어간 뒤, 내 이름이 호명되었다. 나는 그쪽으로 가진 못했고, 어딘가 창백하게 느껴지는 의사의 진료실로 들어갔다.

"부식된 콘돔 때문에 발기부전이 온다는 말을 들었어요. 제가 그 경우인 것 같은데."

의사는 내 성기 위로 주삿바늘을 찔러 넣었다. 완벽한 방치 상태를 즐기고 있던 성기가 솟아올랐다. 초음파와 같은 모든 첨단 기계가 총동원되었다. 나는 정상이었다. 의사는 부식된 콘돔이 아니라 심리적인 요인이 문제였을 거라고 말했다.

"어떤?"

"이를테면 뭐, 첫 경험이라든가 그럴 때는 심리적으로 부담감을 느끼기 때문에, 상대방보다 내가 잘하지 못한 것 같아서 위축될 수도 있고요."

플리처는 나보다 목소리가 컸다. 수입도 나보다 많을 테고 나이도, 경험도 많겠지. 어제 나는 한마디로 얌전한 노리개가 된 것 같은 기분을 느꼈다.

"아무튼 기능은 정상입니다. 지금 발기된 건 다섯 시간 지나면 가라앉을 텐데요. 내일이 되어도 가라앉지 않으면 큰일 납니다. 그럼 병원에 꼭 오셔야 합니다."

차라리 주의 사항을 주지 말지. 그 말을 듣고 불안해지기 시작했다. 다섯 시간이 지나도 가라앉지 않으면 어떡하지? 온갖 걱정을 하면서 복도로 나왔다. 불룩한 부분이 신경 쓰여서 가방을 앞으로 메고 걸었더니 온몸이 아프다고 아우성이었다. 가방을 옆으로 메고, 로비를 가로질렀다. 사람들이 보지 못하게 하려고 일부러 뛰었는데, 그래서 더 사람들의 주목을 끈 것만 같았다.

사무실에 돌아와서 세 시간이 지나도록 불룩 솟은 부분은 가라앉지 않았다. 두 시간이나 더 여유가 있었지만, 두 시간이 지나도 가라앉지 않으면 어떡해야 할지 걱정이 들어 마음이 조마조마했다. 턱이 의심스러웠던 것처럼, 위가 의심스러웠던 것처럼, 이번에는 성기가 거북스럽게 느껴졌다. 이것이 원래 나에게 달려 있었던가. 어떻게 해야 아무 일 없는 것처럼 살 수 있는 것인가. 다른 사람들은 성기를 어떻게 보관하고 다니는지 궁금해질 지경이었다.

집으로 돌아와서도 마찬가지였다. 다리 사이에 힘을 빼고 느슨하게 누워 있으려 해도 자꾸 성기가 팬티 밖으로 삐져나오려 했다. 성기가 솟아오르면 초조하고 불안한 감정이 지속되었다. 어쩔 수 없이 나는 눈을 꼭 감았다. 미간에 접혔던 주름을 풀고, 입꼬리도 편하게 내리고, 꽉 감았던 눈도 살짝 풀고, 팔은 편하게 늘어놓았다. 그리고 입만 살짝 열었다.

거의 다섯 시간이 되었을 무렵, 그러니까 내가 어떤 강박으로부터 지쳐서 그것을 마침내 잊게 되었을 무렵 풀리처에게 전화가 왔다. 풀리처는 경쾌하게 말끝을 끊었다. 그 밤 이후로 우리는 몸도 트고 말도 텄다. 풀리처식 표현에 따르면 그랬다.

"뭐 해, 자기?"

"그냥 있어."

"어디 아파?"

"아니, 그냥 좀 피곤해서."

"에이, 그냥 피곤이 아닌데? 말해봐."

나는 계속 성기 부분을 노려보면서 콘돔 탓을 했다. 차마 심리적인 요인 때문이라고 말할 수는 없었다.

"유효기간이 지난 거였어. 그 콘돔 말이야. 뉴스에서 봤어."

퓰리처는 깔깔거리고 웃었다.

"이야, 앞으로 콘돔 잘 팔리겠다! 잘됐다! 나 오늘 야근 없는데. 자기 집 앞 MT 시설 좋더라."

MT는 모텔을 의미했다. 이것 역시 퓰리처의 사전에 수록된 표현이었다.

"아니야, 절대 오지 마. 오늘은 안 돼."

"왜? 실컷 할 수 있잖아."

"안 돼. 이건 비정상적인 거라고."

"그럼 병적 징후네? 취재해야 할 텐데."

"아니야, 오늘은 사양이야."

"좋아, 그럼 구경만 할게."

"뭐, 뭘?"

"네 고추 말이야. 그냥 구경만 한다고."

퓰리처가 당장이라도 찾아올 것처럼 말했기 때문에 더럭 겁이 났다. 그러나 퓰리처는 오지 않았다. 오지 않고 문자메시지만 보냈다.

'사진 찍어서 보내.'

11

월요일 2시 40분, 제주발 서울행 항공기 폭발물 터져 추락, S호텔 스위트룸 세 곳 동시 폭발, 서울 목포 구간 고속 열차 폭파, 지하철 2호선 시청역 폭파……. 만약에 이 시도들이 모두 성공했더라면, 이 도시는 쑥대밭이 되었을 것이다. 시도는 시도만으로 끝났다. 이 서프라이징 뉴스를 기획한 이들은 행동으로 옮기지는 않고 자신의 기획안을 공개하는 것으로 희열을 느끼는 듯했다.

오후 2시, 경찰도 소방관도 아닌 내게 그 기획안을 공개하는 사람이 접근했다. 전화를 받자 상대방은 굵은 저음으로 이렇게 말했다.

"30분 후에 네가 있는 건물이 폭파될 것이다. 사람들이 삐라처럼 떨어질 거야. 수영할 줄 알아도 소용없어. 아스팔트에 처박힐 테니까."

"뭐라고요?"

내가 못 알아듣고 이렇게 되묻자, 상대방은 잠시 후 다시 기획안을 반복해서 읽었다. 친절하게도 앞의 말과 어조도, 스타일도 똑같았다.

"30분 후에 네가 있는 건물이 폭파될 것이다. 사람들이 삐라처럼 떨어질 거야. 수영할 줄 알아도 소용없어. 아스팔트에 처박힐 테니까."

아무 동요도 일어나지 않았다. 사무실에 그런 전화가 걸려온 것이 어디 하루 이틀인가. 언젠가 내가 전화를 걸어 귀찮게 한 대가로 보복을 하는 전화번호부 'ㄱ' 부근의 고객일 것이라 생각했다. 아니면 내게 늘 폭탄을 경고하던 바바리맨일 수도 있었다.

사람들은 위기에 곧 익숙해졌다. 지난 모든 세기의 기록을 엎어버릴 만큼 거대한 사건이 벌어졌는데도, 사람들은 생각보다 침착했다. 내가 보기에는 정말 그랬다. 들뜨거나 불안해하거나 이런저런 소동을 빚거나 하는 일들은 처음 얼마간뿐이었다. 달이 뜨는 행위 속에서 어떤 규칙성을 찾아낸 후에, 사람들은 다시 평정을 되찾았다. 공식으로 설명할 수 없는 무언가가 나타나기 전까지, 아마 사람들의 평정심은 깨지지 않을 것이다. 그리고 아마 공식으로 설명될 수 없는 무언가는 이 지구가 콩알만 해질 때까지 나타나지 않을 것이다.

몇몇 토론회가 최고의 시청률을 올린 후, 텔레비전 속에서는 비슷한 토론회들이 우후죽순으로 생겨났다. 마치 곰팡이 포자가 낙하해서 그들의 세계를 만들듯이 사람 몇 명만 모아놓고 마이크를 켜면 토론회가 시작되었다.

토론회에서는 점점 파격적인 이론들이 등장했다. 그중에서 가장 많은 호응을 얻은 이론은 모든 게 조작이었다는 식의 음모론이었다. 음모의 배후는 식상했다. 미국이거나 유럽연합이거나 청와대거나 글로벌 대기업들이라는 말도 있었다. 적십자사라는 말도 있었다. 어떤 사람들은 네티즌의 조작일 거라고 우기기도 했다.

음모론은 의심론으로 발전해서, 보이는 모든 것을 의심하자는 주의로 뻗어나갔다. 심지어는 지금 보이는 달이 인공적으로 설계된 것이라는 이야기도 나왔다. 몇 회 지속되다가 토론회는 시들해졌다. 사람들은 다른 것을 찾기 시작했다.

건강검진을 받고 한참이 지났지만, 퓰리처에게서는 연락이 없었다. 내가 먼저 전화를 걸었다.

"그때 그 건강검진 결과는 나왔어?"

"아직 결과가 안 나왔어. 분석 중이지."

"아직도?"

퓰리처는 바쁜 것처럼 보였다. 그러나 내가 전화를 끊으려고 하자, 퇴근 후에 보자며 기다리겠다고 했다. 우리는 저녁을 함께 먹고, 거리를 산책했다.

"어디 더 아픈 덴 없었어?"

풀리처가 물었다.

"특별히는."

그러고 보니 결과를 기다리느라 아플 새가 없었다. 풀리처가 내 팔짱을 꼈다.

"마감도 가깝고, 너무 일만 했더니 목이 뻐근하다."

예전에 미라도 이런 말을 자주 했다. 그때마다 나는 미라의 어깨를 주물러주었던 것이 생각나서, 풀리처에게 안마를 해주겠다고 했다. 풀리처의 표정이 밝아졌다.

"자기, 우리 그럼 저기서 쉬었다 가자."

풀리처가 가리키는 곳은 깔끔하게 생긴 MT였다. 우리의 방은 5층이었다. 풀리처는 엘리베이터에 올라탔을 때부터 내 목에 자신의 팔을 감았다.

"자긴, 무중력증후군이야."

"뭐?"

"무중력증후군이라고. 요 근래 안 아팠다는 건 아마 날 만나서 그런 걸 거야."

풀리처가 말하는 무중력증후군은 달이 번식하면서 무중력상태에 있는 듯한 호흡곤란을 느끼는 질병이었다. 두통과 오한까지도 동반했다. 내 모든 증상의 원인이 무중력증후군이라는 얘기였다.

"의사가 그래? 결과가 아직 안 나왔다면서."

퓰리처가 웃었다.

"결과는 나왔지. 분석이 아직 안 나와서 그렇지. 솔직히 말하면 아직, 타이밍이 아니라서."

엘리베이터가 땡! 하고 울리며 문이 열렸다. 503호, 방으로 들어가면서 퓰리처는 벌써 브래지어 후크를 풀어버렸다. 화제도 바뀌었다. 내가 계속 무중력증후군에 대해 물어보려 하자, 퓰리처는 입술로 내 말을 막았다.

"T.P.O.에 맞는 대화법, 회사에서 그런 건 안 배우나 봐?"

"아니, 그게 아니라."

"때와 장소에 맞게, 여긴 MT니까, 여기에 맞는 말을 해."

퓰리처는 옷을 초스피드로 벗었다. 내 옷도 초스피드로 벗겨내기 시작했다. 또 무언가, 알 수 없는 부담감이 들기 시작했다.

"저기요, 나는."

"왜 갑자기 존대? 사실 굉장히 하고 싶었던 게 있는데, 그게 요즘 개나 소나 다 한다는 우주적 섹스인지 뭔지야. 중요한 건 각도래. 지구로 귀환할 때 우주선이랑 대기권 각도가 7도로 유지되어야 하는 건 알지? 안 그러면 튕겨 나가거나 불타버려. 자기야, 양말은 안 벗어? 지구로 귀환할 때 추진 모듈이랑 기계 모듈은 떼고 귀환선만 돌아오는 거 몰라? 모듈은 무겁고 불필요하잖아."

모듈이 뭔지는 몰라도 퓰리처는 내 양말을 그렇게 불렀다. 귀환선이라 함은 내 몸체를 가리키는 말 같았다. 나는 어느새 퓰리처 앞에서 구체 관절 인형처럼 움직이고 있었다. 퓰리처가 원하는 것이 뭔지는 나도 알고 있었다. 이 과장이 달달 외우던 바로 그 우주적 섹스의 체위들 아닌가.

나는 눈을 감았다. 천장이 한 번 흔들렸다. 내 몸이 작은 방을 넘어 지구궤도를 넘어 우주 밖으로 떠오른다. 나는 순식간에 작은 혹성 위에 도달한다. 어린 왕자에게는 B612라는 소혹성이 있듯이 내 발밑에는 딱 한 사람을 태울 만한 크기로 줄어버린 혹성이 있다. 나는 이 혹성의 손잡이라도 되는 것처럼 길게 서 있다. 내 모습은 뿌리를 혹성의 핵에 꽁꽁 매달은 채 자라나는 한 그루 나무 같다. 혹성과 혹성 사이를 연결하는 송신탑처럼 뾰족하기도 하고, 혹성의 욕망이 발기한 것처럼 우스꽝스럽기도 하다. 어쩌면 나는 이 혹성의 안테나인지도 모른다. 우주의 체온을 감지하는 체온계인지도 모른다. 몸을 꼿꼿이 세우고 먼 우주를 향해 교신을 시도해본다. 이름 모를 혹성들이 별똥별처럼 쏟아진다. 내 별에 부딪쳐 움푹 팬 구덩이를 남기는가 하면, 닿을 듯 말 듯한 거리에서 스쳐 가기도 한다. 눈앞에서 한 줌 먼지로 증발하기도 한다.

천장이 또 한 번 흔들렸다. 이번에는 조금 더 빨리. 나는 우주를 유영하는 수많은 혹성 중 하나다. 뿌리를 외로운 혹성에 박고, 못난 송아지의 뿔처럼 솟아나 있다. 어디선가 칙칙폭폭 기차 소리가 들렸다. 미라? 미라가 멀리서 스쳐 간다. 길게 꼬리를 그리면서. 그리고 잠시 암전.

우주적 섹스의 절정에서, 나는 토해버리고 말았다. 변기를 감싸고 앉아 있으니 언젠가 들었던 뉴스의 한 토막이 뇌에서 빙빙 돌았다. 마치 지구가 태양 주위를 돌듯이 그렇게 빙빙 돌았다.

"무중력상태에서는 혈압이 낮아지고 조금만 움직여도 멀미가 나기 때문에 여러 가지 동작을 하기 어렵습니다. NASA 소속 내과의 짐 로건 박사는 '아주 골치 아픈 상황인데다 한 가지 운동에는 그만한 양의 반운동이 따르기까지 한다. 그래도 적절한 조명과 음악에 매우 정교한 안무 계획만 있다면 멋지고 자극적인 일이 될 것'이라고 말했습니다."

내가 화장실에서 다섯 번째 구토를 하고 방으로 돌아왔을 때, 퓰리처는 자리에 그대로 있었다. 우주적 섹스에 만족한 것처럼 보였다. 퓰리처 옆으로 가서 벽에 등을 대고 앉았다. 우리는 그렇게 가만히 앉아 있었다. 번갈아 샤워를 한 후 MT를 나섰다. 그곳의 화려한 문을 밀고 나올 때, 나는 예전보다 더 늙어버린 중성자별이 되어 있었다.

다음 날, 피로와 싸우고 있을 때 구보에게서 전화가 왔다. 구보는 나를 보자마자 이렇게 말했다.

"돈을 무조건 무시했던 게 후회되더라. 돈은 돈인 이유가 있었어. 그리고 내가 지나치게 편협한 편 가르기를 하고 있었다는 걸 알게 됐지. 메리정 말이야. 이성복 시집도 읽더라고!"

메리정은 구보가 한때 신사동 아줌마라고 부르던, 바로 그분의 애칭이다. 구보는 알지 못했던 세상의 반쪽을 이제야 보았다며 의욕을 보였지만, 좀 다른 방향으로 너무 기울어버린 것이 아닌가 싶을 만큼 불안해 보였다. 어쨌든 늘 느지막이 일어나던 구보가 새벽마다 조깅을 한다는 사실은 놀라운 일이었다.

"그 아줌마랑 잤어?"

"뭐? 메리정이랑?"

구보가 펄쩍 뛰었다. 그 아줌마는 어디까지나 정신적인 연인이라고 했다. 구보는 그 아줌마랑 만나면 시에 대해 이야기한다고 했다.

"그 아줌마는 무중력 판타지아 샀냐?"

"응, 세 대나."

구보가 내 머리통을 손가락으로 눌렀다. 그러면서 말했다.

"무슨 생각하는 거야. 우리 메리정은 결혼도 했다고. 내가 점 찍은 여자는 따로 있다니까. 순두부 같은 여자."

구보는 나를 데리고 점찍은 여자가 일하는 카페로 갔다.

"저 애야."

스물을 갓 넘긴 듯 보이는 그녀는 키도 작고, 얼굴도 작고, 손도 작았다. 말끝마다 "죄송합니다!"를 연발하는 그녀는 언뜻 보아도 실수투성이였지만, 표정은 밝았다. 어둠의 자식 같은 구보가 저렇게 통통 튀는 여자를 좋아하다니. 구보의 표현에 따르면 순두부 말이다. 우리의 주문을 받고서 순두부는 고개를 돌리며 명랑하게 외쳤다.

"아메리카노 한 잔 있습니다."

씩씩한 목소리였다. 구보가 시킨 카페라테는 생략하고도 당당할 만큼 우렁차고 열의 있는 목소리였다.

"내 건요?"

구보의 말에 순두부는 정신을 못 차리고 버벅거렸다. 순두부의 동그란 눈이 모니터를 들여다보고, 보관용 영수증을 들여다보더니 우리가 깜짝 놀랄 만큼 큰 동작으로 어깨를 추켜올렸다. 추켜올렸다가 다시 떨어트리는 그 동작이 너무 크고, 또 너무 빨랐기 때문에 그녀의 어깨가 본체에서 분리돼 추락하는 것처럼 보일 지경이었다.

"으아, 죄송합니다. 정말 죄송합니다."

당황한 순두부는 바리스타에게 외쳤다.

"카페라테 추가요!"

순두부가 한숨을 폭 내쉴 틈도 없이 이번에는 바리스타 쪽에서 짜증 섞인 목소리가 들려왔다. 솟아오르는 짜증을 겨우겨우 억누르고 있는 소리였다.

"톨이요, 스몰이요?"

"억!"

순두부의 얼굴은 홍당무처럼 빨개졌다. 그녀는 우리 쪽으로 몸을 기울여 기어드는 목소리로 물었다.

"정말 죄송합니다만 작은 걸로 드릴까요, 큰 걸로 드릴까요?"

"큰 걸로. 무조건 큰 걸로."

구보의 대답에 순두부는 거의 절망한 듯 보였다. 아무래도 우리가 작은 사이즈를 선택했어야 하는 모양이었다. 그녀는 좀 더 작은 목소리로 말했다.

"죄송합니다만 제가 아직 초보라서요. 사이즈가 큰 것은 300원씩, 총 600원 추가되겠습니다."

겨우겨우 받은 커피 두 잔을 앞에 두고 구보와 나는 마주 앉았다. 구보는 "죄송합니다"를 연발하는 순두부를 훔쳐보았다. 그녀는 비슷한 실수를 다른 사람들에게도 반복하고 있었다. 구보는 흘러나오는 음악 소리에 맞춰 고개를 까닥거렸다.

"이런 곳 싫어하지 않았나?"

구보는 손까지 내저으며 대답했다.

"이게 현대의 문화라는 것을 인정하기 시작했을 뿐이야. 가끔 혼자 와서 사람들의 대화를 엿듣기도 해. 그다지 쓸 만한 대화는 없지만."

"하긴, 우리 회사 사람들도 점심은 거르더라도 커피는 꼭 마시던데. 나는 아직 별로 맛을 못 느끼지만."

"커피가 아니라 이미지를 마시는 거야."

"그럼 요즘엔, 산책은 안 하나?"

테이블 밑에서 광택을 내고 있는 구보의 검은색 구두를 보며 내가 물었다.

"이젠 이렇게 산책을 하기로 했다. 서울 거리가 너무 변해서 말이야."

구보는 창밖을 흘깃거리면서 미간의 핏줄을 씰룩거렸지만, 내가 볼 때 변한 것은 서울이 아니라 구보인 것 같았다. 단순히 옷차림의 변화 때문만은 아니었다. 지금의 구보가 훨씬 더 친화적이긴 했지만 조금도 구보스럽지는 않았다.

"소설은?"

구보는 미간을 펼 생각은 하지도 않고 입꼬리만 살짝 들어서 웃었다.

"자료 수집 중이지."

멀뚱거리며 보고 있는 내 어깨를 툭 치면서 구보가 말했다.

"커피 두고 제사 지내냐? 한 모금이라도 좀 마셔보라니까."

커피 맛이 유독 썼다. 쓴 커피를 탕약처럼 후루룩 마시고 나자 구보가 말했다.

"팁 좀 줘봐."

"뭔 팁?"

"너 그래도 영업직이잖아. 물건 잘 파는 팁 말이야."

"네가 물건도 팔아야 해?"

구보의 미간에 깊은 주름이 패었다. 구보는 커피 잔을 입에 댔다가 마시지 않고 말했다.

"입소문이라는 게 한계가 있잖아. 광고 때릴 돈은 없고, 처음부터 광고는 지양하자, 그게 우리 콘셉트였는데."

"네 목소리는 아주 전형적인 '레' 음이구나. 그래서는 안 팔리지."

구보가 되물었다.

"그게 뭔 말이야?"

"봐봐, 지금 네 목소리 말이야. 전형적인 레 음이라고. 도, 레, 레레레."

"허, 참."

구보의 귀가 솔깃한지 팔랑팔랑 움직였다.

"그럼 잘 팔리는 음은 뭔데?"

"도레미파솔, 솔, 솔, 솔 음이야. 목 굵은 저음에 따라서 파 음도 좋아. 파, 솔, 그 이상이면 경박해 보이지."

"도레도레도레, 도레미파솔, 솔, 솔. 자 이렇게 말하면 되냐?"

"좋아."

구보는 그날 내내 솔 음으로 말했다. 그 목소리 톤을 기억해두었다가 커피숍에서 일어설 때 순두부에게 솔 음으로 말하는 것을 잊지 않았다.

"잘 마시고 가요."

정확한 솔 음이었다. 다만, 어쩐지 내가 아는 구보의 목소리는 아닌 것 같았다.

구보와 나는 카페를 나와 번화한 사거리 앞에서 헤어졌다. 지하철역으로 가려던 내게 구보는 만 원짜리 지폐 두 장을 내밀었다.

"택시 타고 가, 인마."

다시 레 음이었다. 뒤에 붙은 인마, 라는 두 글자는 닭 몸에 붙은 돼지 꼬리 혹은 사자 몸에 붙은 토끼 꼬리마냥 어색했으나 한편으로는 호방해 보이기도 했다. 나는 구보가 보는 앞에서 택시를 잡아탔지만 100미터쯤 가서 내렸다. 돈이 아까워서가 아니라 좀 걷고 싶었다. 나는 걸어서 한남대교를 건넜다. 혼자 걷는 길은 멀고 추웠다. 멀리서 남산타워가 휘청거리며 서 있었다. 달이 늘어난 후 구보는 사랑에 빠지고 돈을 알았다. 잠시 다리 위에서 넋을 놓고 서 있던 나는 버스가 터질 듯한 속도로 지나가는 것을 보고서야 정신을 차렸다. 이곳은 다리 위다. 그것을 잊고 있었다. 한강 다리가 무너진 지 10년이 겨우 넘었을 뿐인데! 나는 서둘러 다리를 벗어났다.

때 이른 장마가 시작되었다. 비는 하늘의 달을 떨어트릴 것처럼 무섭게 쏟아졌다. 해마다 침수되던 지역에 또 물이 고였다. 평년보다 두세 달이나 빨리 장마전선이 북상해버린 탓이었다. 비구름이 사흘 내리 물 폭탄을 쏟아부은 후에야 뉴스에서는 '4월 말의 장마'라는 말을 썼다. 사흘 만에 수상 가옥이 되어버린 집들은 누렇게 불어난 마을의 흙탕물 위로 정수리 부분만 빠끔 내밀었다. 장마로 침수된 지역 중에는 정부가 계획 중이던 '달맞이 지구'도 있었다. 정체불명의 프로그램이 너무 많이 생겨났기 때문에 제목을 기억할 수는 없지만, 어떤 토론회에서 이 사태를 주목하기도 했다.

"이 혼란 사태에 대해 책임을 지고 해명해주셔야 하지 않습니까? 천재지변이라고 하기에는 납득이 되지 않는 곳도 있습니다. 일각에서는 서울의 몇몇 구역을 위해 다른 곳을 희생양 삼았다는 말도 들립니다."

사회자의 말에 장관은 천천히 입을 뗐다.

"국민 여러분이 실망하지 않도록, 제도를 정비해서 다음 사태에 대비하겠습니다."

"관광도시로 계획 중이던 달맞이 지구는 대체 어떻게 되는 겁니까? 우주 선착장도 만들 계획 아니었나요?"

"다른 방향으로 고려 중에 있습니다."

"다른 방향으로 고려 중이라, 만날 그 말이 그 말 아닙니까. 저번에도 그렇게 말씀하신 것을 알고 계십니까?"

장관은 다시 입을 다물었다. 더 이상 상대방도 사회자도 말하지 않았다. 한참 침묵이 이어지더니, 다시 의례적인 말들이 되풀

이되었다. 채널을 돌렸다. 옆 채널에서도 세트장 배경만 바뀐 채 토론회가 열리고 있었다. 이번에는 자살 속출에 대한 토론회였다. 이름도 알 수 없는 패널들이 마이크를 들고 열변을 토했다.

"보통 자살의 유형은 뛰어내리는 겁니다. 높은 곳에서 뛰어내리거나 하는 식이죠. 자살은 자살 이상의 영향력을 지닌다는 게 문제입니다. 뛰어내린 사람은 둘째치더라도, 도로에 떨어진 시체 때문에 교통 체증이 더 심해졌습니다. 특히 강남이나 명동, 종로와 같은 번화가의 도로는 평일에도 주차장 수준입니다. 차들이 움직이지를 않아요. 게다가 뛰어든 시체 때문에 깜짝 놀라는 시민들의 충격도 문제지요. 그걸 지금 당국에서는 그냥 방치만 하고 있는 겁니다. 자살은 개인의 문제다, 하는 식으로 말이지요."

다른 패널이 마이크를 들었다. 어디서 많이 본 얼굴이라고 생각했는데, 장 대표였다. 달이 늘어난 후 일약 스타덤에 오른 저명인사였다.

"자살을 하는 사람들이 거의 이삼십대 연령층이라는 것도 문제입니다. 물론 최근 매스컴에서 자살이 무슨 새로운 트렌드인 양 보도된 이후로는 십대 청소년들의 자살률도 급증하고 있습니다만. 이렇게 젊은 층의 자살률이 높아진다면 가뜩이나 노령화되고 있는 우리 사회는 더욱더 빨리 늙고 처지게 될 것이 분명합니다. 일을 하고 사회를 이끌어가야 할 사람들이 자살을 택해서야 되겠습니까?"

그래서 결론은 취업난으로 이어졌다. 가만 생각해보면 달이 뜨기 전과 별로 다를 바 없는 내용이었다. 장 대표는 젊은 층이 자살을 하는 가장 큰 이유가 취업 대란에 있다고 보았다. 십대 청소년의 경우는 학업에 대한 스트레스가 가장 큰 원인일 테고. 그러나 토론회가 방송된 다음 날부터 사흘간, 노년층의 자살률이 전체의 반 이상을 차지해 그의 주장을 무색게 했다.

일주일 내내 장마는 계속되었다. 4월의 마지막이 흘러가고 있었다. 하늘에서는 끝도 없이 비가 쏟아졌고, 텔레비전에서는 말 많은 토론회가 이어졌다. 토론회의 규칙은 하나뿐인 것 같았다. 절대 해결될 수 없는 주제를 선택할 것!

12

5월이 되었다. 긴 장마가 끝나고, 폭염이 찾아왔다. 목청을 소모한 매미들은 보도블록 위로 곤두박질했다. 연일 30도 이상의 고온 다습한 날씨가 계속되었다. 폭염은 철로의 냉정함까지도 녹였다. 경부고속철도 몇몇 구간의 레일 온도가 55도를 넘어서면서 고속 열차가 속도를 시속 300킬로미터에서 230킬로미터로 낮춰야 했다. 레일 온도가 60도를 넘으면 열차의 속도를 70킬로미터 이하로 떨어트려야 하고, 64도를 넘으면 운행은 중지된다. 이 정보가 알려지자마자 작정이라도 한 듯 레일의 온도가 65도까지 올라갔다. 난리가 났다. 레일 위로는 태양의 입김만 나부꼈다.

사람들은 전기를 쉴 새 없이 돌렸고, 그만큼 지구는 더 따뜻해졌다. 최대 전력 사용량은 하루 6500만 킬로와트에 육박했다. 견디다 못한 도시의 발전기들이 파업을 선언했다. 변압기의 절연물이 파손됐고, 암흑은 골목을 번갈아가며 기습적으로 찾아왔다.

하루 동안 일사병으로 숨진 사람들이 둘, 냉방 기구 질식사로 숨진 사람이 셋이었다. 급류에 휩쓸려 간 사람이 여섯, 졸음운전으로 죽음을 들이박은 사람이 넷 있었다. 식중독이 네 명을, 원인 불명의 고열이 세 명을, 그리고 정신 분열이 다섯 명을 죽였다. 도처에 살인의 요인들이 도사렸다. 사람들은 멀쩡하게 걸어가다가도 픽픽 쓰러져 더 이상 일어나지 못했다.

곧 살인적인 여름이 올 거고, 가을은 아예 오지 않을 거라고 했다. 5월 초순, 전국의 해수욕장은 벌써 개장을 했고 벌겋게 달아오른 사람들로 붐볐다. 사무실은 암울했다. 사장은 온라인에 '달나라 납골당 추진위원회'를 만들었지만, 회원이 50명을 돌파하기도 전에 악성 댓글이 떴다. 뒷북이라는 거였다.

셀레스티스사(Celestis Inc.)는 달 표면 탐사 차량 문로버(Moon Rover)를 만들었다. 문로버는 유골 등을 캡슐에 담아 달까지 실어 나를 예정이다. 셀레스티스사는 2009년 후반부터 이 사업을 시작하며 비용은 한 사람당 1만 달러 정도가 될 것이라고 밝혔다.

회원은 더 이상 늘지 않았다. 막연한 달나라 납골당보다는 문로버가 확실히 체계적이었고, 현실 가능성이 있었다. 사장이 만든 달나라 납골당 추진위원회는 결국 40명이 조금 넘는 회원들의 판타지로 끝났다. 그 40명이 결국은 부동산 회사 직원들이었기 때문에, 회사의 온라인 친목회나 다름이 없었다.

사장실에서는 스피룰리나를 씹어 먹는 소리만 들렸다. 그 소리가 어째 아버지가 고두밥을 되새김질하는 소리처럼 들렸다.

고객 리스트의 고객들은 점점 줄어갔다. 그 말은 곧 잠재 고객들이 늘어난다는 것과도 같았지만, 잠재 고객들은 일단 전화를 받지 않았다. 어쩌다 통화가 되더라도 고객들은 내 말에 귀를 기울이지 않았다. 잠에서 깬 것이 역력한 목소리로 바쁘다고 말하는 고객들을 그대로 믿어야 할지, 설득해야 할지 헷갈렸다. 책상 앞에는 세련되게 통화를 주도하라는 메모가 붙어 있었다. 그러나 통화를 주도하기도 전에 그들은 전화를 끊어버렸다.

폭염은 계속되었다. 그리고 정확히 예견된 시각에 새 달이 떴다. 내가 고객들의 꺼져 있는 휴대전화와 받지 않는 집 전화로 접속을 시도하고 있을 때, 내 휴대전화가 부르르 몸을 떨었다.

'실시간 뉴스 알림 메시지.'

확인 버튼을 눌렀다. 다섯 번째 달이 떴다는 소식이었다. 그리고 앞으로도 보름에 한 번씩 달이 뜰 거라고 했다. 여전히 작아서 육안으로 보이지는 않으며, 천체망원경으로는 관측이 가능하다고 했다.

달은 멈추지 않았다. 달이 과잉된 미래는 그다지 아름답지 않았다. 발끝에 툭툭 차이는 달, 쓰레기봉투 속에 꾸역꾸역 담긴 달, 꼬깃꼬깃 구겨진 달, 유통기한이 지나버린 달. 난무하는 달의 이미지 속에서 나는 종종 달이 하나뿐이던 시절을 그리워했다. 그때는 모든 지구인이 하나의 달을 바라봤을 텐데. 지금은 북반구와 남반구의 달이 다르며, 동쪽과 서쪽의 달이 다르고, 위층과 아래층의 달이 달랐다.

아버지의 예순세 번째 생일이 돌아왔다. 형이 만든 케이크는 시트 사이에 단풍나무 시럽을 바르고 꼭대기에 금색 체리를 올린, 아니, 금색 체리가 아니었다!

"청심환이잖아."

케이크에 청심환이라니. 형은 청심환을 포인트로 꽂은 케이크를 들고 아버지를 만나러 왔다. 엄마와 아버지, 그리고 형과 나. 오랜만에 모든 가족이 한자리에 모였다. 아버지가 촛불을 끄자 형이 청심환을 권했다. 아버지는 형이 권하는 것이면 뭐든 했으므로, 청심환을 꼭꼭 씹어 먹었다. 그리고 그 쓴맛이 혀에서 채 가시기도 전에, 형이 하는 말을 들었다. 들, 었, 다.

그것으로 그날의 행사는 끝이었다. 더 준비된 것도 없었지만 형의 발언은 그날의 서프라이징 선물이었다. 아버지는 그 선물을 받다가 심장마비에 걸릴 뻔했다. 청심환이 도움이 된 것인지 오히려 식도에 걸려버린 것인지 모르겠지만, 여하튼 아버지는 그렇게 예순세 번째 선물을 받았다. 그리고 이유는 모르겠지만, 수족관이 터져버렸다. 거짓말처럼. 수족관은 몇 조각으로 갈라져 바닥으로 추락했다. 두께가 8밀리미터여서 어떤 충격에도 끄떡없을 거라던 수족관이 수박 갈리듯 쩌억 하고 갈라져 그 속을 내보였다. 폭포처럼 쏟아지는 물을 따라 빨간 멸치, 까만 멸치들이 낙엽처럼 떨어졌다. 너무도 갑작스럽게 일어난 일이라 머리와 꼬리를 바닥에 파닥파닥 치며 자폭하는 멸치들을 주워 담을 수 없었다.

한동안 형은 집에 오지 못했다. 몇 번, 형이 나타날 때마다 아버지가 경련을 일으켰기 때문이다. 그렇다고 아예 발길을 끊을 수도 없었다. 형은 또다시 우렁이 각시 노릇을 하기 시작했다. 집 앞에서 나를 부르거나, 아버지가 자리를 비운 틈을 타서 음식을 전달했다. 아버지의 입맛을 공략한 음식들, 이를테면 두부전골이라든지 고등어김치조림, 그리고 나중에는 직접 빚은 술까지 등장했다. 아버지는 그 음식들에 손도 대지 않았지만, 한 번도 버리지는 않았다. 겨우내 먹을 식량을 저장하듯이, 냉동실에 차곡차곡 넣어두었다. 모든 부패는 냉동실 안에서 느리게 진행되었다.

"〈우리동네〉 과학 저널에 따르면, 여섯 번째 달의 탄생 시각은 한국 기준으로 정확히 밤 10시 56분입니다. 이름은 '루나'입니다."

여섯 번째 달이 뜬 소식은 휴대전화로 날아오지도 않았다. 휴대전화의 실시간 뉴스 알림 기능은 최대한 이슈가 되는 것들만을 다루는 것이었으므로, 이제 달이 뜨는 것은 전보다 덜 중요해졌다는 이야기였다. 텔레비전 뉴스에서도 마치 한강 변에 꽃이 폈다든지, 어디선가 마라톤 대회가 열리고 있다든지 하는 정도로 달의 번식을 다뤘다.

그렇게 사람들이 주목하지 않는 가운데, 여섯 번째 달이 떴다. 언제부터인가 사람들은 자연현상을 보듯 달을 보고 있었다. 태풍이 온다고 설레는 사람들이 없듯이, 새 달이 뜬다고 해서 설레는 사람들도 없었다. 이미 열두 번째 달의 이름까지 정해져 있다는 소문이 돌았다. 가끔 어떤 회사들은 달의 이름을 공모하는 이벤트도 열었다. 여섯 번째 달의 이름은 루나였다. 그러나 이전 것과 특별히 다를 것도 없었고 모양도 똑같았다.

"그런데 달이 늘어났다면서 왜 눈에 보이지는 않는 거냐?"

아버지는 도무지 이해가 가지 않는다는 듯 물었다.

"너무 작아서요."

"그건 세 번째 달이 그렇다고 하지 않았냐?"

"네 번째도 다섯 번째도 마찬가지예요. 여섯 번째도요. 천체망원경 같은 게 있으면 보이겠죠."

"그건 비싸냐?"

아버지와의 저녁 식사가 끝난 후, 인터넷 쇼핑몰을 뒤적이며 천체망원경의 가격을 알아보았다. 가격은 천차만별이었다. 그것을 검색하던 중에 구보의 근황도 보게 되었다.

'무중력 판타지아, 고객 감사 세일 50퍼센트.'

무중력 판타지아는 대대적인 세일을 하고 있었다. 쇼핑몰 자체적으로 제공하는 쿠폰까지 합하면 정가의 40퍼센트 가격에 살 수 있었다. 조금 더 인터넷 쇼핑몰을 헤매다가, 나는 무중력 판타지아가 저렴해진 이유를 알 수 있었다.

'3년 사이, 섹스리스 커플 20퍼센트 늘어.'

섹스는 진화했다. 멈춰 있지 않았다. 강렬한 것을 원하는 익명들의 욕망을 채우기 위해 좀 더 자극적인 기계들이 등장했다. 두 몸뚱이가 함께 엉기고 움직이는 것만이 섹스라고 생각하지 않는 사람들이 늘어났다. 거리 곳곳에서 야한 자판기가 등장했다. 얼굴 없는 가판에서는 혼자서도 즐길 수 있도록 단백질 가슴과 엉덩이, 페니스를 판매했다. 그것들은 따뜻하고 다양했다. 섹스를 나누는 사람들에게는 더 강력한 기계들이 있었고, 심지어 구보의 무중력 판타지아보다 훨씬 싸기도 했다.

'가장 좋은 건 자리를 많이 차지하지 않는다는 거죠. 가뿐하게 접을 수도 있기 때문에 지난번 남편과 주말여행을 갈 때도 차 트렁크에 넣어서 가져갔어요. 남편이 무지 좋아하더라고요. 이만하면 잘 샀다는 생각이 듭니다. 주변에서도 저 보고 따라 사는 눈치고요.'

이것은 새로 떠오른 섹스 머신 '파워피아'의 구매자가 쇼핑몰에 남겨놓은 고객 상품 평이었다. 그 앞뒤로도 비슷한 이유의 추천 글들이 있었다. 구보의 무중력 판타지아는 덩치가 너무 컸고, 이제는 고물이었다. 무엇보다 가장 큰 이유는 이미 사람들이 무중력에 질려 한다는 점이었다.

아마, 이제 아무도 무중력 판타지아를 기억하지 않을지도 모른다.

시간이 조금 더 지나자 더 이상 달의 증식은 뉴스가 되지 않았다. 닭이 매일 알을 낳는 것이 아무렇지 않은 일이듯, 달이 매달 또 다른 달을 낳는 것 역시 대수롭지 않은 일이 되었다. 달의 번식은 여전히 두렵고 알 수 없는 현상이었지만, 그 두려움 역시 습관처럼 굳어버렸다.

아무도 망언하지 않았고, 아무도 테러하지 않았다. 어떤 동물도 도로를 점령하지 않았고, 어떤 과자에서도 애벌레가 나오지 않았다. 신문을 장식하는 것은 오로지 기계처럼 움직이는 정치판이나 연예계 뉴스뿐이었다. 공약(公約)이 공약(空約)이 되는 것은 여전했고, 국회의사당에서 크고 작은 '게이트'들을 사육하는 것도 여전했다. 마치 모두 정해진 각본대로 움직이는 것처럼 지리멸렬했다. 세상에 아무 일도 일어나지 않는 동안, 나는 마치 내가 아무도 아닌 것 같은 기분이 들어서 우울해졌다.

아무 일도 일어나지 않고 있다는 것은 22층 건물이 다시 붐비기 시작했다는 것만으로도 확인할 수 있는 사실이었다. 이 과장과 홍 과장이 회사를 그만두었고, 또 회사 전체적으로도 몇 명의 사원이 죽거나 다른 방법으로 증발해버렸기 때문에 사람을 더 뽑을 필요가 있었다. 구인 광고는 한 달 전부터 내보냈지만 전혀 반응이 없었다. 그러던 것이 요즘에 와서는 달라지고 있었다.

구인 광고를 보고 찾아온 사람들이 오전에만 열 명이 넘었고, 그중에서 다섯 명은 오늘이라도 당장 일을 할 수 있다고 말했다. 사장은 다시 과장들의 책상 앞에 판매의 명언들을 붙이기 시작했다. 어제는 강원도, 오늘은 제주도, 내일은 전라도, 하는 식으로 동에 번쩍 서에 번쩍 답사를 가기도 했다. 사장은 깊은 공상에서 헤어난 사람처럼 다시 땅에 관심을 갖기 시작했다. 사장은 달이 아닌 땅을 팔면서 회사로 내방한 고객들에게 이렇게 말했다.

"불경기다, 불경기다, 하는데 진짜 투자란 이럴 때 하시는 겁니다."

부동산 회사가 아니더라도 상황은 비슷했다. 구보는 이미 네 차례, 내게 전화를 걸어 무중력 판타지아를 권유했다. 정확한 솔음으로 말이다. 예전의 구보에게는 너무도 어색하고, 부동산 회사 직원들에게는 너무도 익숙한 화법이었기 때문에 나는 구보의 전화가 어떤 목적을 가진 전화라는 것을 금방 알아버렸다.

"구보야, 난 됐다."

"고객의 거절은 시작이다, 라고 하던데."

구보는 이렇게 말하고 경쾌하게 웃었다. 웃음소리도 역시 솔 음이었다.

"야, 난 쓸데도 없어. 그리고 부모님이랑 같이 사는데 어디다 들여놓겠어?"

정말 그랬다.

"너희 형한테는 안 필요할까? 고시원에 혼자 있잖아."

"우리 형한테는 차라리 냉장고가 필요할걸."

"40퍼센트에 5퍼센트 더 할인해줄게. 재고가 너무 많이 쌓여서 그래. 너희 형네 고시원에 넣어두고, 형보고 주변 사람들한테 대여료 받으라고 그래. 1000원씩만 받아도 본전 뽑는다니까. 엘리트들이 그렇게 많이 산다고."

구보의 말이 빨라지고 다급해질수록 그의 목소리는 한 톤씩 다운되고 있었다.

"고시원에서 잘도 쓰겠다, 사람들이. 혼자 쓸 수 있는 것도 아니잖아."

구보가 어느새 미 음이 된 목소리로 말했다.

"혼자 쓰는 사람들도 있어. '유캔두잇'이라는 쇼핑몰에 들어가 봐. 거기 어떤 고객들이 올린 평가를 보면, 여기서 혼자 딸딸이를 치면 기분이 끝내준대."

"왜 이러셔, 소설가 구보 씨?"

구보가 말했다.

"휴우, 내 투자금 반도 못 건지게 생겼다."

구보의 목소리는 다시 레 음이 되었다. 그리고 다시 솔 음으로 올라가지 못했다. 구보는 도, 레, 도, 레, 두 음 사이를 오가다가 힘없이 전화를 끊었다.

이틀 후, 나는 결국 구보의 사무실로 가게 되었다. 구보는 내게 무중력 판타지아를 소개했다. 그 목소리는 분명 솔 음이었으나, 어딘지 장조가 아니라 단조에 등장하는 음처럼 우울했다. 무중력 판타지아는 윗부분이 뻥 뚫린 자판기 같은 모습이었다.

"무중력 섹스가 가능한 이유는 이 기계가 내압과 외압의 차이를 이용했기 때문이야. 안에 들어가면 특히 배꼽 아래 부분에서 무중력상태를 강하게 느낄 수가 있는데 물속에 있는 거랑 비슷한 느낌이지."

구보가 무중력 판타지아의 문을 열었다.

"뭐 해? 한번 느껴봐."

구보는 내 등을 떠밀었다. 혼자 들어가도 느낌이 나쁘지 않다면서.

"너도 경험했어?"

무중력 판타지아 속으로 떠밀리면서 내가 물었다. 구보는 당연한 걸 왜 물어보느냐는 표정으로 대답했다.

"난 너무 많이 경험해서 이젠 아무렇지 않다. 그 속에서 밥도 먹고 신문도 본다니까."

구보가 문을 덜컹 닫았다. 위가 뻥 뚫려 있는데도, 어둠 속에 나 혼자 갇힌 것 같은 기분이 들었다. 그네처럼 생긴 의자에 엉덩이를 걸치고 앉아 있으니, 야릇한 음악이 흘러나왔다. 쿵쿵 심장 소리와 헉헉 숨소리도 메트로놈처럼 규칙적으로 들렸다. 무중력 판타지아 안에서는 사람이 눈을 꽉 감았을 때 보이는 붉고 푸른 영상들이 오로라처럼 펼쳐졌다. 서서히 중력이 사라지기 시작했다. 엄지발가락부터 새끼발가락이 중력에서 풀려났고, 아킬레스건과 무릎 관절과 대퇴부가 중력에서 독립했다. 그리고 마침내 성기가 무사의 검처럼 혹은 피노키오의 코처럼 불쑥 자라났다. 성기가 자라는 고통을 이렇게 오롯이 느껴보는 것은 처음이었다. 아팠다. 온갖 야한 소음과 야한 영상과 야한 공기로 채워진 무중력 판타지아는 구토를 유발하지는 않았지만, 마음속을 공허하게 만들었다. 마음은 몸보다 더 크게 발기하여 중력의 고리를 끊고, 과거로 날아갔다. 무중력 판타지아에서 만들어내는 기계음이 철도 레일과 시베리아 횡단 열차가 부딪치는 소리처럼 들렸다. 그리고 미라! 또 미라가 떠올랐다.

미라와 내가 이별한 횟수는 자그마치 마흔두 번이나 되었다. 4년 동안 마흔한 번이나 헤어졌다가 다시 만나기를 반복했던 우리는 결국 마흔두 번째 고비에서 완전히 헤어졌다. 미라의 가방 속에는 언제부터인가 생소한 지명들이 가득했다. 이르쿠츠크, 하

227

바롭스크, 상트페테르부르크……. 이별을 알리는 짧은 통화 후 다시 만났을 때 미라는 시베리아 횡단 열차를 타러 갈 예정이었다. 서울 시내 곳곳에서 이별과 재회 의식을 치렀던 우리였기에, 중복되지 않는 장소를 고르느라 고민해야 했다. 결국 뾰족한 남산타워 아래서 딱 10분만 이야기하고 헤어졌다. 미라가 먼저 등을 돌리고 걸어갔기 때문에, 나는 어쩔 수 없이 그 반대쪽으로 등을 돌렸다. 사실 내가 가야 할 지하철역은 미라가 가는 방향에 있었음에도 불구하고 말이다. 미라가 걸어가는 소리가 꼭 시커먼 열차 바퀴들을 떠올리게 했다. 구두를 또각거리며 돌아서는 그녀의 등 뒤로 도시의 모든 초고층 빌딩이 도미노처럼 무너질 것 같았다. 미라를 붙잡기 위해 내가 취한 행동은 복권을 한 다발 구입한 것이 전부였다. 꽝이었다. 기흉 수술을 한 병원 발코니에 서서 복권을 잘게 찢어 뿌렸다. 축포가 터진 것 같았다.

눈을 감았다. 무중력 판타지아 안에서 그날의 복권이 다시 축포처럼 퍼지고 있었다. 무언가가 그리워서 미칠 것 같았지만 그 대상이 누군지 끝까지 알 수 없었다.

"휴지 좀."

나는 무중력 판타지아 안에서 소리쳤다. 내 목소리가 밖으로 전달될까? 구보의 말이 흐릿하게 들렸다.

"죽이지?"

툭, 구보가 밖에서 던진 여행용 티슈가 무중력 판타지아 안으로 들어왔다. 나는 엉거주춤한 자세로 휴지를 집어 들었다. 한 장을 톡 뽑는 순간 휴지 더미에서 가벼운 먼지가 사방으로 튕겨 올랐다. 그 먼지들이 우주를 유영하는 별처럼 나부끼는 가운데, 나는 휴지를 얼굴로 가져갔다. 눈물이 마구 쏟아져 나왔다. 10여 년 묵은 눈물들이 휴지를 적셨다. 무중력 판타지아, 내게 이곳은 고해소였다.

내 머리 위 촉수가 무디어지고 있었다. 사회에는 긴장감이 없었다. 여전히 달에 대한 뉴스는 신문의 일정 부분을 차지했지만, 많은 사람이 그 기사들을 제대로 읽지 않고 넘겨버렸다. 이미 달이 두 개로 늘어났을 때부터 해왔던 예측과 우려, 이 사태를 어떻게 헤쳐나갈 것인가에 대한 전문가들의 칼럼이 전부였는데, 이것들 역시 식상해졌다. 달은 여전히 자신의 개체를 불리고 있었다. 그리고 가뭄이 계속되었다.

'무중력도 한철 장사.'

경제면 첫 장의 제목이었다. 엄마는 신문을 덮고서 한숨을 푹 내쉬었다. 무중력을 표방한 많은 가게가 '가격 파괴' 표지판을 내걸어야 했다. 사람들은 이제 우주 공간을 지긋지긋해했다.

무중력 놀이방에서 한 시간을 보낸 유치원생들이 집단으로 구토를 했다. 무중력 공법으로 만든 참치 캔에서는 머리카락이 둥둥 떠 있었다. 무중력 낚시터에서 실내 낚시를 즐기던 남자는 천장을 향해 낚싯바늘을 던지다가 조명에 걸려 흉부를 다치고 말았다. 무중력 헬스장에서는 사람들이 두통과 복통 같은 여러 질병으로 고생했다.

엄마의 가게라고 예외는 없었다. 중력 없는 미용실을 운영하는 엄마의 얼굴은 중력이 두 배인 세계 속에서 산 사람처럼 폭삭 늙어버렸다. 엄마의 미용실 옆에도 중력이 없었고, 그 옆에도 중력이 없었다. 너무 많은 가게가 상호를 바꿨기 때문에 급하게 새로 발간된 전화번호부에는 무중력 미용실이 154개나 되었다. 그것도 이 도시 안에서만.

무중력이 과잉된 사회에서, 구보의 무중력 판타지아는 의미가 없었다. 곧 무중력 섹스로 인한 부작용들이 사회 표면으로 떠오를지도 몰랐다. 사람들이 하나둘 중력이 지배하던 사회로 돌아가는 동안, 구보는 진짜 무중력상태에 빠져버린 것 같았다.

"올래? 아니, 내가 갈게."

맥없는 목소리로 전화를 끊은 구보는 곧 페라리를 끌고 부동산 회사 앞으로 왔다. 없던 차가 생긴 것보다 구보가 운전을 할 줄 안다는 것이 신기했다.

"너 모르나? 나 군대 있을 때 운전병이었잖아."

그렇군. 그러나 운전병 구보와 페라리를 끄는 구보는 어딘가 다른 사람처럼 느껴졌다. 어쨌거나 페라리는 달리기 시작했고, 구보는 계속 서울은 차가 다닐 길이 못 된다고 툴툴거렸다. 그러다가 어느 순간, 구보는 망설였다.

"기름이 떨어져가네."

구보는 페라리를 소유할 줄도 알았고, 운전할 줄도 알았지만 유지할 수는 없었다. 내 지갑에서 3만 원을 꺼내 주자 구보는 그걸로 겨우 페라리의 연료를 채웠다. 구보가 뻘쭘해하는 것 같아서 내가 가볍게 말했다.

"차가 커서 기름도 금방금방 먹겠다, 야."

"곧 팔아야지. 빨리 순두부를 만나러 가야 되겠다. 차 팔기 전에 한번 태워주고 싶어."

구보와 나는 페라리를 타고 사거리 한복판의 커피 전문점으로 갔다. 그 버벅거리던 여자는 이제 아르바이트에 어느 정도 익숙해져 있었다. 밝은 표정은 그대로였다. 내가 커피 메뉴를 고르는 동안, 구보는 순두부에게 자신의 차를 보여주고 싶어 했지만, 그녀는 차를 볼 틈도 없이 바빴다. 손님이 특별히 많았던 것은 아닌데, 순두부는 무척 바쁜 사람처럼 보였다. 구보가 말했다.

"저기, 밖에 차가……."

"네?"

"밖에 제 차가 있어요. 페라리예요."

"파리요?"

구보는 다시 설명했다.

"페, 라, 리."

"페라리가 뭔데요?"

무안해진 것은 구보 쪽이었다.

"제 차라니까요. 번호는 서울 무 23……."

"아하!"

순두부는 그때서야 알겠다는 듯 고개를 끄덕이더니, 무언가에 도장을 쾅쾅 찍어 내밀었다. 주차 할인권이었다.

"죄송합니다. 제가 못 알아들어서요. 이거 내시면 1000원 할인해드려요."

"그게 아니라……."

구보가 다시 말을 꺼내려고 했지만, 순두부는 여전히 바빴다. 메뉴판 속에는 읽어 내려갈 활자가 얼마 있지도 않았지만, 순두부는 알아낼 것이 무궁무진하게 많다는 표정으로 활자를 탐독하고 있었다. 그 표정 앞에서 구보는 할 말을 잃었다. 구보가 한참 후에 명함을 주섬주섬 꺼냈다.

얼과 혼, 책임 대표

무중력 판타지아, 마케팅 부장

TP마켓 우수 딜러

세 개의 직함이 찍힌 명함을 받아 들고 순두부는 활짝 웃었다. 그러고도 구보가 앞에 서 있자, 그녀는 더 활짝 웃으며 말했다.

"전 명함이 없어서요."

순두부는 다시 눈을 메뉴판으로 돌렸다. 자세히 보니 메뉴판은 책갈피에 불과했다. 순두부가 눈을 떼지 않고 읽었던 것은 깨알 같은 활자가 가득한 소설책이었다. 구보와 나는 결국, 그 책을 보고야 말았다.

《21세기 소설가 구보 씨의 일일》.

생소한 신인 작가가 쓴 작품이었다. 최근에 발표된 장편이니, 내 친구 구보가 열심히 만들어지고 있었을 봄에 혹은 그 전 겨울에, 신인 작가 구보도 자라나고 있었는지 모른다. 똑같이 자라나던 두 명의 구보 중에 한 명은 당당하게 활자화되었고, 다른 한 명은 서랍 속에서 멈춰버렸다. 발표된 소설을 읽지는 않았지만, 그 구보나 이 구보나 저 구보나 다 구보일 것이라는 생각이 들었다. 이 애도 구보, 저 애도 구보, 어찌 보면 나도 구보, 너도 구보……

그중에 한 명인 구보는 페라리를 주차장에 박아둔 채 그냥 집으로 돌아갔다. 구보가 방 안에 뻗어 있는 동안에도, 구보의 시계가 멈춰 있는 동안에도, 주차 요금은 차곡차곡 쌓여갔다. 구보의 에어 운동화를 한 켤레 새로 살 만큼.

정작 '파리'가 등장한 것은 엄마의 가게였다. 엄마는 거추장스러운 우주복을 입고 종일 무기력하게 떠 있었다. 장사가 되지 않왔기 때문에 두 명의 미용사 중 한 명은 미용실을 그만둔 지 오래였다. 엄마는 밀려드는 손님 때문에 어쩔 줄 몰라 했던 과거가 아주 오래전 일처럼 느껴진다고 했다.

"마치, 뭐랄까, 정말 선사시대의 일 같구나."

간판의 무, 중, 력, 미, 용, 실, 이라는 여섯 글자 중에서 무의 'ㅜ' 부분은 이미 떨어져 있었다. 그것이 어디로 증발해버린 건지는 몰라도, 덕분에 엄마의 미용실은 조금 모호한 것이 되어버렸다. 'ㅁ중력 미용실' 안에서 엄마는 무중력을 흉내 내고 있었지만 이미 많은 부분에 중력이 스며들고 있었다. 완벽한 무중력상태는 떨어진 글자처럼 망가진 지 오래였다.

미용실을 위한 무중력 음반들은 먼지가 쌓여 있었다. 음악이 너무 시끄럽거나 아니면 지나치게 나른했기 때문에 일의 능률을 떨어지게 만들었다. 음악 때문에 문을 열고 들어왔다가 바로 다시 나가버리는 사람들도 있었다. 엄마는 음반을 구석으로 치우는 대신, 집에 있던 한 대의 텔레비전을 가져다가 미용실 한구석에 놓았다. 처음에는 젊은 고객들을 위해 케이블 채널을 틀어두었다. 최신 가요와 팝, 재즈 같은 음악들이 흘러나오는 동안 엄마의 하품은 커져만 갔다. 고객도 오지 않고 하품만 찾아오던 어느 오후, 엄마는 과감하게 텔레비전 채널을 바꿔버렸다. 이제 미용실에서는 엄마의 무료함을 달래기 위한 드라마가 방영되었다.

달이 권태의 상징이 되면서 무중력자들의 활동도 조금 뜸해졌다. 집회가 여러 사소한 이유로 지연되는 것을 보면 정말 뜸해진 것 같았다.

'한국 대 일본 축구 예선전이 있는 관계로 오늘 집회는 연기되었습니다.'

때로는 그보다 훨씬 더 사소한 이유가 내걸리기도 했다.

'유키 님의 아들 돌잔치 관계로 오늘 집회는 연기되었습니다.'

유키 님이 누구인지는 몰라도, 무중력 집회보다 아들의 돌잔치가 훨씬 중요한 게 분명했다. 무중력 집회는 계속 연기되다가 마침내 이런 이유까지 내세웠다.

'재정 문제로 인해 오늘의 집회는 온라인상에서 진행하겠습니다.'

무중력자 회원 중 몇몇은 다른 클럽에 가입하더니 소식이 뜸해졌다. 무중력자들의 모임은 사소한 취향을 반영하고, 공통된 화젯거리를 도모하려 애쓰는 클럽이 되어버렸다. 몇몇은 함께 금연을 시작했고, 또 몇몇은 연애로 무료함을 달래보려 했으며, 몇몇은 떠나갔고, 그러고도 남은 사람들은 아프기 시작했다.

13

엄마가 돌아왔지만, 여전히 저녁상에는 아버지와 나 둘뿐이었다. 내가 밖에서 늦는 날이면 아버지는 혼자 식사를 했다. 텔레비전이 있다는 것이 정말 다행이었다. 아버지도 그렇게 생각하는 것 같았다.

"네 엄마가 나랑 결혼한 이유가 뭔 줄 아냐?"

아버지가 물었다.

"뭔데요?"

"내가 자취방에서 혼자 밥 먹는 게 싫어서. 그래서 결혼했다고 하더라. 그런데 지금은……."

아버지의 다음 말은 호전적인 앵커의 말에 묻혀버렸다. 앵커는 안구가 튀어나올 정도로 눈을 동그랗게 뜨고 높은 어조로 말했다.

"달만 번식하는 것이 아니었습니다. 인체에 치명적인 질환도 번식하는 것으로 알려졌습니다. 연달아 발생한 의문사의 원인은 무중력증후군인 것으로 밝혀졌습니다. 달의 번식기에 무중력상태에 있는 것과 같은 호흡 장애를 느끼는 것으로 오한, 두통, 발열을 동반하는 증상입니다. 근육의 손상이나 인대 파열, 심지어는 심장 발작까지 유발할 수 있는 중증 질환입니다."

타이밍이 왔다. 퓰리처의 예고편은 그대로 현실이 되었다. 뉴스를 보다가 깜짝 놀랐다. 나와 같은 증상에 걸린 사람들이 전국에 130명이나 있었다. 숨을 잘 쉬지 못하고, 목덜미가 뻐근하고, 가끔 사물이 빨갛게 보이며, 가끔 턱관절이 이상해지고, 위가 쓰리기도 하는 사람들이었다. 일주일이 지나자 같은 증상을 호소하는 사람이 두 배로 불어났다. 모두 내과부터 치과, 정형외과, 이비인후과, 흉부외과, 비뇨기과, 항문외과 등을 전전하고서도 뾰족한 수를 찾지 못한 사람들이었다.

검색창에 내 이름 석 자를 치면 무중력증후군과 관련된 내용이 짠, 하고 나타났다.

"25세 회사원 노 모 씨는 지난 6개월 동안 148회나 병원을 찾은

237

것으로 밝혀졌습니다."

그 영상을 즐겨찾기로 저장해두었다. 내가 드디어 뉴스 메이커가 된 것이다. 나와 같은 병에 걸린 사람 중에는 아는 얼굴도 있었다. 정확히 안다고는 할 수 없지만, 어쨌거나 죽음의 순간을 내게 공개했던 사람이었다. 초밥집 남자.

초밥집 남자는 죽은 지 한참 후에야 언론의 주목을 받았다. 그는 무중력증후군의 첫 번째 사망자로 기록되었다. 초밥집 남자의 뉴스가 공개되고 난 후에 그와 같은 증세로 돌연사한 사람이 10여 명 더 생겨났다. 그들은 모두 가슴의 답답함을 호소했고, 자주 우울해했으며, 갑자기 맹장이 터져 복막염으로 죽었다는 공통점이 있었다. 그리고 그 모든 증상이 달의 번식 이후에 일어났다는 공통점도 있었다.

이런 상황을 달들의 충돌에 앞선 전조 증상으로 해석하는 사람들이 늘어났다. 사회는 다시 뜨거워졌다. 지하철도 리듬을 따라 움직였다. 무기력하던 사람들의 표정에는 오만 가지 변화가 생겼다. 테이블마다 무중력증후군이 안주처럼 올라왔고, 그 안주로 설명되지 못할 일들은 없었다.

무중력증후군은 언제 어디에서나 수집 가능한 정보가 되었다. 인터넷에는 무중력증후군에 관한 자가 진단 항목이 늘 대기하고 있었고, 방송에서는 무중력증후군 예방과 치료에 대한 특집을 내

보냈다. 퓰리처는 이리저리 뛰어다녔다. 그녀는 특종을 터뜨린 셈이었다. 환자가 급속도로 늘어나자 의사협회에서는 각 회사와 학교마다 이런 지침을 붙이도록 권유했다.

무중력증후군 자가 진단법

—해당되는 것이 일곱 개 이상이면 가까운 병원에 가서 진단을 받아보세요.

- 호흡이 곤란하다.
- 순간적으로 오한이 찾아온다.
- 기침을 자주 한다.
- 턱이나 무릎 관절에서 딱딱 소리가 난다.
- 속이 울렁거리거나 헛구역질을 하는 경우가 많다.
- 환영이 자주 보이고, 환청이 들리기도 한다.
- 눈이 자주 충혈된다.
- 한 달 중 어느 시기가 되면 가슴이 쿵쾅거리고 초조하다.
- 세 시간 이상 잠을 지속하지 못한다.
- 쉽게 흥분하며, 충동적인 행동을 하게 된다(절도, 폭력 등).

새삼스러운 기분으로 하나하나 따져보았다. 대부분의 항목에 공감했다. 당연한 것 아닌가, 이 진단법의 모델이 바로 나였는데 말이다. 속이 울렁거렸다. 누군가에게 내 몸을 들킨 것 같았다.

만인의 마루타로 살았던 것 같은 기분까지 들었다. 온갖 종류의 약을 먹으면서도 늘 제자리걸음을 반복했던 고질병들. 그중에서 가장 심각한 것은 수면 장애였다. 지금도 나는 잠들 때마다 롤러코스터를 타고 과거를 맴돈다. 달이 늘어난 후로 나는 충분한 잠을 잔 적이 없었다. 늘어난 달의 개수만큼 밤하늘이 밝아진 것도 같았다.

낮달이 보였다. 달은 창공의 구멍 같았다. 수만 개의 별, 쪽빛 어두움, 암흑 같은 잠, 그 외에도 셀 수 없는 사소함이 그 구멍 속으로 새어 나갔다. 누군가가 달 때문에 살의를 느꼈다고 말해도 모두 이해할 것만 같았다. 무중력증후군의 증상들은 며칠 간격으로 내 몸에서 일어났다. 열 개 항목을 바로 증명하려는 듯이 멈추지 않고 연쇄적으로 하나씩 일어났다.

밤마다 구급차가 응급한 소리를 내면서 골목을 가로질렀다. 과거의 페스트는 도시를 고립시켜 대응했지만 오늘날의 무중력증후군은 지구 전체의 문제였다. 그것은 마스크를 쓰거나 손을 깨끗이 씻거나 날고기를 먹지 않는 정도로는 해결될 수 없었다.

특히 전염병을 다룬 드라마가 방영된 이후로 사태는 더 심각해졌다. 〈고-스톱〉은 입시 학원을 배경으로 한 청소년 드라마였는데, 최근에 치사율이 높은 바이러스가 학교를 덮친다는 내용의 에피소드를 방송했다. 물론 그 바이러스는 누가 봐도 무중력증후군을 연상시켰다. 시청률은 최고 기록을 보였다. 그러나 이 에피소드가 방영되고 사흘이 지나자, 한국의 도시들은 무중력증후군 바이러스에 감염된 사람들로 넘쳐났다. 전국 곳곳에서 1000명가량의 학생이 드라마 속 주인공처럼 호흡곤란을 호소했다. 발열 증상이 나타나기도 하고, 구토 증세를 보이는 사람들도 있었다. 순식간에 도시 곳곳의 사람들이 바이러스 보균자가 되었다. 전문가들이 말했다.

"드라마를 보고 바이러스에 대한 공포를 느낀 사람들이 약간의 발진이나 천식을 일으킨 것인데 마치 본인이 바이러스에 감염됐다고 여기고 있습니다."

며칠이 지나자 이런 뉴스가 들렸다.

"많은 초등학생이 주변의 친구들을 따라 바이러스에 감염된 것처럼 행동하고 있습니다. 동요되기 쉬운 어린아이들 사이에서 바이러스가 빨리 퍼지는 것은 당연한 일입니다. 아이들은 친구와 다르다는 점에서 더욱 공포를 느낀다고 합니다. 무중력증후군의 열 개 증상은 아이들 사이에서 유행가처럼 돌고 있습니다."

겁을 집어먹은 아이들은 자신들이 곧 죽을 거라 믿었고, 엄마들은 그런 아이들을 어느 병원으로 보내야 할지 몰라 답답해했다. 더 큰 문제는 뉴스를 타고 흘러나왔다.

"아이들 사이에서 병에 걸리지 않으면 왕따를 당하는 분위기가 생겨나 충격을 주고 있습니다. 그런 이유로 초등학생 사이에서는 질병을 사는 것이 유행하고 있습니다. 5000원부터 50만 원까지 병의 가격은 다양하다고 합니다."

아이들은 학교에 가지 않고 게임만 하기 위해, 혹은 친구들에게 소외당하지 않기 위해 무중력증후군을 돈 주고 샀다. 아픈 아이가 병을 파는 서명을 하고 안 아픈 아이가 병을 사는 서명을 하면 거래는 성사되었다. 물론 한 무리의 증인은 필수였다.

회사에서도 비슷한 상황이 벌어지고 있었다. 건강하던 사장이 감기로 하루를 결근했고, 곧 무중력증후군에 걸렸음이 밝혀지면서 일주일간 휴가를 냈다. 사장이 병에 걸리자, 멀쩡하던 조 부장까지도 같은 병에 걸렸다. 사람들은 스피 어쩌고 하는 그 영양제가 문제였던 게 아니냐고 말했다. 사장과 같은 약을 먹었던 사람들이 곧 같은 병에 걸렸기 때문이다.

"스피룰리나? 그게 얼마나 미네랄이 많은 건데, 그게 문제가 아니라 마음이 문제겠지. 같은 병에 걸리고 싶어요, 뭐 그런 시 구절도 있잖아? 사랑하는 사람과 같은 병에 걸리고 싶은."

퓰리처는 이렇게 말했다. 나는 회사 누구에게도 내가 무중력증후군의 원조라고 말하지 않았다. 가끔, 누군가 내게 무중력증후군에 대해 알은척을 하면 입이 간질간질하긴 했지만, 그래도 말하지는 않았다. 퓰리처와 철저히 약속했기 때문이다.

내 병은 잘 치유되고 있었다. 의사는 그렇게 말했고, 퓰리처도 그렇게 말했다. 그러나 나는 퓰리처 몰래 다른 병원을 들락거렸다. 그녀를 믿지 못해서라기보다 치료되고 있다는 것이 불안했다. 아무 데도 아프지 않게 될까 봐 불안했다. 나는 커피숍에 가는 대신 병원에 갔다.

병원은 바쁜 사람들로 붐볐다. 어디에도 한가한 환자는 없었다. 접수처에서 번호표를 뽑았다. 29번. 로비에 있던 커다란 텔레비전을 보고 있으니 시간이 금방 지나갔다.

"어떤 일로 오셨어요?"

"머리가 아프고, 목이 뻐근……."

"기본 진료비 3500원입니다."

접수처 직원의 목소리가 너무도 명랑해서 깜짝 놀랐다. 내 진료 카드에 또 하나의 기록이 올랐다. 직원은 능숙한 솜씨로 영수증을 끊으면서 말했다.

"주황색 화살표를 따라가시면 내과가 있습니다. 그쪽으로 가보세요."

"내과로 가면 되나요?"

"네, 우선 무중력증후군 검사를 해보시는 것이 좋아요."

무언가 더 물어보려고 했지만, 간호사는 벌써 다음 환자를 호출했다. 주황색 화살표가 끝나는 곳에 내과가 있었는데, 다섯 명의 의사는 번갈아 환자를 돌보느라 바빴다. 한참을 더 기다려야 했다. 이 병의 창시자를 못 알아보다니 은근히 섭섭한 기분이 들기도 했다. 거의 한 시간이 지난 후에야 의사의 얼굴을 볼 수 있었다.

"자가 진단은 해보셨습니까?"

"네?"

의사는 내 얼굴을 다시 보면서 물었다.

"자가 진단표 말입니다. 왜 요즘 인터넷에도 많이 돌던데요. 무중력증후군 말입니다."

"아, 제가 무중력증후군이란 겁니까?"

의사의 얼굴에 짜증이 어렸다.

"무중력증후군인지 염려가 돼서 오신 거라면서요."

"누가요?"

의사는 이제 대놓고 미간을 찌푸렸다.

"아, 우리 날도 찌뿌드드한데 이러지 맙시다. 환자분이 무중력증후군인지 아닌지 알아보려고 오신 거 아닙니까?"

"전 그냥 머리가 아프다고 말했을 뿐인데, 접수처 직원분이 그렇게 결론을 내린 겁니다."

의사는 차분하게 미간의 주름을 풀더니, 떼쓰는 아이를 달래
듯이 말했다.

"바로 그겁니다. 무중력증후군이 주로 머리 아픈 걸로 나타나요."

"머리 아프다고 다 무중력증후군인가요?"

"물론 그렇지는 않습니다만, 그러니까 지금 검사를 해보자는
겁니다. 우선 윗옷 좀 올려주시죠."

청진기가 늘어져 있던 배 위에 찰싹 달라붙었다. 그 느낌이 차
가워서 깜짝 놀랐다. 의사는 청진기로 내 몸을 여기저기 살핀 후
청진기를 벗고 볼펜을 집어 들었다.

"무중력증후군이 확실합니다. 요즘은 별거 없어요. 죄다 이겁
니다, 죄다."

이것저것 검사해볼 것도 없이, 나는 무중력증후군 환자가 되었
다. 내가 나오자마자 다음 환자가 재빨리 진료실로 들어갔다. 보
이지 않는 바통을 넘겨준 기분이었다. 뭐가 특별했는지는 잘 모
르겠는데, 특별 검사비로 3500원이 더 나왔다. 내가 수만 가지 검
사를 받으며 탄생시킨 이 병이 왜 이렇게 간단히 진단되는 것인지
불만스러웠다. 그길로 한의원에 찾아갔다. 한의사가 물었다.

"당신도 그거요?"

"뭐 말입니까?"

"무중력자인지 뭔지."

"아니요, 전······."

"맹장도 아직 멀쩡하죠? 그럼 조만간 무중력자로 변해버릴지도 모르지. 조심하쇼."

"글쎄요, 전······."

"그럴 가능성이 농후해요. 체질이 말해주는데, 체질이."

한의사가 컴퓨터 모니터를 딱딱 쳤기 때문에, 나는 왠지 큰 잘못을 저지른 듯한 기분이 들었다. 선천적으로 나는 무중력자 운명을 타고났다는 말인가!

한의사는 처방전 위에 내가 먹지 않아야 할 음식들을 적었다. 커피, 홍차, 녹차, 술, 초콜릿, 아이스크림, 짜고 매운 것······. 끝없이 나열되는 금기들을 보고 있자니 레일 위에서 빙글빙글 돌던 초밥 접시들이 떠올랐다. 이걸 먹는다면 초밥집 남자처럼 죽을까? 한의사의 손 밑에서 멈추지 않는 활자들이 금기에 금기를 더했다. 그것이 열차라면 내가 올라탈 수 있는 칸은 어디에도 없었다.

처방전을 들고 약국에 갔다. 약사는 눈 깜짝할 사이에 처방전의 약들을 챙겨 주었다. 아무래도 같은 구성으로 여러 묶음이 미리 준비되어 있는 듯했다. 집에 돌아오자마자 나는 인터넷에 접속해 약들의 성분을 파헤쳤다.

콘서타. 일종의 마약 성분과 같은 것인데, 염산메틸페니데이트라는 성분이 우울증을 달래준다. 역시 항우울제의 한 종류인 프

로작은 염산플루옥세틴이라는 마법 같은 안정 성분을 담고 있다. 문제는 자낙스였다. 항불안제인 자낙스의 주성분은 알프라졸람인데, 이것은 자주 졸음이 오는 부작용을 일으킨다. 게다가 의존성이 워낙 커서 2개월 이상은 처방할 수 없다. 의사가 처방한 데는 나름의 이유가 있겠지만, 나는 무엇이든 그냥 먹는 법이 없었다. 나는 약통에 쓰인 성분을 모두 검색한 후 자낙스를 빼고 나머지를 3일간 복용했다. 자낙스를 2개월 이상 먹게 될 것 같진 않았지만, 혹시 낮 시간에 졸음이 몰려오면 큰일이었다. 조 부장에게 쪼임을 당할 것은 물론이고, 밤에 더욱더 잠이 안 올 테니까.

최근 들어 편의점에 자주 강도가 들었다. 그들은 요즈음 유행인 만년필을 휴대하고 나타났다. 사람을 죽이기도 했고, 때로는 사람을 죽이지 않고 도둑질만 했다. 편의점은 밤마다 더 환하게 불을 밝혔다. 그 모습이 마치 충혈된 눈동자처럼 보였다. 사건이 얼마나 많이 터졌는지, 그 사건을 보도하는 앵커의 눈동자조차도 벌겋게 충혈되었을 정도였다.

"범인들은 모두 중증 무중력 질환자로 밝혀졌습니다. 전문가들은 무중력 질환이 몸의 호르몬을 교란시켜 충동을 억제할 수 없도록 한다고 했습니다. 편의점 절도를 일으킨 범인들 중에는 임산부와 현직 고등학교 교장까지 있어 충격을 주고 있습니다. 범인 중 일부는 더 주목받고 싶어서 만년필로 서명까지 남기고 왔다고 고백했습니다."

아이러니한 이야기지만, 편의점 싹쓸이 사건이 언론을 타게 된 이후에 편의점은 자잘한 절도를 더욱 많이 겪었다.

내 무중력증후군 증상은 마지막 항목을 빼고 모두 일어났다. 어쩐지 내가 중증 무중력증후군으로 발전된 것은 아닌지 걱정되었다. 이런 증상이 나타나면 의심해보라는 뉴스 알림 메시지가 휴대전화로 쉴 새 없이 도착했다. 아무래도 내가 중증인지 가벼운 증상인지 검증해봐야겠다는 생각이 들었다.

퇴근길에 나는 인적이 드문 뒷골목의 편의점으로 갔다. 편의점 문의 위치를 확인하고 크게 심호흡을 했다. 그리고 안으로 들어갔다. 세상이 크게 한 번 몸서리를 쳤다. 하늘의 달이 셀로판지처럼 파르르 흔들렸다.

계획했던 대로 들어가자마자 오른쪽으로 몸을 틀어서 그 앞에 있는 것을 주시했다. 유통기한이 적힌 빵 봉지들이 가득했다. 그 중 달을 닮은 빵을 하나 집어 들었다.

빵이 하늘로 튀어 올랐다. 공중 곡예를 하더니 내 가방으로 들어왔다. 주위를 두리번거렸다. 아무도 보지 못했다. 또 하나의 빵이 하늘로 튀어 올랐다. 역시 같은 지점에서 공중 곡예를 하고, 다시 가방 안으로 떨어졌다. 주위를 두리번거렸다. 아무도 보지 못했다. 또 하나의 빵이 하늘로 튀어 올랐다. 다소 굼뜬 동작으로 공중 곡예를 하더니 곧 가방 안으로 추락했다.

내가 빵 세 개를 가방에 넣고 나오는 동안, 편의점에서는 아무 일도 일어나지 않았다. 아르바이트생은 아무것에도 관심이 없었다. 어쩌면 졸고 있었는지도 몰랐다. 너무 자연스러운 모습 때문에, 나는 하마터면 카운터로 다가가 빵값을 계산할 뻔했다. 전리품은 정말 상대적인 물품임을, 편의점을 나오면서 깨달았다. 등 뒤로 따라붙던 "안녕히 가세요!"라는 인사는 잔뜩 부풀었던 내 긴장감을 한순간에 무너뜨렸다.

집으로 돌아와서 가방을 여니 전리품 세 개가 초라한 모습으로 들어 있었다. 봉지 위에 찍힌 유통기한은 바로 어제까지였다. 그 순간 내가 진정으로 훔치고 싶었던 것은 분명 이게 아니었으리라는 생각이 들었다.

별로 유쾌한 경험은 아니었지만, 이것으로 나는 무중력증후군의 마지막 항목을 시험할 수 있었다. 충동 징후는 없는 것 같았다. 그러나 보름달 빵을 세 개나 훔치는 동안 분명 스릴감을 맛보긴 했다. 다음 날, 나는 점심시간이 되자마자 병원으로 가서 무중력증후군을 치료할 좀 더 강력한 약을 처방받았다. 이번에는 자낙스까지 모두 삼켰다. 왼쪽 엉덩이에 주사도 맞았다. 주삿바늘이 들어간 부분을 너무 세게 문질렀는지 엉덩이 위로 블랙홀 같은 어둠이 남았다.

14

 무중력증후군이라는 진단을 겹겹으로 받은 다음 날부터 내 삶
에서 진짜로 중력이 증발해버렸다. 한꺼번에 모든 중력이 사라진
것은 아니었다. 잠에서 깨어날 때와 잠이 들 때, 그리고 피로가
누적되는 모든 순간에 중력은 꼬리를 감췄다. 그러나 전화벨이 울
리면 달아났던 중력이 한순간에 몰려왔다. 전화선은 마치 지구의
혈관처럼 온 세계를 연결하고 있었다.
 지구의 중력이 늘 자신을 관통하고 있다고 생각한다면 큰 오산
이다. 굳이 진공상태인 공간을 찾지 않아도, 일상에서 종종 중력
이 증발하는 것을 목격할 수 있다. 아침에 눈을 뜨면 밤새 잠들었
던 집 안의 물건들이 중력을 따르지 못하고 붕붕 뜨는 것이 보인

다. 모든 것이 무중력상태에서 둥둥 떠다닌다.

다시 아침이 왔다. 전날 밤에 약 먹는 것을 잊었더니 금세 증세가 나타났다. 내 몸은 침대에서 1미터나 붕 솟아올랐다. 중력이 사라진 것이 아니라, 마치 바닥에서부터 또 다른 힘이 위로 솟구치듯이. 온몸의 무게를 모아서 내려가려고 해도 불가능했다. 혼자 살고 있었다면, 나는 이렇게 허공에 누운 채로 변기 앞까지 흘러갔을 것이다. 그러나 집에는 나 말고도 가족들이 있었다. 무중력 증후군에 걸리기를 열심히 소망함에도 아직 엄마가 건강한 것을 보면, 병이 전염되지 않는 것은 확실했다. 엄마에게 찾아온 것은 덜 낭만적인 변비뿐이었으니까.

컴퓨터의 전선들이 아지랑이처럼 피어올랐다. 딱딱한 케이스 속의 수많은 전기회로도 서로서로 엉키고 있을 것이었다. 멀리 헤엄쳐 가는 리모컨을 겨우 붙잡았다. 리모컨은 무중력상태에서도 정확히 임무를 수행했다. 텔레비전은 약속대로 아침 뉴스를 내보냈다. 앵커가 마치 나더러 들으라는 듯 웅얼거렸다.

"위험한 일입니다. 모든 것은 정상적인 게 좋죠. 중력이 세거나 약해지면 피가 발이나 머리로 쏠려요. 중력이 세지면 피부의 모세혈관이 터져버립니다. 그럼 바늘로 찌른 것 같은 반점이 나타나죠. 호흡도 거칠어져요. 더 심해지면 시신경에 피가 공급이 안 돼서 하늘이 회색으로 보입니다. 4.7G가 되면 뇌 중심부에 피가 없어져서 하늘이 까맣게 보이죠."

갑자기 천장이 까맣게 변했다. 블랙홀처럼.

"5.4G가 되면 의식을 잃을 수도 있습니다. 사람은 보통 1.5~2.5배
의 중력을 15분간 견딜 수 있으며 3.5G 이상에서는 몇 초만 견딜
수 있습니다. 중력이 약해지는 것도 물론 위험합니다. 중력이 약해지
면……."

순간 휴대전화가 몸을 부르르 떨었고, 나는 뉴턴이 발견한 사
과처럼 밑으로 툭 떨어졌다. 마법이 풀렸다. 중력이 돌아왔다.
중력이 돌아왔다 해도 한번 무중력으로 붕 떠버린 몸은 어딘
가 어색했다. 가볍게 걸으면 순식간에 허공으로 날아가버릴 것 같
았기 때문에, 나는 빙벽을 딛는 것처럼 한 걸음 한 걸음을 온 힘
을 다해 걸었다. 그래서 퓰리처를 만났을 때는 이미 온몸의 긴장
감이 바닥난 상태였다.

퓰리처와 나는 전에 간 적이 있었던 초밥집에서 만났다. 레일
을 따라 초밥들이 질서 정연하게 줄지어 흘러왔다. 도미 다음에
장어, 장어 다음에 농어, 농어 다음에 광어, 광어 다음에 김말
이……. 어디 하나 빈구석도 없고 초밥 종류가 한두 종류로 쏠리

252

는 일도 없었다.

"아, 먹을 맛 난다!"

모든 사업이 시들한 가운데, 퓰리처는 대박을 냈다. 수석 기자 다음에 어떤 직함이 있는지는 몰랐지만 퓰리처는 승진할 것 같다고 했다. 드디어 일주일의 휴가도 얻었다고 했다.

"이제 꿈꾸던 여행도 갈 수 있게 됐다. 참, 몸은 좀 어때?"

그렇게 물으면서 퓰리처는 내 허벅지에 손을 올렸다. 그리고 재빨리 가방을 열어서 호피 무늬로 포장되어 있는 작은 상자를 내밀었다.

호피 무늬 포장 속에서는 호피 무늬 콘돔이 나왔다. 내용물을 확인하자마자 재빨리 상자 뚜껑을 닫았다. 퓰리처가 내 귀에 대고 속삭이듯이 말했다.

"유효기간 확인했어. 이게 썩기 전에 지구가 먼저 썩을걸?"

과연, 유효기간이 10년이나 남아 있었다.

"아, 부담 가질 건 없어. 꼭 나한테 쓰란 법은 없으니까."

퓰리처는 이렇게 말하면서 콘돔 상자를 내 가방에 넣어주었다. 그중에 하나를 뽑아서 내 지갑 속에 넣는 것도 잊지 않았다. 퓰리처의 저런 말은 진심일까 그냥 하는 말일까, 그런 의문을 품는 내가 조금 촌스럽게 느껴졌다.

"여행은 어디로 갈 건데?"

나는 언젠가 퓰리처가 특종 강박증에서 해방되면 나와 휴식을 보내고 싶다고 한 말을 떠올렸다.

"글쎄, 국내로 갈까 해외로 갈까 고민 중이야."

퓰리처는 여러 팸플릿을 꺼내 들었다. 내게 보여주는 걸 보면 나와 휴식을 보내고 싶다고 한 말이 진심이었는지도 몰랐다. 나는 팸플릿에 적힌 문장들을 읽어보았다.

'검은 바다의 추억.'

'사라지지 않는 검은빛 바다.'

상품 이름처럼 바다의 빛깔이 검은빛이었다. 타이타닉만 한 배가 그 위를 미끄러지듯 움직이는 사진이 첨부되어 있었다.

"검은빛 바다? 이건 어디인데?"

"태안."

"태안?"

퓰리처가 농어 초밥 하나를 입에 쏙 집어넣었다.

"태안이라고? 기름 쏟아진 태안?"

"응."

퓰리처는 '에코 투어'라고 말했다. 재앙의 현장을 보면서 우리 삶을 돌아보고 자연의 소중함을 깨닫는 여행. 확신에 차서 말하는 퓰리처의 모습을 보니 그럴듯했다. 서해안에 사람들이 몰려야 한다는 것도 이해가 안 되는 건 아니었지만, 그래도 사라지지 않는 검은빛 바다라니 그 작명은 껄끄러웠다. 레일이 빙글빙글 돌아 내 앞으로 다시 농어 초밥이 돌아왔다. 나는 그것을 집어 입에 넣

254

었다.

"해외는 어디?"

"글쎄, 뉴올리언스랑 체르노빌 중에 고민하고 있어."

"뉴올리언스? 허리케인이 쓸어버린 곳? 복구가 다 됐어?"

"이른바 '재앙 관광'이야. 요즘 뜨고 있는 콘셉트지. 1인당 35달러
면 폐허가 된 도시를 훑어보는 코스를 버스로 다닐 수 있고, 53달
러면 무너진 제방 구경까지 추가할 수 있어."

"체르노빌도 비슷한 콘셉트겠네? 원자력발전소 사고 어쩌고
하는."

"응, 그렇지. 아마 이번 휴가를 다녀오면 '재앙 관광지 베스트
5'라는 콘셉트로 세 달 동안 연재하게 될 것 같아서. 휴식도 좋지
만, 워낙 세상이 빠르게 돌아가니까 마냥 놀 수는 없잖아. 탄력
붙을 때 바로 특종 몇 개 쫙 뽑으면 두 다리 뻗고 취재할 수 있을
테니까. 사실 일의 연장이다, 뭐. 혹시 뉴올리언스하고 체르노빌
말고 생각나는 곳 없어? 미국에 대폭발한 화산도 있다던대. 계속
폭발 중인데 비상 대피용 천막을 두르고 관광할 수 있대."

초밥 한 개를 더 입에 넣었다. 역시 농어였다. 맛이 아주 고약하
게 썼다.

"그런 곳에 여행 가려면 모험심이 필수겠네."

"모험이 아니라 보험이겠지. 보험이 필수야."

퓰리처의 제안대로 우리는 MT에 갔다. 퓰리처는 호피 무늬 콘

돔에 대한 칭찬을 늘어놓았다. 보기에도 좋고 성능도 좋다는 것이었다. 그리고 내 엉덩이를 토닥이며 이렇게 말했다.

"유효기간 멀쩡한 콘돔도 있겠다, 우주적 섹스인지 무중력 섹스인지 그런 것도 이제 안 하겠다, 그러니까 저번처럼 토하면 안된다!"

퓰리처는 굉장히 적극적이었지만, 나는 쉽게 그녀의 페이스에 동화되지 못했다. 그녀와 나 사이의 간격이 1센티미터씩 줄어들다가 서로의 얼굴이 반대쪽 벽을 보게 될 지경이던 그 절정의 순간에 퓰리처가 이런 말을 하지 않았다면, 나는 적절한 흥분을 느꼈을지도 몰랐다.

"노력해, 더!"

퓰리처는 망아지처럼 날뛰었고, 그녀의 몸은 S 자를 넘어서 구불구불한 머리카락처럼 보일 지경이었지만 나는 흥분의 도가니로 돌아갈 가능성을 영영 상실하고 말았다. 퓰리처가 내 몸을 마구 흔들어댔기 때문에 곡예하는 버스를 탄 것처럼 속이 울렁거렸다. 순간, 형의 말이 떠올랐다. 힘센 퓰리처를 눕히고, 내가 그 위에 올라탔다. 일단 그녀의 양팔을 만세 하듯이 올리고, 양다리를 구부려서 무릎이 가슴에 닿게 했다. 퓰리처는 내가 무언가를 시도하자, 얼른 해달라는 식으로 동물적인 신음을 냈다. 그 소리가 꼬꼬댁 하는 것처럼 들렸다. 닭이 된 퓰리처. 그 안에 들어가야 하는 것은 내가 아니다. 인삼, 계피, 밤, 대추…….

256

콘돔의 유효기간도 멀쩡했고, 중력이 사라지지도 않았지만, 나는 퓰리처와 즐거울 수 없었다. 퓰리처는 신음을 뚝 그쳤다. 그녀의 표정에서 아무것도 읽어낼 수 없었다. 나에 대해 실망하고 있을 것이 분명했다. 더 무서운 것은 퓰리처의 다음 행동이었다. 알몸이던 그녀는 손을 뻗어 안경을 썼다. 그 행동이 굉장히 사무적으로 보였다. 나는 일어나서 창문을 열었다. 어디선가 구급차 소리가 들렸다. 그리고 소리가 들리지는 않았지만 지금 이 시간, 많은 사람이 곡예하듯 우주적 섹스를 나누고, 또 지구 연약권까지 침투하기 위해 몸을 날리고, 땅바닥에 흰 테두리를 남기며 목숨을 끊었는지도 모른다고 생각했다. 멀리 관광을 갈 필요도 없었다. 창밖으로 벌어지는 풍경들이야말로 재앙이었다.

형은 모두가 위기면 결국 위기가 아니라는 명언을 남겼는데, 그 말이 요즘 들어 자꾸 떠올랐다. 증후군의 종류가 너무 많았기 때문에, 증후군에 걸리지 않은 사람이 오히려 비정상처럼 보였기 때문이다. 형은 역시 똑똑했다. 형으로부터 소식이 뜸했기 때문에, 나는 형이 잘 지내고 있을까 걱정이 되었다. 고시원 방 안에서 요리사가 되지 못한 것을 한탄하며 《법학개론》을 쥐어뜯고 있을지도 몰랐다. 형이 나를 걱정하게 만든 것은 처음이었다.

형이 부엌을 비우는 동안, 엄마와 아버지가 번갈아 부엌을 사용했다. 기본적인 요리는 엄마가 했지만, 많은 부분을 아버지가 도왔다. 엄마가 부엌의 총주방장 노릇을 하게 된 것은 좋은 일이 아니었다. 아무리 음식에서 벌레가 나오는 게 대세라고는 하지만, 집밥에서도 벌레와 곰팡이가 나올 줄은 몰랐다. 엄마는 달이 몇 개든 상관없이, 두 번째 달이 뜬 그날 이후로 성격이 아주 바뀐 것 같았다. 아버지도 마찬가지였다. 아버지는 점점 깔끔해지고 또 점점 소심해지고 있었다.

"밥물 맞추는 게 왜 그렇게 힘드냐, 정말. 이게 다 그 녀석 때문이야."

아버지가 말하는 그 녀석은 형이었다. 대들보였던 형은 이제 아버지가 밥물을 가늠해보는 것조차 방해하는 원흉처럼 변해버렸다.

"그렇게 조바심 낼 문제가 아니에요. 5HTT 유전자 때문이라고요. 그게 아버지 소심한 성격의 원인이라니까요."

내가 이렇게 말한 것은 《게놈》의 저자인 매트 리들리 박사가 "사람의 기본 성향을 병으로 보지 않고 있는 그대로 받아들이게 하는 것이 최고의 선택"이라며 "소극적인 면을 타고났다고 말해주는 것이 소극적인 면을 극복하는 데 도움이 된다"라고 말했기 때문이다. 아버지가 우울해 보였고, 그런 아버지를 지켜보는 것은 난감한 일이었으니까.

"회사도 간당간당하다면서, 네가 지금 유전자나 알아보고 있을 때냐?"

258

아버지의 경우는, 매트 리들리 박사의 말이 전혀 적용되지 않았다.

"신기하지 않으세요? 유전자 길이에 따라서 성격이 바뀐다니까요. 저도 아버지 유전자를 닮아서 소심한 거라고요. 바로 우리의 11번 유전자가 짧기 때문에요, 그러니까 형을……."

"유전자 길이 잴 시간에 네 앞날이나 계산해봐라."

아버지는 방문을 쾅 닫고 나가버렸다. 그 방문을 아버지 스스로 연 것은 그로부터 이틀이 지나서였다. 아버지와 나는 성향이 비슷했기 때문에 서로의 눈을 보지는 않았다. 주로 딴 곳을 보면서 함께 얘기하는 식이었다. 그랬기 때문에 나는 재빨리 이루어진 아버지의 용무를 바로 알아채지 못했다.

"으흠, 음."

무언가를 무마하려는 듯한 헛기침 소리가 났고, 그 헛기침을 들켜버린 아버지가 다시 방문을 열고 나갈 때에야 나는 책상 위의 무언가를 보았다. 아버지는 문이 완전히 닫히기 전에 나를 쳐다보고는 이렇게 말했다.

"그게 좋다더라. 하루 두 알씩……."

먹어라, 하고 아버지는 말끝을 얼버무렸다. 방문은 다시 닫혔다. 나는 책상 위에 뜬금없이 놓여 있는 흰색 플라스틱 통을 집어 들었다.

259

천연 비타민

— 다음과 같은 증상을 지닌 분들에게 효과적입니다.

• 신경 안정이 요구되는 분

• 신경질적이고 성을 잘 내는 분

• 스트레스를 많이 받는 분

• 신경쇠약으로 인한 허약 체질 개선

그날 이후, 아버지와 나 사이에는 수줍은 유대감 같은 것이 생겼다. 나만의 착각일 수도 있겠지만, 유대감은 아버지와 나 사이에 어느 정도의 타협점을 만들어주었다. 물론 아버지의 잔소리가 끝난 것은 아니었다. 그러나 그 잔소리를 이해할 만한 코드, 그리고 잔소리를 마음 놓고 할 만한 코드가 생겨난 것이었다. 비타민제의 유통기한은 영원할 것 같았다. 역시 매트 리들리 박사의 조언은 훌륭했다.

지구는 건망증을 앓고 있다. 빌딩의 높이가 높을수록, 인구가 많아질수록, 지갑을 여는 횟수가 잦을수록 심하다. 한 달을 들볶아댄 무중력증후군은 거의 소강상태에 접어들었다. 학교와 회사와 병원과 규모 큰 건물이 있는 곳이면 어디서든 예방접종을 받을 수 있었으니 어찌 보면 당연한 결과일 수도 있었다.

다시 지루한 일상이 반복되었다. 권태가 꾸역꾸역 몰려오던 날, 이 과장에게서 전화가 왔다. 그는 멸종해가는 무중력자 중 한 명이었다. 이 과장은 교대역 곱창골목으로 나를 불렀다. 나는 이 과장의 물품을 챙겼던 상자를 들고 나갔다. 칫솔모가 딱딱하게 굳은 칫솔과 허리가 찌그러진 치약, 그리고 이젠 쓸모없게 되어버린 이 과장의 명함 두 통이 상자 속에서 달그락거렸다.

"기념으로 갖고 있기엔 좀 많은데?"

이제는 쓸모가 사라진 옛 명함을 보면서, 이 과장은 새로운 명함을 꺼냈다.

"팔 땅이 그렇게 많은가. 이런 회사가 수두룩하더라, 강남에."

이 과장의 명함은 옛날이나 지금이나 똑같았다. 회사명이 바뀌었을 뿐, 그는 역시 이 과장이었다. 그의 새 사무실은 옛 일터에서 세 블록 떨어진 곳에 있었다. 그러고 보니 이 과장의 옷차림도 표정도 헤어스타일도 모두 예전과 똑같았다.

"홍미영 과장하고는 잘돼가요?"

유쾌해지려고 한 질문이었는데, 오히려 역효과가 났다. 이 과장의 얼굴이 어두워졌다.

"여기 소주 한 병 더요. 괜찮지?"

"이미 시키셨는데요, 뭘. 근데 간이 안 좋다면서요."

"둘이서 두 병인데, 뭐. 요즘 술들이 도수가 약해져서."

이 과장은 소주병을 비틀어 따는 것조차도 힘에 겨워 보였다.

"임신했어."

"홍 과장님이요?"

"응, 11주 차에 알았지. 보름날 이후 달의 밝기가 약해지면, 배란이 촉진된다고 하더군. 홍 과장도 나도 몰랐지만."

"이야, 축하드려요. 홍 과장님도 좋아하시죠? 이제 날만 잡으시면 되겠네요."

그러나 이 과장은 그다지 기뻐하는 얼굴이 아니었다. 이 과장은 술을 들이켰다. 술잔 하나를 시원하게 비워낸 후, 표정과 전혀 맞지 않는 대사를 했다.

"날아갈 듯이 기뻐."

사실 이 과장은 금방이라도 땅으로 푹 꺼질 사람 같았다. 이 과장의 한숨 소리에 옆 테이블의 사람들이 흘낏 쳐다볼 정도였다.

"한창 홍 과장과 내가 우주적 섹스에 빠져 있을 때 만들어진 애지. 우주적 섹스로 만들어진 애니까, 얼마나 축복받은 애야. 제 부모가 중력을 거스르며 섹스를 했다는 걸 알면 얼마나 황홀할 일이냐고. 알지? 짐 로건 박사가 한 말."

그놈의 짐 로건 박사. 모를 리가 있는가. 여러 남자의 허리를 삐걱거리게 만든 그 장본인 아닌가.

"짐 로건 박사가 적절한 조명과 음악에 매우 정교한 안무 계획만 있다면 멋지고 자극적인 일이 될 것이라고 말해서, 나랑 홍 과장이 얼마나 노력했겠어. 근데 임신까지 되다니 말이야."

이 과장이 술을 또 한 잔 들이켰다.

"그런데 젠장, 짐 로건 박사가 또 어떤 말을 했느냐면 무중력상
태가 태아에게 그렇게 치명적이라는 거야. 온갖 문제를 일으킨다
고 하더군. 살아남기가 힘들다나. 쥐 두 마리 가지고 실험도 했대
요, 결국."

"설마, 지금 우세요?"

"설마, 운다. 나, 결국 우주에는 못 가. 나랑 홍미영은 무중력자
모임에서도 탈퇴하고 달 이주권인지 뭔지도 포기했어."

"진짜요?"

내가 물은 것은 진짜로 우주로 갈 생각이었느냐는 말이었다.

"응, 진짜로 포기했어. 우주가 다 뭐야, 티베트도 못 가."

집으로 돌아오는 길에 바라본 달은 어딘가 조금 피곤해 보였
다. 희멀건 바탕 곳곳에 실핏줄이 솟아 있었다. 충혈된 눈동자 같
았다. 천문학계에서 예측한 바에 따르면, 현재 달은 임신 8개월
정도 된 상태였다. 곧 달은 분리될 것이고, 새로운 달이 태어날 것
이었다.

나는 인터넷 검색창에 '짐 로건'을 쳐보았다.

"무중력상태에서 임신한 쥐와 태아를 관찰한 러시아의 연구 결과
태아의 13~17퍼센트가 골격 발달에 장애를 일으켰으며, 신경 체계
와 면역 체계도 심각한 문제를 일으킨 것으로 나타났습니다. 로건 박
사는 사람에게 임신 26주 이후에 중력이 매우 중요한 역할을 한다고

강조하고, 중력이 없으면 여러 세대로 이어지는 삶은 불가능할 거라고 말했습니다."

이 과장이 무이자 할부로 구입했던 무중력 판타지아는 아직도 할부 기간이 5개월이나 남아 있었다. 그 할부 기간을 다 채우기도 전에, 이 과장의 판타지아는 끝이 났다. 무중력 판타지아는 이 과장의 거실 한구석에 자리 잡게 되었고, 곧 덜 마른 빨래들이 하나둘 걸리게 될 터였다.

"식은 애 낳고 올릴 것 같아. 그런데 이제 와서 보니까, 홍 과장하고 내 공통점은 단 두 개뿐이었다는 생각이 들더라. 싱글이었다는 점, 그리고 조 부장을 극도로 혐오했다는 점. 그 외에는 통하는 게 없더라. 아, 하나 더 있구나. 둘 다 개띠라는 거."

이 과장이 읊조리던 말은 머리맡까지 따라와서 맴돌았다. 잠과 잠 사이, 공백마다 잡다한 생각이 파고들었다. 일어나서 불을 켜고 티셔츠를 홀러덩 걷어보았다. 잡다한 생각 끝에 미라가 떠올랐다. 미라는 볼 수 없었지만, 미라가 떠난 흔적은 볼 수 있었다. 배위에는 기흉 수술 자국이 뱀처럼 똬리를 틀고 앉았다. 미라가 아니더라도 어디선가 나와 같은 궤도를 돌고 있는 별이 있을 거고, 눈에 보이지는 않지만 같은 그림자를 만들며 망망대해를 건너고 있을 거라고, 자꾸 그런 생각이 드는 것이 쓸쓸한 기분의 원인일까 해법일까 알 수 없었다.

유성우가 하늘을 수놓는다는 밤이었다. 이불이라도 뒤집어쓰고 그 밑에 웅크리고 싶은 그런 밤이었다. 많은 별똥별 중 어느 하나도 내 방으로 떨어지지는 않았다.

15

일곱 번째 달 '럭키문'이 떠오르기로 예측된 밤. 텅 빈 하늘을 바라보고 있으려니 어쩐지 목이 간지러웠다. 심장에 뿌리를 박고 있는 질긴 덩굴식물 하나가 위로 솟아오르는 것 같은 느낌이랄까. 목젖만 한 열매를 달고, 위장을 휘감아 돌면서, 식도 밖으로 비상할지도 몰랐다.

한참 달을 뚫어져라 쳐다본 다음에야 곯아떨어졌다. 그리고 일어난 시각, 달은 낮의 구멍처럼 허공에 매달려 있었다.

다시 월요일이 되었다. 주말 동안 너무 많은 뉴스를 클릭하느라 머릿속이 엉망이 되었다. 약은 다 떨어졌는데, 숨이 차고 어깨를 짓누르는 것 같은 통증은 멈추지 않았다. 그리고 자꾸만 몸이 중력을 거스르며 위로 솟아오르려고 했다. 결국 오전 근무를 마치자마자 점심을 먹지 않고 내과로 갔다. 이 두부 같은 건물 안의 어떤 병원에 가더라도 무중력증후군에 대해 상담할 수 있었다.

내가 들어가자 간호사가 벌떡 일어났다.

"어떻게 오셨습니까?"

"무중력증후군인가 봐요. 계속 숨이 차서요."

환자도 없었는데, 10분을 더 기다린 후에야 이전에 무중력증후군을 진단한 의사를 만날 수 있었다. 그리고 다음과 같은 대답을 들었다.

"무중력증후군은 완치되었습니다. 더 이상 오지 않으셔도 됩니다."

동의할 수 없었다. 오늘 아침에도 허공으로 떠올랐는데 무슨! 무엇이 완치되었다는 것인지 알 수 없었다. 결국 30분을 더 기다린 뒤에 다시 의사를 만났다.

의사는 불안한 얼굴로 앉아 있었다. 의사들이 저런 표정을 짓고 있는 것을 본 적이 없었기 때문에 더 불안해졌다.

"뭐가 잘못됐나요?"

나와 의사는 마치 처음 보는 사람들처럼 마주 앉았다. 의사는 한참 뜸을 들인 후에야 입을 열었다.

"그거 끝났어요."

"끝나다니요?"

"아예 처음부터 없었답니다, 그런 병이."

의사는 마치 억울한 사기를 당한 듯한 표정으로 말했다.

"병을 진단하신 건 선생님이시잖아요."

"제가 아니라 시대였죠, 시대."

의사는 내게 더 설명하기 힘들다는 듯이 손을 내저으면서 덧붙였다.

"아무튼, 돌아가셔서 뉴스 좀 보세요. 우리가 다 속았다, 그겁니다."

나는 의사의 말대로 일어나서 문을 향해 걸어가다가, 도무지 이해가 되지 않아 다시 고개를 돌렸다.

"누구한테요?"

의사는 대답하지 않았다. 누구도 대답해주지 않을 질문이었다.

일곱 번째 달은 뜨지 않았다.

일곱 번째 달은 뜨지 않았다, 라고 사람들이 말했다. 사람들이 경악했다. 몇몇 중요한 사람이 그럼 여섯 번째 달을 찾아봐, 라고 말했을지도 모른다. 여섯 번째 달도 보이지 않아요, 그럼 다섯 번째 달을 점검해봐! 다섯 번째 달도 없어요! 그럼 몇 번째 달이 있는데?

하나밖에 없어요.

그렇게 달의 환락이 끝났다.

"일곱 번째 달은 관측되지 않았습니다. 과학자들은 드디어 달의 번식이 끝난 것으로 예측하고 있습니다. 그런 가운데 4년 전부터 지구를 따라다니던 한 소행성이 주목을 끌고 있습니다. 이 소행성 2004YKE는 지난 주말, 지구를 떠나 먼 우주로 날아갔습니다. 소행성은 4년 전, 지구 영향권 안에 들어온 이후 나선형 궤도를 그리며 지구를 돌았습니다. 궤도가 기울어져 있어 평소보다 340만 킬로미터나 근접하는 바람에 지구궤도 밖으로 튕겨 나갔습니다. 지구의 원심력 때문입니다. 일부 전문가들은 달의 번식과 통합에 영향을 미친 것이 바로 이 소행성이었으리라 보고 있습니다.

그런가 하면 처음부터 제2의 달이 없었다고 말하는 전문가들은 단지 우주 쓰레기를 우리가 뉴스적 상상력으로 키워냈던 것뿐이라 주장하고 있습니다. 지구를 떠난 2004YKE는 현재 궤도를 감안할 때 60년쯤 뒤 다시 지구로 돌아와 주변을 돌 것으로 보입니다."

어떤 사람들은 60년 뒤, 소행성이 돌아오면 다시 달이 번식하기 시작할 것이라고 말했다. 또 어떤 사람들은 그 소행성조차도 우주 쓰레기라고 주장하기도 했다. 버려진 우주정거장이 먼지처럼 떠돌다가 달로 혹은 별로 둔갑한 것이라고 말이다. 뉴스 속에서는 종일 일곱 번째 달이 뜨는 장면을 목격했다는 사람들과 벌써 새 패러다임에 적응한 사람들이 논쟁을 벌였다.

"일어나지 않은 사건을 목격했다는 게 말이나 돼요?"

이게 새 패러다임에 적응한 경우였고,

"일어나지 않았다니요? 내가 봤는데?"

이건 과거의 잔재였다.

어느 시인은 일곱 번째 달을 결혼식의 증인으로 삼았다는 여자에게 이렇게 말했다.

"아마 그건 당신 눈 속의 먼지였을 겁니다."

토론회에서도 마찬가지였다. 달의 번식을 임신에 빗대었던 전문가들은 수세에 몰리고 있었다. 특히 언론위원회의 장 대표는 달 토론회를 통해 일약 스타가 되었기 때문에 이제 완전히 구겨질 일만 남아 있었다.

"솔직히, 달이라고 결론지은 적은 없죠! 달과 비슷한 물체……라고 통용되다가 그 뒷부분이 생략된 것뿐이지 않습니까? 우리 사회가 조금 오버한 경향이 있습니다."

"그 생략이 가당하다고 보십니까? 달하고, 달과 비슷한 물체가 어떻게 같은 게 될 수 있습니까?"

시민 단체의 반박에 장 대표가 이렇게 대답했다.

"통용이 되지요. 그거야말로 관습적, 아니 습관적 생략이라고 볼 수 있지 않겠습니까? 위성 아닙니까. 달은 지구의 위성이고, 다른 위성들을 달처럼 이야기할 수도 있는 거 아닙니까?"

"이보세요, 신문 좀 보세요. 우주 쓰레기였다고 하지 않습니까? 위성도 아니었다고 하지 않습니까. 우주 쓰레기였다고요."

거센 반박이 돌아오자 장 대표는 땀을 닦으면서 이렇게 말했다. "제가 그랬나요?"

새 달이 뜨지 않았다는데, 그날 밤 경찰서에는 유독 많은 범죄 신고가 들어왔다. 몇몇 무중력자가 집단으로 우주적 섹스를 나누었고, 그들 중 두어 명은 미숙한 태도로 인해 호흡곤란을 일으켰다. 몇 남지 않은 무중력자는 집단 자살을 시도하기도 했다. 그중에 몇 사람은 자살 과정을 중계하려 했다. 그들은 뛰어내리지 않았다. 오랏줄에 목을 걸었다. 목을 걸기 전에 셀프카메라를 찍는 것도 잊지 않았다. 사진을 웹사이트에 올리기 위해 잠시 의자에서 내려오는 수고도 마다하지 않았다. 사진을 올린 후 수많은 일촌과 이웃을 순회하며 작별 인사를 나눈 다음, 그다음에야 그들은 오랏줄에 목을 걸었다. 처음에 그들은 무중력자로 접수되었으나, 곧 무중력자들의 서류 더미에서 분리되었다. 무중력자들은 달의 번식기에만 행동해야 했으므로 그날 밤에 죽은 이들은 무중력자가 될 수 없었다. 달이 뜨지 않은 밤, 달이 뜬 것처럼 행동한 모든 일은 거짓말이 되었다.

그것 말고도 몇몇 사건이 누락되었다. 사건을 분류할 기준이 없었기 때문이다. 누락되지 않은 사건 중에 주목할 만한 것은 주춤했던 만년필 범죄의 계보를 잇는 사건들이었다.

"지난밤 사이, 신사동 일대에 주차되어 있던 외제 차 10여 대가 봉변을 당했습니다. 날카로운 펜촉으로 차체를 긁어놓은 사건입니다."

구보는 잠옷 차림으로 검거되었다. 구보가 긁어놓은 것은 자신의 페라리 한 대뿐이었다. 그러나 만년필로 사람을 찌르고, 농락하고, 위협했던 수많은 범죄 때문에 구보는 만년필을 갖고 있었다는 사실 하나만으로 마치 연쇄적인 범죄의 혐의를 모두 뒤집어쓴 것 같았다.

구보는 곧 풀려났지만, 구보에게 중요한 것은 그런 게 아니었다.

"난 소설을 쓰고 있었단 말이다. 내 차를 원고지 삼아서. 그런데 내 차 말고 다른 차에도 만년필로 기스가 나 있었다면, 그건 또 무슨 말이지? 누가 또 소설을 쓰는 거란 말인가?"

그 후, 구보는 한동안 밖으로 나오지 않았다. 재고품으로 가득한 자신의 방에서, 무중력 판타지아 속에 들어가 글을 썼다. 에어가 빵빵한 운동화를 신고서, 갖가지 용수철 사이에 웅크리고 앉아, 아무도 발명한 적 없는 구보를 꿈꾸며.

실시간 뉴스 알림 메시지는 계속 들어왔다. 내가 어디로 가든지, 휴대전화 안에서는 뉴스가 진화하고 있었다. 달이 우주 쓰레기였다는 사실은 점점 파장을 만들어서 누군가는 지금 우리 눈에 보이는 달도 우주 쓰레기가 분명하다고 주장하기도 했다. 지구가 쓰레기라고 주장하는 사람들도 있었다. 회사에서는 낙서가 진화하고 있었다. 섹스 장면을 묘사하거나 우주로 날아가는 모습을 그린 낙서들은 정말 폼페이의 벽화들처럼 보였다. 낙서가 화장실 벽을 '깜지' 수준으로 만들던 어느 날, 모든 과장의 책상 앞에 새로운 명언이 붙었다. 11층 엘리베이터가 열리는 복도 벽에도 붙었다.

'화장실 벽에 낙서하지 말 것.'

사장이 직접 쓴 새로운 명언이었다.

업무는 똑같았다. 고객 리스트를 펼쳤다. 전화를 받지 않는 사람들이나 전화를 받는 사람들이나 퉁명스러운 사람들이나 상냥한 사람들이나 모두 내 고객 리스트에 올라 있었다. 전화를 받지 않거나 땅에 관심이 없다고 말하는 사람들도 모두 잠재 고객이었다. 내 전화번호부는 어느새 나씨로 넘어가 있었다.

"아, 노시보 씨!"

전화 속의 퓰리처는 반갑게 인사했지만, 너무 바빠서 제대로 통화를 할 수조차 없었다. 그녀가 네 단어로 구성된 문장 하나를 말하는 동안에도 여기저기서 그녀의 이름을 부르는 소리가 들렸다. 처음에는 농담인 줄 알았는데 끝까지 퓰리처는 어색하게 존댓말을 썼다.

"회사라서 그래? 왜 갑자기 존댓말이야?"

"아니에요, 노시보 씨."

전화기 너머로 누군가 퓰리처를 부르는 소리가 또 들렸다. 퓰리처가 내게 말했다.

"노시보 씨, 잠깐만요!"

퓰리처에게 말을 건 사람은 동료 기자인 것 같았는데, 아마 누구와 통화하느냐고 물어본 모양이었다. 퓰리처가 이렇게 대답하는 소리가 들렸다.

"여섯 명 중에 하나!"

퓰리처가 말한 잠깐은 꽤 길었다. 퓰리처는 그 기자와 이야기하다가 영영 나를 잊어버린 것 같았다. 나는 수화기를 내려놓은 후, 15분 정도를 기다려도 소식이 없자 다시 전화를 걸었다. 이것은 내가 몇 개월째 부동산 회사에서 일하며 터득한 방법이었다. 퓰리처가 계속 전화를 받지 않는다면 여섯 차례에 걸쳐 끝까지 추적해볼 생각이었다. 계속 시도하면, 상대방은 다시 전화를 받게 되어 있었다.

역시, 퓰리처는 전화를 받았다. 그리고 상대가 나인 것을 알자 이해가 가지 않을 만큼 경쾌하고 상냥한 어조로 말했다.

"노시보 씨, '현대인과 병' 기획 기사는 이제 끝났어요. 난 다른 거 준비해요. 필요하면 연락할게요. 그동안 수고 많았습니다."

전화가 끊기면서 온갖 소음도 함께 끊겼다. 귀에는 적요한 바람 소리만 남았다. 한참 동안 멍하니 앉아 있었다. 내가 무슨 수고를 한 것일까.

퓰리처가 말한 '여섯 명 중에 하나'라는 말이 계속 귀에 맴돌았다. 나와 같은 무중력증후군의 마루타가 다섯 명이나 더 있다고 했던 말이 떠올랐다. 왜 그 사실을 이해하지 못하고 있었을까.

나는 퓰리처의 하나뿐인 여우가 아니었다. 여섯 명 중에 한 명이었을 뿐이다. 퓰리처는 나에게 그랬듯이 그들과도 병원에 가고 감자탕을 먹고 MT에 가고 괴성을 질렀을까. 머릿속에 두 가지 생각이 들었다. 어서 집에 돌아가서 퓰리처가 선물한 호피 무늬 콘돔을 가위로 잘라버려야 되겠다는.

그러나 집으로 가서 내가 가장 먼저 한 행동은 컴퓨터를 켠 것이었다. 너무도 큰 신종 검색어가 올라온 바람에 콘돔 따위는 잊어버리고 말았다. 포털 사이트 검색어 3위에 퓰리처의 새로운 발명품이 올라와 있었다.

만년필증후군.

새로운 병이었다. 뾰족한 물체를 볼 때마다 공포감을 느끼는 증상이었다. 한 달 만에 또 특종을 뽑으셨군, 하고 나는 퓰리처의 발명품을 비웃었다. 평소 같았다면 이 새로운 이슈를 집중적으로 추적했을 테지만, 일부러 보지 않았다. 퓰리처의 발명품은 몇 단계를 껑충껑충 뛰어올라 단숨에 검색어 1위에 올랐다.

어느 곳에 가도 휴대전화 메시지로 실시간 뉴스가 들어왔다.

만년필증후군, 이라고 시작되는 문장들이었다. 그리고 그 메시지가 포화 상태에 이른 날, 나는 결국 만년필증후군 기사를 클릭하고 말았다. 비웃음은 호기심으로, 호기심은 수긍으로, 수긍은 공감으로, 그리고 공감은 초조함으로 변했다.

나는 만년필증후군의 증상에 빠져들었다. 오랜만에 다시 가슴이 요동을 쳤다. 무중력증후군의 항목처럼 머리가 지끈지끈거리기 시작했다. 두통이 동반되는 것은 아마도 모든 정신적외상의 증후인 것 같았다. 굳이 종목을 고를 것도 없었다. 내과, 소아과, 이비인후과, 정형외과, 산부인과, 비뇨기과, 피부과, 어떤 병원에서든 만년필증후군 예방주사를 맞을 수 있었다. 알약도 받았다. 알약은 상투적으로 느껴질 만큼 익숙한 모양이었다.

"만년필증후군이라 예방주사가 좀 다를 줄 알았는데 역시 뾰족하네요."

주사를 맞을 때 그렇게 말하자, 간호사가 퉁명스럽게 대꾸했다.

"그럼 뭉툭한 주사가 어디 있어요?"

주사를 맞은 후에야 오래전부터 앓아왔던 이상한 징후들을 떨쳐낸 것 같아 편안해졌다.

퓰리처는 그 후, 전화를 받지 않았다. 1차부터 6차까지 표시하도록 되어 있는 고객 리스트에 퓰리처의 이름을 적었는데, 퓰리처는 1차부터 6차까지 단 한 번도 통화가 되지 않았다. 퓰리처는 바쁘거나 아니면 '고객의 사정'으로 전화를 받을 수가 없었다. 부동산 업계에서는 이런 고객을 그냥 잠재 고객으로 분류하는데, 퓰리처는 언제가 되어도 활용되지 않을 것 같았다.

'고객의 연락 수단은 가능한 한 많이 파악하라. 단, 연락처를 구하는 과정이 자연스럽지 않으면 고객이 부담을 느끼게 되니 주의하라.'

고객 대응 수칙의 기준에서 보면 내 작업은 자연스러웠다. 집에는 퓰리처가 만난 첫날, 내게 주었던 명함이 있었다. 단 회사로 전화를 했는데도 퓰리처가 연락을 거부하면 어쩌나 걱정이 되었다. 어느 순간 나는 미라에게 집착했던 것처럼 퓰리처에게 집착하고 있었다. 몇 달 만에 다시, 이별 사유 분석 사이트에 들어갔다. 300개가 넘는 질문들이 나타났다.

질문이 많았지만, 퓰리처와 나 사이를 설명할 수 있는 답은 없었다. 단 하나의 사유도 건질 수가 없었다. 수많은 질문과 OX식 답 사이에서 내가 자신 있게 답할 수 있었던 것이 얼마 되지 않기 때문이다. 300개가 넘는 질문 가운데 내가 확실히 답할 수 있었던 것은 스무 개가 채 되지 않았다. 나는 퓰리처에 대해 아는 것이 별로 없었다. 아마 퓰리처도 마찬가지일 것이다.

사무실에서는 그의 동료가 퓰리처의 여행 소식을 알려주었다.

"취재차 덴마크로 갔어요. 미스터리 서클이라고 달의 분화구로 의심받는 곳이 있거든요. 관광지가 될 뻔했다가 재앙지로 분류된 곳이죠."

풀리처는 그렇게, 내 기분을 온통 재앙으로 만들어놓고 굳이 인공적인 재앙지를 찾아 떠났다.

달로 간 사람들은 돌아오지 않았다. 뉴스에서는 우리가 달로 믿었던 것이 우주 쓰레기였을 가능성에 대해 떠들었다. 로켓의 파편이었거나 죽어가는 별이었다는 설이 무궁무진하게 나돌았지만, 사람들의 관심을 끌지는 못했다. 어느새 사람들은 오래전부터 눈에 보이는 달은 하나였다는 사실을 깨닫고 있었다. 달 탐사 로켓이 출발한다는 소식이 만년필증후군 기사 한구석에 조그맣게 둥지를 틀고 있었다. 그러나 뉴스는 인기를 얻지 못했으므로 곧 사라졌고, 더 이상 나타나지 않았다.

엄마는 완벽한 중력인으로 돌아왔다. 처음부터 무중력이 존재하지도 않았던 것처럼. 엄마의 미용실은 'ㅜ'가 떨어진 그대로 'ㅁ중력 미용실'이었다. 엄마는 떨어진 'ㅜ'를 붙이는 대신 'ㅁ'을 떼어냈다. '중력 미용실'로 새 출발하기로 한 것이다.

이 지역 미용실들의 공식 휴일인 화요일 오후, 엄마의 중력 미용실 앞에는 템퍼 소재의 의자 시트들이 덜 마른 빨랫감처럼 널려 있었다. 템퍼 소재의 의자 시트가 너무도 더럽고 너덜너덜해서 차라리 곁에 널려 있는 수건들이 더 깔끔해 보였다. 엄마는 템퍼 소재 시트를 덜 익은 고기 뒤집듯이 이리저리 들춰보았다. 은색 빛깔은 칙칙했고, 군데군데 고데 기구에 데어 화상을 입은 흔적이 초라한 구멍으로 남아 있었다.

"이거 왜 이렇게 칙칙하니?"

"우주선에 쓰인 건 확실해요?"

"그럼, 템퍼 소재도 몰라? 우주선에 그거 쓰는 건 맞지."

우주선의 템퍼는 열에 강한 튼튼한 소재일 수도 있었으나 분명히 우리의 템퍼는 불량이었다. 템퍼 시트를 어떻게 할까, 하는 문제를 두고 엄마는 하루를 더 고민했다. 끝없이 보류되던 템퍼 시트의 거취는 9시 뉴스에서 한 토막 기사가 흘러나온 후 깔끔하게 쓰레기통으로 정해졌다.

"재활용이냐, 일반 쓰레기냐?"

템퍼 시트를 버릴 때, 아버지는 고민했다. 아버지는 세상을 처음 대하는 아이처럼 하나하나 살림을 배우기 시작했는데, 그 과정이 엄마에게는 좀 귀찮은 것 같았다. 어쨌든 아버지는 자연스레 중력 미용실의 '셔터맨'이 되었다. 엄마의 미용실은 밤 10시에 문을 닫았고, 아버지는 밤 9시 50분에 정확히 미용실로 가서 10시가 되면 셔터를 내렸다. 그리고 밤 10시부터 11시 사이에 셔터를 3분의 2쯤 내린 미용실에서는 엄마의 실습이 시작되었다. 엄마는 더 이상 미용사를 고용할 돈이 없었고, 최대한 빨리 미용실의 진짜 미용사가 되겠다고 했다.

아버지는 가끔 엄마의 모델이 되어주기도 했다. 아버지가 바둑 교본을 보고 있으면, 엄마는 분홍색 가운을 아버지의 바둑 교본

위로 휙 덮어씌웠다. 그러면 아버지는 털 깎을 시기가 된 순한 양처럼 눈을 감았다. 엄마는 흥얼거리며 머리카락을 잘랐다. 때로는 파마를 해보기도 했다. 늘 꼿꼿하고 고집 세던 아버지의 머리통은 엄마가 "왼쪽으로 기울여봐요" 하면 왼쪽으로 기울어지고 "고개 조금만" 하면 고개를 숙이거나 드는, 편안한 머리통이 되었다. 아버지의 머리는 엄마에게 뛰어놀기 좋은, 오래된 초원 같았다.

엄마의 흥얼거리는 콧노래는 아버지의 입에서도 흘러나왔다. 돌림노래 같았다. 화음은 전혀 맞지 않았지만, 분명 같은 악보에 있는 돌림노래.

그 돌림노래의 끝 소절은 아직 미완성이었다. 아버지는 마지막 소절을 부르기 위해 내 방문을 두드렸다.

"네 형 갖다 줘라."

언젠가 내게 내밀었던 비타민제였다. 아버지는 그것을 내밀고, 돌아 나가다가 고개를 틀며 덧붙였다. 이럴 경우 덧붙이는 말이 아버지의 진짜 용건임을 나는 잘 안다.

"그리고 시간 되면 물어봐라. 고등어찌개도 만들 줄 아느냐고."

"고등어찌개요?"

"그래, 네 할머니가 만들던 전라도식 고등어찌개."

형이 알까요, 하고 물어보려 했는데 아버지가 먼저 입을 열었다.

"말 안 해도 네 형은 알 게다."

형이 집으로 돌아온 날에는 집 안 가득 생선 냄새가 진동을 했다. 다시 수족관에서는 멸치들이 규칙적으로 움직였고, 부엌에서는 형의 고등어찌개가 온 가족이 달려들어도 다 먹지 못할 만큼 풍족했다.

이 과장은 새로운 회사로 옮겨서도 여전히 양복 안주머니에 사표를 넣고 다녔다. 달라진 것은 사표의 두께였다. 사표의 뒷면에는 새로 태어날 아이의 초음파 사진이 붙어 있었다.

"개 부장, 잘 있냐?"

조 부장은 이 과장이 퇴사 후 유일하게 안부를 궁금해하는 사람으로 남았다. 조 부장도 가끔 이 과장의 안부를 물었다. 개 부장, 이동수, 서로의 이름과 직함을 생략한 그 호칭도 여전했다.

휴대전화에는 아무런 뉴스 메시지가 들어오지 않았는데, 나는 자다가도 벌떡 일어나 휴대전화를 확인하는 버릇이 생겼다. 벨이 울리는 환청도 가끔 들었다.

모두가 돌아오는 가운데, 나는 돌아오지 않는 사람들을 기다렸다. 어쩌면 그들은 우주 궤도를 유영하다가 어느 순간 한 줌 먼지로 변해버렸는지도 몰랐다. 미라에게서도, 퓰리처에게서도 전화는 오지 않았다. 가끔 휴대전화가 울릴 때면 그 안에서는 다시 물건을 파는 사람들이 솔 음으로 말하고 있었다.

이비인후과에 갔지만, 의사가 취한 행동은 차가운 귀이개로 내 귓구멍을 쑤신 게 전부였다. 나방만 한 귀지가 발견되었다. 의사가 말했다.

"야, 이거 뭐 우주 쓰레기라고 해도 믿겠네요. 워낙 커서."

의사는 내 귓구멍이 블랙홀이라도 되는 듯 쑤셔댔다. 그리고 보란 듯이 새하얀 휴지 위에 나방만 한 귀지를 올려두었다. 나방이 팔랑거리면서 창가로 날아가는 것을 본 것도 같았다. 귀가 아니라 눈이 문제였다. 달 소동이 끝난 후 안과마다 난시 검사를 하러 오는 환자들이 많아서 한참을 기다렸다. 별 소득은 없었다. 아무런 이상이 없다는 말을 듣고 안과 문을 나서는데 가슴팍이 뻥 뚫린 것처럼 허전했다. 어느 병원으로 가야 할지도 애매했다. 다만 인터넷 한구석에서 '붕대로 가슴을 꽁꽁 싸매는 방법'을 찾아냈다. 그렇게 하면 조금 위안이 될 거라고 사람들은 말했다.

약국에서 벽을 도배할 수도 있을 만큼 많은 양의 붕대를 샀다. 거스름돈을 받으려는 순간, 약사가 입을 열었다. 어느 순간부터 그는 바바리맨이었다.

"온몸이 불량이군. 특히 맹장에 폭탄이 있어. 접수됐어!"

바바리맨은 거스름돈을 주면서 다시 말했다.

"자네, 상습이군."

이번에는 구급차도 오지 않았다. 나는 구급차 대신 지하철을 타고 병원으로 갔다. 바바리맨은 거짓말을 했다. 내 맹장은 멀쩡했다. 병원은 맹장염에 걸리고 싶어서 안달 난 사람들로 붐볐다. 맹장은 바바리와 함께 무중력자들의 상징처럼 통했기 때문에, 이제는 철 지난 유행으로 남았다. 사회 부적응자를 의미하는 낙인처럼 여겨지기도 했다. 무중력자들이 맹장을 보존하고 복원하기 위해 애썼다면, 이제는 무중력의 부름을 받지 않기 위해 맹장을 서둘러 제거하려는 사람들이 등장했다. 일부러 머리카락을 주워 먹은 아이는 제 엄마에게 등짝을 맞고 있었다.

어디선가 구급차가 달려갔다. 그 구급차가 마치 내 몸을 사로 잡으려는 영구차처럼 느껴져서 숨이 턱 막혔다. 아무 빌딩으로나 숨어들었다. 밤 고양이처럼 재빨리. 이름 모를 빌딩의 층계참에서 새로 찍은 엑스레이 사진을 꺼내보았다. 그것은 나의 졸업 사진과도 같았다. 어쩌면 이것이 내 마지막 누드일지도 몰랐다.

아직 여름은 시작되지도 않았는데, 몸에 땀띠가 났다. 마치 진화 중인 북두칠성 혹은 달처럼 드문드문. 하늘은 어제와 다름이 없었다. 지금도 2만 개가 넘는 우주 쓰레기들이 지구 주위를 맴돌고 있었다. 초속 7.9킬로미터 이상, 따라잡을 수 없는 속도로. 달은 아마도 그 쫓아갈 수 없는 속도 틈에 서식했는지도 모른다.

긴 봄, 정말 달이 늘어났던 것일까. 우리의 상상력이 늘어났던 것일까. 어디선가 또 하나의 달이 떠오른 것이 아닐까. 양치기의 거짓말에 지쳐 진짜 늑대를 보지 못한 사람들처럼, 어딘가 진짜 달이 떠오른 것은 아닐까. 진짜 두 번째 달 말이다. 어쨌거나 그 모든 것은 그리 중요한 문제가 아니다. 이 사회의 거짓말이 어떤 증거도 남기지 않은 것처럼 어쩌면 달은 세상을 깜짝 놀라게 할 만한 범죄를 계획했던 것인지도 모른다. 들킬 때까지 계속할 거짓

말을.

사무실 책상 앞에 걸린 엑스레이 사진들은 마치 다른 사람의 몸처럼 느껴진다. 무릎, 발, 손. 많은 엑스레이 사진 틈에서 두 개의 가슴 사진이 빛난다. 미라가 떠난 후 찍었던 가슴 사진과, 오늘 새로 찍은 가슴 사진이다. 새로운 가슴 사진과 이전 것을 비교해 보다가 깜짝 놀랐다. 새로운 가슴 사진에는 있어야 할 것들이 없었고, 없어야 할 것이 있었다. 눈을 꾹 감았다 다시 떠도 마찬가지였다. 폴라로이드에서 갓 뽑아낸 사진처럼 허공에 대고 몇 번을 흔들어도 똑같았다. 내 가슴 속에는 하얀 원형의 이미지만 덩그러니 남아 있었다. 의심할 것도 없이 그것은 달이었다.

작가의 말

현미경으로 양파의 단면을 들여다보던 순간을 기억한다. 확대
된 양파의 단면에는 양파 아닌 것들이 가득했다. 흐느적거리는
실선, 둥둥 떠다니는 기포, 한 겹 벗겨낸 듯한 색감, 그 안에서 양
파는 마치 동물처럼 웅크리고 있었다.

그것은 내가 본 최초의 이야기다. 현미경의 친절함은 곧 노련한
거짓말이다. 렌즈의 배율이 높아질수록 사실은 과장되고, 사실 아
닌 것은 뚜렷해진다. 렌즈에 눈을 갖다 댄 순간 양파는 사라지고
새로운 무대가 나타난다. 이쯤 되면 현미경이 아니라 요술경이다.

《무중력증후군》을 쓰는 동안 현미경도 중력을 거스를 것처럼 몇 센티미터 자라났다. 요술경을 넘어 목이 긴 망원경이 되기도 했다. 망원경처럼 렌즈로 하늘을 조준했다. 울긋불긋한 성운과 오로라가 나타났고, 가끔 별똥별이 추락했다. 척추에 용수철처럼 탄성이 생겨났다. 몸을 활처럼 구부리면 ㄱ, ㄴ, ㄷ, ㄹ…… 활자들이 튀어나와 우주로 퍼져나갔다. 우주를 벽 삼아, 활자로 모스부호를 두드렸다. 수신인 없는 벽을 향해, 경쾌한 탭댄스처럼.

달을 번식시키고, 전염병을 창궐시켰다. 온 지구를 아프게 만들어놓고 혼자 건강하던 그 순간, 소설 속에서 누군가가 얼굴을 내민다. 그리고 블랙홀처럼 입을 벌린다.

"너, 병 걸렸구나."

가만히 렌즈를 들여다보니, 현미경에 보이는 것은 우주가 아니다. 지구도 아니다. 지구처럼 빙글빙글 돌고 있던 내 동공이다. 내가 보낸 모스부호들이 부메랑처럼 되돌아온다. 그리고 말한다.

"활자는 바이러스다. 백신은 없다."

책상 위 지구본은 며칠만 방치해도 먼지를 입는다. 먼지를 털어내고 지구본을 빙그르 굴려본다. 《무중력증후군》은 쓰는 내내 지구본 위에 새로운 대륙이 솟아오른 것 같은 포만감을 주었다. 오로지 나만의 땅, 나만의 섬, 현미경 속 풍경처럼 새로운 무대. 활자

바이러스에 걸린 채로, 바다 위를 둥둥 표류하는 유연한 공간.

이제 나만의 비밀한 공간이었던 이곳에, 낯선 사람들이 기웃거린다. 내가 오래전부터 품어왔던 현미경에 다른 눈들이 시선을 맞춘다.

달라질 것은 없다. 군중 속에 있어도 현미경 속 풍경은 오로지 1인용이니까. 접안렌즈에 눈을 대고, 나사를 돌리면 척추가 용수철처럼 유연해질 것이다. 그리고 어디에선가, 오로지 1인용 공간이 별처럼 반짝, 빛날지도 모른다.

2008년 7월
윤고은

개정판 작가의 말

이 소설은 빵 봉지의 성분표를 읽다가 시작되었다. '보름달'이란 이름의 빵이었는데, 빵 대신 진짜 달을 이 봉지에 넣으려면 어떤 성분을 기재해야 할까, 그런 생각을 하다가 급기야 직접 달의 성분표를 만들기 시작했다. 그 기록은 남아 있지 않지만 거기 적어둔 몇 가지는 기억난다. 자외선 차단제, 몇 종류의 색소, 보정용 코르셋 같은 것. 그 상상은 하늘을 컨베이어 벨트 삼아 흘러갔다. 밀봉된 달이 하나, 둘, 셋, 넷…… 어디론가 유통되고, 뉴스가 된다. 버려진 빵 봉지를 가만히 들여다보지 않았다면 《무중력증후군》은 나오지 않았을 것이다. 그건 이 소설의 하나뿐인 시작점이 아니라 시작이 될 많은 가능성 중에 하나였다. 유일한 게 아니라는 점 때문에 더 소중하다.

　방금, 이 소설의 성분표를 적어보고 싶다는 충동이 솟았는데 아무래도 불가능할 것 같다. 성분이 무엇인지를 파악하는 것조차 어렵겠지만, 파악한다 해도 그것을 '작가의 말'에 적는 것이 나을지 아닐지 알 수 없고, 설사 뭔가를 적어둔다 해도 그렇게 표로 고정되는 순간, 이 소설이 온 힘을 다해 달아날 확률이 높기 때문이다. 결국 성분표만 남고 내용물은 없는 책이 될 테고, 독자는 물론이고 작가인 나조차 정체불명의 껍질 일부만 줍게 될 것이다.

　확실한 것은 2008년 여름이 되기 전, 내가 어떤 소설을 쓰기 시작했고 아직도 끝내지 못했다는 점이다. 그 소설은 책 단위로 묶어낼 수 없고, 쓰는 나조차도 다 파악하지 못한 미로 같은 것이다. 그 미로의 입구가 《무중력증후군》이었다. 뉴스를 소비하면서 짧은 위안을 얻었던 한 청년의 목소리로 글쓰기를 시작했다.

　어떤 마음과 몸이 비로소 책이 될 때, 그 지점에서 우리가 만날 수 있다는 것이 경이롭다. 이 여정을 만들어주신 분들, 특히 한겨레출판의 박선우 편집자께 고마움을 전한다.

2024년, 한 번뿐인 오늘

윤고은

윤고은의《무중력증후군》은 당돌한 소설이다. 작가는 달의 증식이라는 초유의 사태로 '지금, 이곳'의 삶을 흔들어놓는다. 패기만만한 젊은 작가는 가볍고 매서운 문장으로 세상을 겨눈다. 이벼려진 문장 속에서 세상은 돌연 낯설어진다. 하여, 작가를 통해 동시대는 무중력증후군을 진단받는다. 아니, 그것은 진단이 아닌 관통이다.   ─강유정(문학평론가)

소설이 허구의 확장을 통해 새로워진다고 봤을 때 이 소설은 놀라움의 연속이다. 보라, 45억 년간 하나였던 달은 여섯 개까지 분화하고, 무중력증후군이라는 기이하고 낯선 신종 질병이 출몰

한다. 이 얼마나 놀라운 허구의 확장인가! 그리고 이 놀라운 허구의 확장 속에는 뉴스에 목말라하고 비루한 일상에 찌든 현대적 삶의 알레고리가 담겨 있다. 그렇다. 작품의 생명력과 시의성은 바로 여기에 있다.　　　　　　　　　　　　　－박성원(소설가)

　　윤고은의 《무중력증후군》은 달의 복제와 증식이 지구인의 삶에 미치는 영향에 대한 보고서다. 이제 지구는 더 이상 지구적 차원에서만 다뤄지지 않는 것이다. 그렇다고 작가가 지구의 문제를 우주적으로 휘발시키지는 않는다. 부동산 투기나 포르노의 일상화로 상징되는 자본주의적 욕망의 무한 팽창과 소멸을 달의 시선으로 포착하되 지구적으로 접근하는 것, 즉 원시(遠視)와 근시(近視) 혹은 거시와 미시의 적절한 안배를 통해 작가는 현실을 포착하는 자신만의 균형 감각을 유지한다. 그러니 우리는 무중력증후군을 중력의 법칙조차 벗어나고픈 무중력 세대의 증상에 대한 명명법으로 단순히 해석해서는 안 된다. 오히려 그것은 무중력조차 중력의 자장에서 벗어나지 못하는, 일상의 무서움과 서글픔에 대한 작가의 냉정한 현실 판단을 요약한 것이다. 윤고은의 이 서늘한 현실진단력이야말로 패배 의식에 젖은 무중력 세대의 자기비판적 중력이 되지 않을까 기대해본다.　　　－심진경(문학평론가)

　　《무중력증후군》은 심각한 현실의 비애를 함축하고 있으면서도, 그것을 자못 활달한 유머를 통해 상대화하는 시각이 돋보이는 작품이다. 이 소설 덕분에 한국 소설의 밀도는 더욱 깊어졌고, 상상력의 자기장은 더욱 넓어졌다.　　　　　　 —이명원(문학평론가)

붕 뜬 것 같으면서도 두 발을 땅에 딱 붙이고 있는 묘한 소설이다. 낄낄 웃으며 읽다 보면 우리의 삶이 얼마나 연약한지 그리고 동시에 얼마나 비범해질 수 있는지를 알게 된다. 그 보잘것없고 사랑스러운 인물들과 친구가 되고 싶다.　　　　 —정이현(소설가)

달처럼, 빵처럼 부풀어 오르는 상상을 즐기는 사람의 살가운 글맛이 느껴진다. 기지가 반짝이는 작품이다.　　　　 —한강(소설가)

일상을 낯설게 바라볼 수 있을 때 비로소 새로운 세계가 펼쳐진다. 하지만 새로움의 가능성이란 일상의 성찰일 때 비로소 의미를 획득하게 되는 법. 《무중력증후군》의 발랄한 환상이 경박함으로 떨어지지 않은 것은 바로 그러한 미덕을 끌어안고 있기 때문이다.
　　　　　　　　　　　　　　　　　　 —홍기돈(문학평론가)

《무중력증후군》을 읽다가 몇 번인가 큰 소리로 웃음을 터뜨렸다. 첫 장을 펼치자마자 재기 발랄한 표현, 신선한 문체, 빠른 보폭의 사건 전개, 엉뚱하고 대담한 상상력이 그 경쾌한 날개 위에 독자를 태우고 날기 시작한다. 작가는 자신의 등 뒤는 신경도 쓰지 않는 장난꾸러기처럼 독자를 즐겁게 하고 웃게 하고 또 생각하게 한다.

작가는 현대사회를 살아가는 군중의 소외감을 은유와 농담과 알레고리로 표현하며 소외의 무거움은 가볍게, 상처의 잔혹함은 경쾌하게 그려나간다. 가벼움과 무거움을 이처럼 날렵하게 비벼내면서 동시에 공감을 얻어내는 작가의 솜씨는 신예답게 기발하고 패기만만하다. 작가가 앞으로도 작품 속 주인공처럼 무중력에 휘둘리지 않고 대지에 발을 붙이고 서서 사람살이를 깊고 넓게 다루는 멋진 작품을 써나가길 기대한다.

— 황석영(소설가) · 도정일(문학평론가) · 김인숙(소설가)

무중력증후군

제13회 한겨레문학상 수상작

© 윤고은 2024

초판 1쇄 발행 2008년 7월 14일
초판 7쇄 발행 2018년 6월 15일
개정 1판 1쇄 인쇄 2024년 9월 25일
개정 1판 1쇄 발행 2024년 9월 30일

지은이 윤고은
펴낸이 이상훈
문학팀 박선우 최해경
마케팅 김한성 조재성 박신영 김효진 김애린 오민정

펴낸곳 ㈜한겨레엔 www.hanien.co.kr
등록 2006년 1월 4일 제313-2006-00003호
주소 서울시 마포구 창전로 70 (신수동) 화수목빌딩 5층
전화 02-6383-1602~3 **팩스** 02-6383-1610
대표메일 munhak@hanien.co.kr

ISBN 979-11-7213-127-2 03810